봄비와 정원사

마크 헤이머의 다른 저작

두더지 잡기

Seed to Dust

어느 괴짜 예술가의
치유하는 정원
그리고 인생 이야기

봄비와 정원사

마크 헤이머 지음

황재준 옮김

산현글방

봄비와 정원사
—어느 괴짜 예술가의 치유하는 정원 그리고 인생 이야기

초판 1쇄 발행	2024년 2월 2일
지은이	마크 헤이머
기획	황재준
디자인	디자인오팔
펴낸곳	산현재 傘玄齋 The House of Wisdom under Shelter
등록	제2020-000025호
주소	서울시 마포구 연희로 11. 5층 CS-531
이메일	thehouse.ws@gmail.com
인스타그램	wisdom.shelter
인쇄	예림인쇄
제책	예림바인딩
물류	문화유통북스

ISBN 979-11-980846-5-1 (03800)

차례

"네가 하고 싶은 일을 하렴."

할머니가 말씀하셨다.

"하지만 다른 사람에게 해를 끼쳐서는 안 된단다."

모든 순간은 도착한다,

과거와 현재는 뒤얽힌다.

이 짧은 마법 속에서, 찰나의 장미는 피었다 지고,

찰나의 인생은 지나가고, 찰나의 나무들은 자라 우뚝 서 있다,

이내 쓰러진다.

당연히 시작은 없다. 끝도 없다. 이야기란 누군가 말을

하고 싶을 때 시작되고, 그 말을 끝내고 싶을 때 멈춘다.

그것이 이야기가 다른 모든 것들과 함께하는 방식이다.

이것은 비, 한 소년, 미친개, 한 정원사에 관한 이야기이며,

그들 중 일부가 평화와 자유를 찾아가는 과정에 관한

이야기이다. 나 같은 괴짜들을 위해 이 이야기를 썼다. 이

이야기는 실화이며, 나는 이 이야기를 이렇게 시작하고

싶다···

1

봄비

바다에서의 모험, 보물섬,
작은 목조 헛간

회색 교복 반바지를 입은 한 작은 소년이 까치발로 서 있다. 일곱 살쯤 되었을까. 창밖을 내다보며 발끝으로 낡은 굽도리널을 툭툭 찬다. 플라스틱 샌들을 신은 소년의 발가락은 젤리빈jelly-bean 사탕을 닮았다. 몸은 말랐고, 나이에 비해 키가 크고, 말랑말랑한 작은 배를 덮고 있는 흰색 교복 셔츠는 바지 밖으로 빼놓았고, 소매는 걷어 올렸다. 반바지에 찬 파란색과 빨간색이 섞인 고무 허리띠는 뱀의 형상을 본뜬 듯한 금속 고리로 양 끝이 이어진다. 그는 이 뱀 허리띠가 무척 마음에 들어 바지를 입을 때는 대체로 이 허리띠를 찬다. 반짝이는 금속 표면에 찍힌 뱀 비늘 문양의 감촉도 좋고, 볼록 솟은 부분과 움푹 들어간 부분을 손가락으로 만지는 것도 좋고, 눈처럼 보이는 거칠거칠한 두 개의 원을 들여다보는 것도 좋아서, 이 허리띠를 차고 있노라면 누군가와 함께 있는 것만 같다. 순백의 머리카락 아래 진지한 표정에 담긴 눈동자는 핼쑥하고, 몸은 보드라우면서도 완벽하고, 얼굴은 뚜렷하게 대칭적이고 균형 잡혀 있지만, 약간 지나친 느낌도 있다. 그는 예전 칠의 자국과 무늬 위에 크림색으로 두껍게 덧칠한 육중한 창턱 위에 웅크리고 앉아, 햇볕에 탄 팔뚝에 턱을 괴고 있다. 그는 이 누추한 셋집의 창문 너머로 반짝이는 도로 위에 요란스럽게 내리는 비를 보고 있다. 빗줄기가 워낙 강한 탓에 구슬 크기의 빗방울들은 파도처럼 튀어 올랐다가 더 작고 약한 방울이 되어 파문 속 어딘가로 흩어져 내린다. 소년의 가족이 이 집으로 이사 온 지는 얼마 되지 않았고, 이번 이사도 역시 정리해야 할 것들과 적응이 필요한 낯선 것들 천지다. 늘 이런 식이었다.

비가 잦아들더니 이내 멈춘다. 몇 주일간 이어진 폭우 끝에 집 뒤쪽의 정원이 완전히 홍수가 난 수준이라, 갈색 흙탕물이 주방 쪽 계단의 바닥까지 차올랐다. 잔잔하고 번질번질한 흙탕물 수면에 잔가지, 나뭇잎, 나뭇조각, 흙덩어리들이 떠 있고, 이 부스러기들을 둘러싼 초승달 문양은 하늘에서 온 빛을 받아 은빛으로 반짝인다. 참새 떼가 자두나무에 앉아 노래하고, 나뭇잎에 맺혀 있던 빗방울은 '찰랑, 찰랑, 찰랑' 소리를 내며 물 위로 떨어져 내린다. 정원 저편 먼 구석, 벽돌 바닥에 고인 물 위쪽에는 낡은 목조 헛간이 하나 있는데, 이 헛간의 네모난 눈 하나가 서글프게 집을 바라보고 있다. 헛간은 섬에 홀로 고립되어 있는 형국이라 이사 온 이후 아무도 거기에 가지 못했다.

현관에 쌓여 있는 솥과 냄비 박스와 이불 보따리들 더미 속에는 바닥 여기저기에 흠집이 있는 오래된 단백색 플라스틱 욕조도 하나 있는데, 이 계단 저 계단 아래 수납장에 넣었다 뺐다 하며 몇 년간 쓰던 물건이다. 두 살 터울의 세 아이를 차례대로 목욕시키는 데 썼다. 소년은 막내를 씻기는 데 '방해'가 되지 않도록 그를 제지하던 엄마의 긴 팔을 기억한다. 그의 눈에 비친 엄마의 모습은 갈색 곱슬머리에서 솟아나온 수많은 팔이 바쁘게 움직이는 모습이다.

그는 빈둥거리면서, 심심하니까 모험을 해보고 싶다는 한가지 생각에 집착한다. 마당에 생긴 호수, 아기 욕조, 계단에서 찰랑거리는 물. 아리스토텔레스의 말대로 자연이 진공상태를 싫어한다면, 홍수와 욕조는 지루한 일상이라는 진공상태에 스며드는 좋은 소재가 된다. 그는 마음속으로 목욕물을 받아두는 용도 말고 밖으로 가지고 나가서 물 위에 띄워 배처럼 타는 용도로 욕조의 용도를 바꾼다. 이렇게 하면 욕조를 완전히 다른 두 가지 방식으로 활용할 수 있다는 생각에 스스로 놀라워하면서, 낡은 출입문에 부딪히며 주방 쪽 계단까지 욕조를 끌고 가 화강암 계단 아래로 미끄러뜨린다. 욕조는 작은 선단을 이룬 듯한 잔가지와 반쯤 썩은 나뭇잎, 일그러진 검은 하늘이 비치는 무지갯빛 기름 소용돌이 사이에서 격하게 요동친다. 뒤뚱거리며 이 단백색 욕조 배에 탑승한 그는 쪼그리고 앉아 물 위에 떠다니던 마당 빗자루의 빨간 머리 부분을 가지고 전진을 시도한다. 물론 이런 일이 쉬운 일은 아니지만, 그는 이 배를 타고 목적지에 꼭 갈 것이며 거세지는 바람도 자신을 막지 못할 것이라고 확신한다.

그는 마치 자기가 달에 있기라도 한 것처럼 물에 비친 하늘을 가르며, 황량한 모습으로 해변에 정박한 채 그를 자석처럼 끌어당기고 있는 모선의 안전함을 향해 항해한다. 그의 작은 거룻배는 진흙 호수 아래의 길을 헤쳐간다. 선체를 향해 손짓하는, 물에 잠긴 보드라운 잔디 층을 따라가 결국 배 밑바닥이 땅에 닿지 않는 깊은 물까지 나아간다. 하지만 이 진주조개 배는 이내 흔들리고 기울어져 결국 안에 물이 차고, 옴짝달싹하지 못한 채 끈적끈적한 진흙탕에 처박히고 만다. 조금 더 안전해지려면, 그는 배를 세게 밀어 배가 바로 선 상태가 되도록 해야 한다.

훌륭한 모험을 겪은 사람은 이전과 완전히 '다른 사람'이 되는데, 이 사건은 그가 앞으로 경험하게 될 최고의 모험들 중 한 모험의 시작이었다. 죽는 것 따위는 신경 쓰지 않는다는 식의 모험. 내가 아는 한, 진짜 모험은 그런 식으로 시작된다.

이 작은 목조 헛간에는 돌계단이 있는데, 배를 정박할 완성된 부두가 이미 그곳에 있는 셈이다. 배가 천국에 도착했다. 소년은 네발로 기어 나와 뒤틀리고 뻑뻑한 헛간 문을 잡아당긴다. 타고 온 욕조 배는 산들바람이 부는 대로 무심하게 떠다니고, 그는 집으로 어떻게 돌아갈 수 있을지에 대한 걱정은 잊은 채 이 음습한 불가사의의 그늘 속으로 빠져들어간다. 이곳은 그를 구원할 노아의 방주이자 평화의 대성당이며, 고통의 소용돌이와 폭풍우로부터 구하기 위해 신이 요나에게 보낸 고래처럼 간절히 열망하던 자기만의 공간이다.

　　　나무 바닥의 널빤지들은 몇 년이 넘도록 신발로 밟은 흔적과 어디서 새어 나왔는지 모를 끈끈한 액체로 얼룩지고 시커멓게 변한 채, 별 움직임 없이 뭉쳐 있는 쥐며느리 떼와 함께 여기저기 널브러져 있다. 열판에 낡은 냄비들이 놓여 있는 다갈색 진열대 위 희뿌연 창문에는 산들바람에 흔들리는 오래된 찢어진 거미줄이 드리워져 있다. 그는 달고 풍부한 녹내, 어두운 신비와 같은 흙과 엔진 오일 냄새, 등유, 페인트, 썩은 나무, 은근히 풍겨오는 버섯과 크레오소트creosote* 냄새를 맡는다. 이곳은 누군가 자기 일을 평화롭게 수행하고, 장인처럼 혼자 몰두하며 물건들을 만들거나 고치고, 자기만의 여행을 떠나기에 적합한 곳이다. 킁킁거리며 냄새를 맡는 그는 버섯 냄새라든가 타르 냄새 또는 녹내를 특히 잘 맡을 수

---

*　콜타르로 만든 갈색 액체이며 의료용 및 목재 보존용 방부제로 쓰인다. (본문의 각주는 모두 역자 주이다.)

있고, 머릿속에 그런 역할을 담당하는 기관이 있기라도 한 것처럼 한가지 냄새를 다른 냄새와 대조하거나 여러 냄새를 섞기도 한다.

　　30분쯤 지난 것인지 아니면 거기서 한 평생을 다 보낸 것인지 어느새 해가 내려와 땅의 일부가 되고, 이 고래의 뱃속도 어두워져 밤의 심연으로 빠져든다. 까만 밤하늘은 땅에서 떨어져 나와 초저녁 가장 밝은 첫 별빛을 비추기 시작한다. 안달이 난 목소리로 엄마가 그의 이름을 부르면, 엄마의 성화가 집 전체에 퍼지며 그의 신경을 건드린다. 울타리 안으로 숨고 싶지만 그는 결국 엄마의 부름을 거역하지 못할 것임을 잘 알고 있다. 본토로 귀항하는 연락선에 탑승하는 대신, 계단을 내려가 막대기로 물이 얼마나 깊은지 가늠해보고 나서, 급한 마음으로 샌들을 벗고 흙탕물 바다를 헤치며 반바지 끝자락이 물에 젖을 만큼 제일 깊은 곳까지 나아간다. 발가락 아래로 뭔가 으깨지는 것이 느껴져 소름이 끼칠 정도로 무서웠지만, 물의 저항에 맞서며 앞으로 계속 나아가려고 노력한다.

　　엄마가 "옷 갈아입으렴. 아빠가 내려오기 전에 반바지는 세탁통에 넣고 냄새 고약한 샌들은 오븐 옆에 두고. 그러고 나서 내려오면 차 한 잔 줄게."라고 말씀하신다. 엄마는 자기만의 세계는 꼭 지켜야 할 가치가 있다고 생각하지만, 그 세계에 너무 깊이 빠진 바보 같은 아들이 적잖이 못마땅하다. 아이가 좋아질 수 있을지 걱정하며, 녀석을 박하게 평가할 만한 단어들을 몇 번이나 떠올리다가 결국 엄마가 선택한 말은, 이 아이는 항상… 그저 좀 '남다른' 아이였다는 것이다.

그는 대답하지 않는다. '알겠어요' 라든가 '네, 엄마'라고 할 수도 있지만, 그렇게 말하면 '건방지다' 내지 '말대꾸한다'는 오해를 살 수 있으므로 바쁜 척하거나 누군가 지시한 바를 행하느라 분주하게 움직이는 척한다. 되도록 다른 사람 눈에 띄지 않는 것이야말로 인생을 편하게 사는 가장 좋은 방법 중 하나다. 약한 녀석들은 잘 숨는 능력이 있다.

그의 엄마는 종종 무심해 보이며, 그녀의 마음은 여기가 아니라 그녀가 갈망하는 지평선 너머, 무지개 너머, 여기 말고 어딘가 다른 세상에 가 있다. 하지만 마치 그녀가 어딘가 다른 세상을 바라보려고 하는 것을 방해라도 하는 것처럼 일상은 밥상 차리기와 장보기의 무한 반복일 뿐이며, 날이 가고 달이 가도 달라지는 것은 아무것도 없다.

그의 아빠는 잠자는 시간을 제외하면 짖고, 으르렁거리고, 부루퉁해 있고, 사소한 일 하나도 그냥 지나치지 못하는 미친개다. 그는 지배와 통제가 사내다운 일이라고 생각한다. 졸고 있는 아빠를 깨우거나 방해하면 안 된다는 것을 잘 알고 있는 소년은 최대한 조용하게 그의 옆을 살금살금 지나간다. 미친개가 실눈을 뜨고 자기 눈에 들어오는 작은 세상을 희미하게 바라보며 뭔가 언짢은 것의 정체가 무엇인지 곰곰이 생각한다.

"어이, 꼬마! 지금 무슨 짓을 하고 있는 거니?" 그가 짖는다.

"아무것도 아니에요. 저녁 먹으려고요." 그는 이렇게 둘러대며 밝은 표정을 지어 보인다.

미친개는 고개를 절레절레 흔들고 낮은 소리로 으르렁거리다가 식탁에 앉는다. 소년은 그가 개밥그릇에 코를 박고 사료를 우적우적 씹어 삼키는 사냥개와 닮았다고 생각하며 속으로 웃는다.

사람들은 흔히 아이들이 유리병처럼 깨지기 쉬운 연약한 그릇이거나, 그들이 짊어지고 가야 할 뭔가를 정해서 그 속을 채워줘야 하는 너덜너덜한 빈 가방 같다고 생각한다. 우리는 아이들이 마치 그릇이라도 되는 양 우리의 생각을 그 안에 담으려고 그들을 세뇌하지만, 아이들은 우리들의 생각과 달리 어른들이 거의 필요하지 않다. 아이들은 생존하기 위해 세상이 어떻게 작동하는지를 알아내도록 설계된 존재들이다. 그들은 자기 자신만의 방식대로 살아가며, 본인들이 태어나기도 전에 어른들이 상상한 대로 사는 아이들은 거의 없다.

2

정원사

거베라, 우산, 아연,
양심의 가책,
나비넥타이

벤치에 앉아 페기Peggy를 기다리고 있다. 우리는 며칠 정도 떨어져 있었고, 그녀는 새 책 집필에 필요한 몇 가지 연구를 위해 도서관에 갔다. 나는 모든 연구 작업을 카페나 기차나 공원 벤치에서 한다. 내 사랑을 빨리 다시 보고 싶어 안달이 나지만, 한편으로는 흥분이란 내 곁을 떠나 교문을 통과해 들어가는 큰 아이의 첫 등굣길을 볼 때의 기분처럼 뭔가 다른, 좀 더 복잡한, 기쁘기도 하고 슬프기도 한 감정이라는 생각도 나는 한다. 내 정체성이 바뀌면서 이러저러한 감정이 뒤섞이기도 한다. 나는 한때 정원사였으나, 지금은 너무 늙어서 그 일을 더는 하지 않는다. 사람들은 나를 '바로 그 정원사'로 불렀으니, 내가 도착했을 때 사람들은 '그 정원사님 오셨네'라는 말을 나눴을 수도 있다. 이제 나는 내가 지금 무슨 일을 하는 사람이고, 내 인생이 무엇인가에 대해 알아야 할 것 같다. 당연히 해야 할 일이라고 생각하지만, 그런 생각은 떠오르자마자 사라진다. 나는 대개 이런 식이다. 생각이 떠오르고, 끽 소리를 내고, 그러고 나서 갈매기 떼 흩어지듯 사라지는데, 그렇게 그것이 사라져가는 것을 보는 것이 나는 종종 흡족하다.

길 건너 꽃집에서 산 밝은 오렌지 빛깔의 거베라gerberas 한 다발을 내 무릎 위에 올려놓았다. 꽃을 사는 순간, 나에게는 특별한 문이 열린다. 꽃들을 바라볼 때마다 그들은 꽃과 내가 소유관계에서 벗어나 서로에게 거울이 되어 주는 세계로 나를 인도한다. 그것은 내가 이해할 수 있는 속도로 꽃이 변화하기 때문이다. 꽃들은 이울고, 잎을 떨구고, 내가 시들고 약해지는 때에도 내가 여전히 건강하고 아름답다고, 거의 잘 들리지 않는 목소리로 속삭여준다. 나는 꽃들을 바라보며 한 떨기의 꽃이 된다.

꽃을 곁에 두는 것을 좋아한다. 밥 먹을 때 식탁 위에도, 앉아 있거나 책을 읽는 의자 옆에도, 내 사랑이 도착하기를 기다리는 손에도 꽃은 늘 내 곁에 있다. 페기도 종종 내게 꽃을 가져다준다. 예전에는 한 송이를 단추 구멍에 꽂아 넣곤 했는데, 이제 그런 모양새가 영 어색하게 느껴져서 그저 꽃다발을 들고 다닌다. 내가 꽃다발을 손에 들고 있자니 지나가던 숙녀들이 나를 바라보며 웃는다. 그 웃음이 마음에 든다.

내가 꽃을 산, 길 건너 그 꽃집 밖에는 철제 뼈대 위에 나무 널빤지를 올려서 만든 3단 진열대가 있다. 처음에는 짙은 녹색이었지만 지금은 낡고 칠이 벗겨져서 원판의 회색, 흰색, 푸른색이 다 드러나 있다. 진열대 위에는 찌그러진 함석 느낌의, 하늘색 아연 도금 양동이들이 놓여 있다. 양동이

들 주변으로 구부러진 느티나무 가지, 흰색 겨울 백합, 흰색 장미와 분홍색 장미, 심한 녹병에 걸린 국화들이 드리워져 있다. 흔들거리는 줄기 위에서 가장 찬연히 빛나는 저들은 콘크리트 벽과 거리와 그 앞에서 숱하게 나타났다가 사라져 가는 행인들 위로 고개를 내밀고 있다.

내가 앉아 있는 벤치 뒤쪽의 가로수들은 앙상하다. 나는 목도리와 장갑을 착용하고 있고, 재킷과 바지도 따뜻하게 입었고, 양말도 두꺼운 것을 신었다. 부지런한 나는 꽃을 사기 위해 조금 전 이 근방을 한 바퀴 돌면서 꽃집 옆에 있는 단골 옷가게인 젠틀멘즈 아웃피터스gentlemen's outfitters에도 들렀다. 멜빵, 셔츠, 트위드tweed 재킷, 몰스킨moleskin 조끼, 민소매 니트, 코듀로이corduroy 바지들 가운데에서, 양털과 목화와 흙처럼 한때는 살아 있었던 천연 섬유의 냄새를 맡으며, 휴대폰의 3배 정도 두께로 짐작되는 직사각형 상자 몇 개가 있는 선반을 발견했다. 투명한 플라스틱 뚜껑이 있는 검은색 판지에 70년대식으로 휘갈겨 쓴 듯한 필체로 새겨진 황금빛 로고 '무슈 폴Monsieur Paul'이라는 글자가 눈에 들어왔다. 상자 끝에는 가격이 표기되어 있는데, 단단한 회색 연필로 흰색 라벨에 필기체처럼 한 줄로 이어 썼다. 지금은 보기 힘든 서체인 것으로 보아 아마 학교에서 잉크를 묻혀 쓰는 펜글씨를 배운 나이 많은 사람이 쓴 가격표가 아닐까. 가격표에는 14.99 파운드라고 적혀 있다. 그 상자들은 수년째 그 자리에 있었고, 판지의 끝 쪽 닳은 부분으로 흰색 실밥이 삐져나와 있다. 뚜껑이 투명한 덕에 안을 들여다볼 수 있어서 나비넥타이의 색깔과 무늬를 확인할 수 있다. 색깔은 어두운 빨강과 짙은 파랑이 섞여 있고, 무늬는 선과 점도 있는 녹색 타탄tartan과 페이즐리paisely* 문양이다. 빛깔이 차분한 옛날 방식의 두꺼운 비단이다.

흰 점과 각진 끝으로 멋을 낸, 폭이 좁은 파란색 나비넥타이를 하나 샀다. 매고 있던 긴 줄무늬 넥타이를 풀어 봉제 부분이 조금 밖으로 나올 만큼 돌돌 말아 재킷 주머니에 넣었다. 뿌연 거울 앞에서 몇 번을 시도한 끝에, 한쪽으로 조금 기울어지기는 했어도 그럭저럭 예쁜 모양으로 나비넥타이를 매는 것에 성공했다. 나비넥타이의 세계에서는 어딘가 살짝 흠결이 있는 것이 중요하다. 그 귀여운 흠결은, 첫째 당신은 나비넥타이를 손수 매는 사람이라는 것과, 둘째 당신이 비

---

* 타탄은 스코틀랜드에서 시작된 것으로, 직물에 굵기와 색깔이 서로 다른 선을 엇갈리게 해 놓은 바둑판무늬를 말한다. 페이즐리는 고대 페르시아에서 시작된 것으로, 물방울, 옥(玉), 깃털, 아메바가 휘어진 듯한 모양의 무늬를 말한다.

교적 '태평스러운' 사람이라 사소한 것에 지나치게 신경 쓰지 않는 사람이라는 것을 말해준다. 완벽함이란 그 사람이 아마추어라는 것을 뜻한다. 설령 훌륭한 기술을 가지고 있다 해도 동물적 본성, 열정, 갈망 없이 일하는 사람 말이다. 완벽함은 살아 숨 쉬는 모든 존재에게는 어울리지 않는 개념으로, 아마 인간에게도 그럴 것이다. 만약 어떤 사람이 결점과 실수를 사랑하지 못한다면, 그 사람은 무언가를 사랑할 능력이 없는 사람이다. 나는 내 삶의 대부분을 가난하게 지냈지만, 나비넥타이는 잘 맬 줄 안다. 가난과 나비넥타이가 서로 잘 어울리지 않을 수 있겠지만, 나를 아는 사람들은 내게 이런 이야기를 해줄 것이다. '물론이지, 그이는 나비넥타이를 정말 잘 맨다니까.' 인생의 가장 좋은 이야기들은 세상의 주름들인 바로 이런 흠결 속에 있다.

스물네 살 때 다니던 철도 회사를 그만뒀다. 나는 항상 나 자신을 이곳저곳을 떠도는 부랑자라고 생각했다. 철도 회사에서는 증기기관차의 경비원으로 일했다. 밤새 덜컹거리는 제동차에 혼자 타서, 커튼 밖으로 불빛이 새어 나오는 집들이 늘어선 선로 주변 풍경을 따라 여러 석탄 적치장들을 옮겨 다녔다. 석탄 가루 탓에 새까매진 나는 지저분한 문고판

책들을 항상 주머니에 넣고 다니며 실비아 플래스, 조지 오웰, 스타인벡 그리고 로렌스Lawrence와 케루악Kerouac, 리처드 바크Richard Bach를 비롯해 내게 소중한 친구가 되어 준 수많은 작가들을 읽었다. 줄에 매달려 이리저리 흔들리는 작은 석유 램프 아래서 그들의 작품을 읽었고, 더러운 노트에 몇 줄씩 메모를 적어 내려갔다. 그 회사는 7년 다녔는데 그 정도면 충분히 할 만큼 했다는 생각이 들었다. 학교에서 교육받고 싶었다. 열다섯 살에 학교를 그만두었지만, 이후로도 손에 잡히는 것은 닥치는 대로 읽었다. 무슨 책을 읽어야 할지 배워야 한다는 생각이 들었다. 나는 시인이 되고 싶었고 새로운 모험이 필요했으며, 인생은 지루했고 내가 죽든 살든 크게 개의치 않았다. 다른 것들도 그런 식이었다. 마음의 빛이 인도하는 길을 따라 나는 지역의 한 대학에 입학했고, 밤에는 병원과 치킨가게에서 시간제로 일을 했다. 나의 미술 전공 지도교수님은 내게 미술대학에 지원해볼 것을 권유했다. 학생이 된다는 것은 말할 것도 없고, 열다섯 살이 넘는 사람들을 학교에서 만나는 것도 처음인 나였지만, 배울 수만 있다면 모든 것을 배우고 싶었기 때문에 몇 장의 서류와 함께 그림이나 사진 포트폴리오를 준비해서 미술대학에 들어갈 수 있었다. 어쩌면 이런 이야기 자체가 일종의 시 아닐까?

치킨 가게에서 일할 때는 한 프랑스인 친구와 함께 일했다. 그는 무정부주의자로서 옷장 아래에 장전된 총을 보관하고 있었다. 장-마르크Jean-Marc는 항상 어두운 색깔의 양복과 넥타이를 착용했는데, 심지어는 음식을 조리할 때도 그런 차림이었다. 내가 타고 다니던 오토바이는 사고로 망가졌지만, 철도 회사에서 벌었던 돈으로 랜드로버Land Rover를 한 대 사서 그 친구와 함께 타고 다녔다. 우리는 함께 버거와 치킨을 만들었고, 마르크스와 크로포트킨을 읽었고, 술을 엄청 많이 마셔댔고, 난방도 안 되고 온수도 안 나오는 아파트에서 같이 살았다. 겨울에 그 집은 끔찍하게 추웠다. 우리는 몇 겹의 옷을 껴입고 작은 전기 히터 주위에 둘러앉아 그가 파리 여행에서 사온 샴페인과 와인을 마셨다. 우리는 치킨 가게에서 일해서 번 돈으로 전기세를 내느니 차라리 실내에서 코트를 입고 샴페인이나 마시며 춥게 지내는 것이 낫겠다는 생각에 합의했다.

그 시절 나는 미술대학을 다니며 시를 썼고, 마크 로스코Mark Rothko 같은 거대한 크기의 추상화나 삼베, 석고, 납을 소재로 삼아 안토니 타피에스Antoni Tàpies 같은 그림을 그렸다. 내 마음을 평화롭게 해주는 작가들이었고, 그들을 좋아했다. 별 고민 없이 단순하게 사는 무정부주의자의 대학 생활이었다. 그림 그리고, 술 마시고, 연좌 농성하고, 사랑의 집회에 참여하고, 억압에 대해 저항했다. 옷은 주로 중고 가게에서 사 입었는데, 그때부터 중고 양복도 입기 시작했다. 그 이유는, 첫째 나는 가난했지만 그런 양복은 값이 쌌고 종종 거의 새것처럼 보이는 데다가 더는 꾀죄죄해 보이기 싫었기 때문이고, 둘째 내가 미술을 전공하는 학생이기 때문이며, 셋째 내가 통달했다고 생각하는 권위주의에 대한 거부를 제외하면 많은 원칙들에 대해 아직 확신하지 못하는 수준임에도 무정부주의자처럼 간소해 보이고 싶었기 때문이고, 마지막으로 양복을 입고 버거를 서빙하는 두 젊은이라는 개념은 우리가 생각해봐도 꽤 근사해 보였기 때문이다. 물론 양복에는 넥타이가 필요했다. 특히 예술가나 시인 정도 되는 사람에게는 나비넥타이가 필수인지라, 자선 가게에서 하나를 구매해서 포장 박스 뒷면에 적힌 설명서를 따라 매는 방법을 배웠다. 기하학적인 문양의 노란색 실크 나비넥타이였는데, 이때가 나비넥타이를 처음 매본 때였다. 이것이 내가 왜, 그리고 어떻게 나비넥타이를 맬 줄 알게 되었는지에 관한 이야기이다.

양복을 입고 나비넥타이를 맨 (나는 항상 내 처지에 비해 높은 이상을 품어왔다.) 늙은 무정부주의자가 기차역 근처 벤치에 앉아 있다. 오늘 날이 하도 우중충하게 느껴져서, 커다란 꽃 한 다발을 들고 삶은 축하할 만한 것이라는 생각을 했다. 삶을 축하하는 일을 제외하고 삶에서 해야 할 일은 없다. 오래 산 이 늙은이의 말을 믿어 달라. 삶이 계속된다는 사실을 축하하는 것보다 더 중요한, 해야 하는 일 같은 건 없다.

　　　　내가 그녀를 마중 나오면, 특히 말쑥하게 차려입고 나오면 그녀가 좋아할 것이라 생각하며 페기를 만나러 시내에 나왔다. 나를 보면 그녀가 미소를 지으며 내가 그녀를 사랑한다는 사실을 새삼 떠올릴 것이다. 누구든 나비넥타이를 맨 노인을 만나면 그를 향해 미소를 보내줘야 한다.

　　　　나는 우연의 안내에 따라 흘러가는 대로 사는 것을 좋아한다. 내 인생에서 있었던 많은 일들은 내가 내 힘으로 어찌지 못하는 것들이었다. 대부분의 사건들은 몇 천 년 전에 일어났던 일들의 결과이며, 다가올 미래에는 작금의 이 사건들이 원인이 되어 또 다른 어떤 결과가 발생할 것이다.

　　　　나는 받아들이고, 즐기고, 도저히 맞서 싸울 수 없는 것들과는 싸우기를 거부한다. 나는 대답할 수 없는 질문은 과감하게 버리고, 그 대신에 내 촉각의 세계를 여는 문은 열되, 그 세계를 지나치게 방해하는 문은 무시한다. 나는 열심히 일했고, 두려움 없이 새로운 것을 시도했으며, 인생에는 흐름이 있다는 것과, 그 흐름을 거역하면 문제가 생긴다는 것을 배웠다. 나는 자신이 원하는 것을 얻기 위해 맹렬하게 싸우는 사람들을 많이 보아왔는데, 싸움과 욕망은 삶의 한 방식으로 굳어지고, 절대 멈추지 않으며, 사람은 싸움과 욕망으로는 절대 행복해지지 않는다. 나는 내 방식대로 흘러가는 삶을 살아간다. 친절한 사람들과 순간을 함께하고, 순한 강아지와 사람에게 곁을 잘 주는 고양이를 어루만져주고, 햇빛이 좋은 날에는 잔디를 깎고, 비가 오는 날은 비를 피한다. 나는 그런 식으로 산다. 나는 바다 한가운데 서서 너울이 나를 밀치는 느낌을 받고 그에 맞서다가 비틀거리고 쓰러지기보다는, 발을 살짝 들어 물결의 흐름에 나를 맡기는 것을 더 좋아한다. 실개천에 떠 있는 잎사귀처럼 힘을 빼고 떠다니며, 세상을 구경하기 위해 이 길로도 흘러가보고 저 길로도 흘러가본다. 그렇게 떠도는 것을 즐긴다. 이것은 다른 사람들의 방식을 단순히 받아들인다는 것을 의미하는 것이 아니다. 불공정, 무자비, 탐욕에 관해서도 이야기해야겠지만 나는 그런 이야기를 하면서도 사랑과 이해와 연민을 담아 하고자 한다. 그렇게 하는 것이 더 쉬우므로, 냇물을 가로막기보다는 냇물이 잘 흘러가게끔 더 좋고 더 친절한 오솔길을 차분히 만들어주는 것이 낫다. 물론 어떤 사람들은 변할 줄 모르는 이들이어서, 이들에게는 저항하는 이들이 나타나게 된다. 물 흐르듯 산다는 것이 전부 다 평탄한 것은 아니다.

나는 주어진 삶의 길을 따라갔던 사람은 전혀 아니었다. 작가가 되고 싶어서 어딘가에 들어가는 것과 여러 모집 공고에 지원하는 일에 열과 성을 다했지만, 문은 굳세게 닫혀 있어 그 문을 두드리다가 내 손가락에 피가 날 지경이었다. 그러고 나서 싸우는 것을 포기하고 다시 삶과 사랑에 빠졌으며, 잠깐이라도 마음을 기울여 눈여겨보아야 할 것들에 집중하면서 내 일상과 아침 일찍 잠을 깨울 만큼 나를 설레게 하는 일들에 대해 시를 썼다. 지금 나는 '어떤 사람이 된다'는 것에 개의치 않고 즐겁게 글을 쓸 뿐이다. 욕망은 나를 방해하고 나의 기력을 쇠하게 했다. 나는 직관적으로 그 순간이 내게 하라고 하는 일들을 한다. 물론 나도 모호하고 불확실한 일들에 대해서는 계획을 세우지만, 그것에 과도하게 집착하지는 않는다.

빠르게 흘러가는 구름 위로 길고 얇게 펼쳐진 아름다운 푸른 하늘에서 갑작스레 비가 내린다. 빗방울이 떨어진 잎들은 달가닥거리는 소리를 내며 구겨진 종이처럼 바람에 흩날린다. 갈색 구두약으로 광을 낸 내 구두 위에 작은 점들이 반짝인다. 비가 공간을 아주 조용하게 만들고, 모든 것을 진정시킨다. 자연의 선물이다. 버튼을 누르자 뭔가를 주저하는 듯한 속도로 나를 유쾌하게 하는 한 송이 꽃 같은 우산이 천천히 펼쳐지는데, 그렇게 천천히 펼쳐지는 것을 보니 우산은 둥그렇게 말린 새 둥지 모양을 유지하며 비에 젖지 않고 뽀송뽀송한 상태로 머물고 싶어 하는 것 같다. 비를 맞지 않으려고 억지로 우산을 펼쳤고, 내가 우산에게 너무 힘든 일을 시켰다는 죄책감이 들어 미소를 짓는다. 우산과 나는 둘 다 외부의 영향을 받으면 행동할 준비를 하는 존재이며, 긴 인과관계의 부분들이다.

나의 친근한 아치형 천장 아래로, 빛나는 금속 우산살 끝에 매달린 빗방울들이 부풀어 올라 땅에 떨어질 정도로 뚱뚱해지고 커진다. 빗방울들은 빛을 받아 반짝이고 땅으로 떨어져 아직 메마른 보도블록 위에 내려앉는다. 그렇게 땅으로 떨어진 빗방울들은 내 발끝 부근에서 검게 빛나는 원, 여기저기 흩어진 동전 초콜릿, 물고기 비늘, 벚꽃 잎, 녹아내린 보석이 된다. 자리에 앉아 폐기를 기다리며 내 뒤쪽으로 줄지어 선 상록수의 매끄러운 나뭇잎 위로 빗방울 떨어지는 소리와 빗방울이 내 나일론 우산을 맞고 튕겨 나와 더욱 커지는 소리를 듣고 있자니, 정화되고, 성스러워지고, 사랑의 품속에 있다는 느낌이 깃든다. 부족할 것 없는 충만함의 느낌이다.

이제 은퇴하여 고된 노동을 할 필요도 없이, 내리는 비를 이렇게 바라볼 수 있다는 것은 도대체 얼마나 큰 기쁨인가!

벤치에 앉아 세상이 만들어낸 풍경들을 바라본다.

1. 까치 두 녀석
2. 주차된 차 밑에서 비를 피해 쉬고 있는, 검은색과 흰색이 섞인 고양이 하나
3. 어른 갈매기 셋, 아기 갈매기 하나
4. 내 뒤쪽 호랑가시나무에서 비를 맞으며 노래하는 최소 40개체 정도의 참새들
5. 아주 많은 갈까마귀—나는 갈까마귀 눈동자의 푸른빛을 좋아한다.
6. 보도블록 사이의 민들레. 그리고 군데군데 있는 이끼.

잠시 조용했지만, 이내 기차가 도착했다. 기차에서 내린 사람들이 무리를 이룬다. 몇몇 사람들은 케이크 한 조각 위에 놓인 체리처럼 인파 위로 도드라져 보인다. 왼쪽 발에는 겨자색 스웨이드suede 재질 신발을 신고 오른쪽 발에는 휙 솟구치는 모양 로고의 운동화를 신은 여성이 다리를 절뚝거

리며 걷는데, 붕대를 두른 것으로 보아 다리를 다친 것 같다. 그녀는 손에 커피를 든 채 빠른 속도로 절뚝거리며 걷는 탓에 상체를 많이 움직이게 된다. 말총머리를 하고 줄무늬 바지를 입은 남성은 버튼이 세 개 달린 재킷, 흰색 밑창의 신발, 노란 양말, 햇빛을 받아 밝게 빛나는 분홍색 새틴satin 넥타이를 착용하고 있다. 붉은색 숏커트 머리를 하고 빨간 닥터 마틴 Doc Martens을 신은 한 멋쟁이 소녀는 네덜란드 브랜드인 더치 Dutchie 자전거를 타고 있다. 아프리카 특유의 풍성하게 솟은 머리모양을 하고 밝은색 립스틱을 바른 한 흑인 여성이 모란 문양의 스카프를 두른 자태가 아름답다. 노란색 코트를 입은 아주 짧은 단발머리 여성은 자홍색 캐리어를 끌며 터덜터덜 걷는다. 검은 사각 안경을 쓰고 통이 좁은 바지를 입은 한 아름다운 여성이 미소를 지으며 빗속에서 파란 자전거를 타고 있다. 어느 잘생긴 남성은 네이비 블루 색깔의 코듀로이 바지를 입고 있고 재킷 안쪽으로는 녹색 니트 조끼를 받쳐 입었다. 멋진 안경을 쓰고 우아한 개를 끌고 있는 그는 노란색 깃이 돋보이는 트렌치 코트를 입고 발레리노 같은 분위기를 연출한다. 모두들 비 때문에 약간 서두르고 있지만, 비가 그리 거세게 내리는 것은 아니다. 나는 사람들 무리 속에서 이런 사람들이 눈에 들어온다. 비에 젖은 보도블록에 비추어 보이는 이 사람들은 편견이 없는 영혼을 가지고 있는 사람들이다. 이들은 아무 대가도 받지 않고 자신들의 색과 삶을 주변의 타인들에게 나누어주는 정원의 꽃들이 된다. 그들은 즐겁기 때문에 스스로 그렇게 하며, 자신의 삶을 꽃으로 피워내는 일을 멈추지 않는다. 의기소침한 이들이 말하는 두려움의 삶을 거부하는 이 견고하고 행복한 반란은 계속된다. 나는 웃지 않을 수 없다. 그들은 꽃을 피우며, 그 꽃 중에서 가치 없는 꽃은 하나도 없다. 모든 존재가 가치 있다.

사람들을 오랫동안 찬찬히 바라보면, 그들과 사랑에 빠질 것이다. 나는 사람들을 바라보는 것이 좋지만 사람들은 누가 자신을 바라보는 것을 좋아하지 않을지도 모른다. 누군가 자신의 약점만 계속해서 찾아내고, 본인이 남들을 가혹하게 판단하는 것처럼 다른 사람들도 자신을 매몰차게 판단할 것이라고 생각하기 때문이다. 사람들의 표정에는 종종 고통, 상실, 분노, 공포가 드러나지만 기쁨과 사랑이 가득할 때도 있다. 또 그것은 널리 퍼진다. 세 소녀는 서로를 바라보며 웃고, 두 남자는 손을 잡고 있고, 어떤 사람들은 서로 포옹을 한다. 연인들과 친구들이 만들어내는 풍경이다. 아름다운 그들은 매 순간 영웅이 된다. 모두들 험준한 산을 오르기 위해 힘쓰며 제각각 사랑, 조화, 평정 같은 소박한 가치들을 실현하기 위해 악마와 대결한다. 사람들은 함께하는 것이 더 좋다는 것은 알고 있지만, 그 방법은 모른다. 아무도 그건 모른다.

살짝 물을 튀기는 경우도 있지만, 사람들은 대부분 말을 하지 않거나 다른 소리를 내지 않으며 조용히 길을 걷는다. 주변에 사람들이 많으면서도 마치 비가 우리를 격리한 것처럼 대기가 무겁게 가라앉아 별 활력 없이 느껴지는, 이상할 만큼 조용한 날이다. 무슨 일이 곧 생길 것 같은 분위기이다. 내가 계속해서 뭔가를 주의 깊게 바라본다면, 세상이 내게 새로운 모험을 선물할 것만 같다.

3

봄비

공구, 씨앗, 청소하며 부른 노래, 책, 그리고 도착지 없는 기차

A FLOODED GARDEN

물이 빠지자 헛간에 이르는, 두꺼운 진흙층으로 덮인 길이 드러났다. 다음에 비가 오면 진흙을 씻어낼 것이라고 기대한다. 소년은 계단 아래에 있는 서랍장을 연다. 불도 켜지 않은 어두운 벙커에 쌓여 있는 석탄 더미처럼 신발, 코트, 청소 도구들이 뒤엉켜 있다. 그는 빗자루, 쓰레받기, 걸레 몇 개를 품에 안은 채 미끄러운 길을 따라 헛간으로 조심스럽게 이동한다.

폭우가 잠시 잠잠해진 틈을 타서 욕조 배를 타고 다녔을 때에는 어떤 보물을 발견하리라고는 상상하지 못했다. 헛간에는 창문 쪽으로 작업대가 하나 있고, 그 끝부분에 공작물을 끼워 고정하는 기구로 활용했던 낡은 암갈색 목조 의자가 있다. 그 의자는 원형으로 된 앉는 부분과 세공으로 문양이 잘 새겨진 다리로 구성되어 있는데, 다리는 희뿌연 녹색 곰팡이가 발하는 엄청난 광택과 함께 오래된 녹이 슬어 있다. 작업대 중간에 있는 서랍에는 열쇠 구멍과 잡아당길 때 살짝 흔들리는 둥근 나무 손잡이가 있다. 서랍 안에는 날이 무뎌 보이는 전지가위, 가위와 상태가 비슷한 펜치, 압정 박는 작은 망치, 오래된 무와 상추와 케일의 씨앗들이 들어 있는 양철통 등 살짝 녹슨 공구들이 들어 있다. 열쇠도 몇 개 있어서 서랍 열쇠 구멍에 맞는지 시험해봤지만 맞는 것이 하나도 없다. 그는 모든 사물을 다시 제자리에 두고는 청소를 시작한다.

빗자루로 바닥을 쓸고 작업대와 선반의 먼지를 털 때, 그는 라디오에서 들었던 노래의 한 부분을 떠올린다. 그 노래가 이 창고 같은 헛간에 잘 어울리는 유일한 노래라고 생각한다. 멜로디는 알겠지만 가사는 첫 줄의 몇 마디 정도만 생각나서, 나머지는 어떻게 해서든 완성시켜야만 한다. 기억력이 좋은 편은 아니지만, 그는 가사를 좋아하고 곡조와 운율을 만들어내는 것을 좋아한다. 걸레로 창문을 닦고 빗자루로 거미줄을 없애며 작고 달콤한 목소리로 노래한다.

지키고 싶어,

너~로부터 내 작은 나무 헛간을

비,

너~는 하늘에서 내려오지만 나는 네가 필요 없어

나는 앉아 있어

바다~ 한가운데 나의 작은 섬 위에

이건 내 거야

나~의 작은 나무 헛간

헛간 끝에 있는 선반에 다목적 오일 한 캔, 불쏘시개 용도의 작대기, 모종삽, 포크삽이 놓여 있고 그 위쪽으로 축축한 마분지 상자가 하나 있다. 마분지 상자의 함몰된 뚜껑에는 하얀 연기를 뿜어내는 녹색 증기 엔진, 코트를 입고 모자를 쓰고 있는 남성들, 장갑을 끼고 핸드백을 들고 있는 여성들이 그려진 기차역 플랫폼 그림이 그려져 있다. 그 기차역 유광 그림에는 표면이 거친 흰 조각이 덧대어져 있는데, 기차 일부와 승객들의 얼굴, 손, 코트에 톱니바퀴가 돌아가면서 만든 은빛 자국이 새겨져 있다. 상자 안쪽으로 모형 기차의 객차와 엔진, 선로를 나누어 담은 칸막이가 보인다. 그 모형 기차의 몇몇 조각들은 현재 없는 상태다. 노란색으로 칠해진 창문으로 천장에 매달린 탁자 등을 볼 수 있는, 갈색과 크림색의 객차가 두 량 있고, 회색으로 칠해진 탄수차 한 량과 나무처럼 보이도록 나무 무늬로 색을 칠한 화물차 한 량도 있다. 기관차는 없는데, 아마도 누군가의 선반 위에서 장식품으로 활용되고 있을 것이다.

소년은 모형 부품들을 꺼내어 작업대 위에 늘어놓고 선로 조각을 조립한다. 선로 조각은 모두 열 개로 곡선 부분이 아홉 개이고 직선 부분이 한 개다. 선로를 완전히 연결할 수 있는 유일한 방법은 곡선 선로 여덟 개를 활용해서 원을 만드는 것이기 때문에, 나머지 두 개 선로는 '여분'으로 상자에 다시 넣는다. 각 객차 끝에 달린 고리를 활용해서 차량들을 연결하고 선로 부근으로 기차를 밀어놓는다. 나사못 통 옆의 승객들을 태우고 창문 옆의 석탄을 싣기 위해 잠시 작업을 멈춘다. 기차가 출발해서 한 바퀴를 먼저 돌고, 계속해서 돌고 또 돈다. 그는 기차가 얼마나 빠른 속도로 움직일 수 있을지 살펴보려고 세게 밀어보지만, 차축이 뻑뻑한 탓에 곧바로 멈춘다. 여분의 선로 두 개를 다시 꺼내어 양 끝이 열려 있는 좀 더 긴 선로를 만드니, 선반의 이쪽 끝에서 저쪽 끝까지 뱀 모양으로 이어지는 구불구불한 기찻길이 만들어진다. 원형 선로보다는 이 구불구불한 선형 선로가 더 마음에 든다. 어딘가에서 다른 어딘가로, 풍경이 아름다운 노선이 펼쳐지는 근사한 여행이 완성된다.

그는 정원에 있는 돌과 진흙탕에서 건진 나뭇가지들로 선로 옆 풍경을 만들면서, 마음속으로는 이미 엔진과 마을까지 그리고 있다. 건물을 만들기에는 집에 있는 성냥갑과 빈 담뱃갑이 제격이다. 방에 있던 견인차, 로켓 수송차, 우유 수송차와 같은 장난감 차 몇 개를 가지고 나와서 마을을 꾸미는 데 보탠다. 어른들과 달리, 어린이인 그는 그것들의 크기가 다른 것에 크게 개의치 않는다. 어른들은 사물을 많이 보면 볼수록 더 큰 것들에만 관심을 기울이지만, 어린이는 누구나 어른들이 종종 잊고 사는 '작은 것들이 세상을 가득 채울 수 있다'는 사실을 잘 알고 있다! 작은 트랙터와 몇몇 플라스틱 돼지 장난감의 크기가 기차의 객차 몇 량과 거의 비슷하다. 구불구불한 선로의 한쪽 끝에는 마을이 만들어지고 있고, 다른 쪽 끝에는 시골이 만들어지고 있다. 이 과정에서 장난감과 모형이 망가지는 것은 피할 수 없다. 그의 놀이는 오래가지 못한다. 이제 다른 부품들이 어디에 쓰이는지 잘 모르겠고, 이 부품들을 가지고 어떤 작업을 더 해야 할지도 모르겠다. 풍경을 몇 개 더 만드는 것으로 그의 놀이는 그친다. 그는 이런 생각을 해본다—'내가 모형 기차를 운전할 수 있다면, 진짜 기차도 운전할 수 있지 않을까? 이런 가짜 기차를 위아래로 미는 것 말고 말이야.' 한 시간쯤 모형 기차를 가지고 놀았다. 장난감, 선로, 트럭, 기차의 객차들, 돼지 장난감 등을 깔끔하게 정리해서 상자에 다시 넣어 원래 있던 자리인 선반 위에 올려놓았다.

스물한 살 때 그는 실제로 기차를 몰았다. 그때 그는 어렸을 때 가지고 놀던 그 장난감 기차를 기억했을까? 그렇지 않은 것 같다. 하지만 내가 그것을 어떻게 알 수 있단 말인가? 뭔가를 떠올려보려고 노력할 경우 나는 간신히 그것을 기억할 수는 있을 것이다. 하지만 내가 어떤 일을 기억했다는 것을 기억할 수 있을까? 우리의 모든 기억의 가닥들은 꼬마전구들처럼 깔끔하고 질서 있게 쌓인다. 그러나 기억이 '질서 있게' 쌓이는 방식은 단 한가지일 뿐이고, 어떤 한 기억이 왜곡되어 떠오르는 것처럼 기억이 엉망으로 변하는 방식은 무한대에 가깝도록 많다. 하지만 그는 조차장操車場을 오가며 실제로 기차를 몰았다. 그때까지는 기차를 운행하는 것이 담당 업무가 아니라서 그가 그 일을 한다는 것은 전혀 예정에 없던 일이었다. 어느 날 새벽 2시쯤이었을 것이다. 기관사가 술에 취해 난장판으로 변한 막사에서 울고 있었고, 그는 여느 의리 있는 노동자처럼 상태가 좋지 않은 동료를 대신해서 기차를 몰았다. 만약 그 동료가 아내와 이혼하지 않고 절망에 빠지지 않았더라면, 소년은 평생 기차를 운행하는 경험은 하지 못했을 것이다.

작업대 밑에 먼지, 잿빛 거미줄, 쥐며느리 시체 따위로 뒤덮인 단단한 상자 하나가 보였다. 금속 모서리와 그것들을 고정시켜주는 대갈못이 있는 독특한 종류의 마분지 상자인데, 지금은 색이 바래서 확실히 알기 어렵지만 과거에는 파란색이었을 것이다. 뚜껑 또한 녹슨 대갈못으로 고정되어 있고 상자 윗부분을 빡빡하게 덮고 있다. 예전에는 테이프로 봉해져 있었지만, 지금은 테이프의 끈끈함이 없어져서 텅 빈 뱀 허물 같은 푸석한 노란색 전선으로 둘둘 말려 널빤지 위에 놓여 있다. 행운과 부와 지식의 상징인 이 상자는 꽤나 무겁다. 상자를 끄집어내기 위해 바닥에 앉아 손을 여러 번 뻗친 끝에, 뚜껑 모서리 아래로 손가락 몇 개가 간신히 닿아 상자를 당겨볼 수 있게 된다. 들었다 놓았다 하는 작업을 네 번 시도하여 어둠 속에 숨겨져 있던 상자를 이쪽으로 끌어낸다. 이제 뚜껑을 열어젖힐 만한 공간을 확보했고, 뚜껑을 열자마자 평생 잊지 못할 충격적인 냄새를 맡게 된다. 녹슨 오래된 공구들이 많이 들어 있을 것이라고 생각했지만, 창문을 타고 들어와 헛간의 바닥까지 비추는 희미한 빛에 빛나는 그것은, 일종의 황금 같은 것이었다.

로마 숫자와 어떤 단어의 일부가 어둠 속에서 희미하게 보인다.

제4권 Duo에서 Fun까지
제5권 Fun에서 Hug까지
제6권 Hug에서 Lyr까지

이 이상한 조합은 검푸른 광택에 대비되어 희미하

게 빛나고 있다. 이것은 열세 권짜리 전집의 일부다. 파란색 표지에 회색 곰팡이가 군데군데 피어 있는 백과사전이다. 책의 위쪽 끝도 금박이고, 책등과 표지의 글자도 금박이다. 영원히 변질되지 않는 이 금은 지저분한 녹청을 뚫고 아름다운 빛으로 밝게 빛난다. 그는 자기만의 섬에서 보물을 발견했다. 이 백과사전이 그의 첫 책이다. 앞으로 소유하게 될 대략 수천 권의 책 중에서 첫 책인 것이다. 제10권과 제11권은 없다. 만약 그 두 권까지 있었다면 열다섯 권짜리 한 질이었을 것이다. 기차와 책, 둘 다 온전한 모습을 갖추지 못한다.

그는 무거운 책들 중에서 하나를 어렵사리 꺼내어 몸을 앞으로 숙인 채 몇몇 페이지를 주의 깊게 들여다본다. 몇십 년간 서랍 안에 있었을 그 책은 고서 특유의 사향 같은 냄새를 풍긴다. 이 냄새는 아마 평생토록 그의 마음을 설레게 할 것이다. 그는 누렇게 변해가는 큰 책장들과, 그런 책장들에 인쇄된 흑백 사진들과 작은 글자들에 빠져든다. 기름칠이 잘 된 인쇄기들은 큰 소리를 내며 잉크를 묻힌 금속 활자로 들여쓰기가 잘 된 책장들을 찍어 세상에 내보냈을 것이다. 책장들은 얇고, 축축하고, 누렇게 변한 낙엽들 같다. 이 낙엽 책장들은 집과 가족과 정원 밖에 존재하는 드넓은 세상을 몇 시간 내내 그에게 보여주었다. 책들은 주고 또 주고 끊임없이 준다. 그가 책으로부터 받은 것은 세계의 기후 시스템과 물의 순환, 구리 채굴법, 베세머Bessemer 전로轉爐*의 정의, 브라질에 있는 나무에서 딴 콩을 볶아서 만든 커피, 체육관에서 운동할 때 신는 검은색 캔버스화에 달린 독특한 냄새를 풍기는 베이지색 밑창과 그 밑창의 원료가 되는 고무 등에 관한 지식이다. 고무에 관해서 말할 것 같으면, 결론적으로 고무는 고무나무를 짜내서 얻는다. 반쯤 벌거벗은 그 지역 '토착민'들이 갈고리 모양의 칼로 고무나무 껍질에 일정한 간격으로 사선 방향의 홈을 깔끔하게 파내면, 수액이 흘러내려 덩굴 식물을 활용해서 고무나무 몸통에 매달아 놓은 작은 컵 안으로 하얀 진액이 뚝뚝 떨어진다. 그 후 사람들이 지저분한 것들로 가득한 맨땅 위에 앉아 손으로 이 진액을 공 모양으로 뭉치고 짐짝에 실어 도시의 공장으로 보낸다. 공장에서는 고무 진액 덩어리로 신발 밑창, 테니스 공, 버스 타이어, 방수 코트와 그 외 숱한 다른 제품들을 만든다. 차는 중국과 인도에서 들여온다.

---

* 베세머가 발명한 제강로(製鋼爐)로서, 항아리형의 노체(爐體)를 회전시켜 쇳물을 유출시키기 때문에 전로(轉爐)라는 이름이 붙었다. 여기에 용융한 선철(鉄銑)을 주입하고 고압의 공기를 불어넣으면 원료 중의 불순물을 산화 연소시켜 제거할 수 있다.

그는 찻잎 따는 여성들의 사진을 유심히 살펴본다. 꽃무늬 문양의 긴 드레스를 입은 여성들은 머리 위쪽에 맨 끈에서부터 등까지 길게 이어진 커다란 바구니를 매고 있고, 그중 몇몇은 포대기에 싼 아이들을 가슴께에 안고 있다. 그들은 허리를 숙인 채 비가 내리는 가파른 언덕에서 줄지어 자라고 있는 차나무Camellia Sinensis 숲에서 각 나무마다 제일 위에 있는 잎을 두 개씩 딴다.

그는 '세계의 사람들'이라는 챕터에 있는, 얼룩덜룩한 검은 판화와 습기로 인해 회색빛으로 얼룩진 사진들을 보는 것이 재미있다. 어떤 여성들의 사진을 보면 아랫입술을 길게 늘어뜨리기 위해 입에 금속판을 달고 있는데, 사진이 잘 나오도록 카메라 앞에서 포즈를 취하고 있다. 어떤 여성들은 긴 목둘레의 맨 위쪽부터 아래쪽까지 금속 고리들을 충충이 두르고 있다. 아름답게 보이기 위해서는 고리를 최대한 많이 착용해야 하며, 만약 이 고리들이 없다면 여성들은 죽을지도 모른다. 그는 마오리족 사진을 보느라 넋이 나간 상태다. 매서운 눈매의 마오리족 남성들은 나무바늘과 작은 나무망치로 턱 위에 소용돌이 문양을 새긴다. 작살을 들고 있는 검은 피부의 키 큰 남녀 모두 웃통을 벗어 가슴을 드러내놓고 있고, 꼬맹이들은 어른들의 엉덩이 뒤에 무리지어 있다. 사실 성장이 완료된 성인 남성들도 아이들만큼 작다. 이들은 먹을거리를 얻기 위해 입으로 부는 화살 총과 독화살을 써서 원숭이와 새를 사냥하고, 기둥 위에 진흙으로 헛간을 짓고 산다. 목이 이상하리만치 길게 늘어난 일군의 남성들이 교수대에 매달려 있는데, 이 모습은 여러 개의 고리를 목에 걸치고 있는 여성들의 모습(그는 남성들의 사진과 여성들의 사진을 비교해보려고 책장을 앞뒤로 들추어 본다.)과 비슷하다. 풀잎 치마를 입은 소녀들은 카메라를 보고 웃고 있고, 이 소녀들 뒤로는 의심에 찬 표정의 남자들이 보인다.

소년은 전집에서 책 몇 권이 없다는 것은 전혀 신경 쓰지 않는다. 모든 사건과 사물의 존재 여부를 다 알 수는 없다는 것과 어떤 전집도 세상의 모든 것을 빠짐 없이 다룰 수는 없다는 것을 알기 때문에, 지금 책이 몇 권 없는 것은 크게 중요하지 않다. 자신이 소유하지 못한 것에 대해 강박감을 가질 필요는 없지 않나? 그에게는 예전에는 없던 세 가지 보물, 세계 지도, 지금 없는 책의 내용을 알 수 있는 목차가 있는 터라, 갑자기 삶이 흥미진진해지는 것을 느끼며 아직 시작하지 못한 New부터 Ros까지의 내용이 담긴 책의 세계를 탐구하는 신나는 모험에 곧 착수할 수 있다.

이제 소년은 앞에 있는 작업대에 낡은 책더미를 올

려두고 의자에 앉아 있다. 구석에서는 주방 서랍 안에 있는 양초와 똑같은 것을 찾았다. 평평한 돌 위에 양초를 켜두고 그 주위를 달팽이껍질, 돌, 꽃, 솔방울, 씨앗, 사람처럼 생긴 나뭇가지, 새 머리, 플라스틱 오토바이로 꾸몄다. 플라스틱 오토바이를 가져다 놓은 이유는 언젠가는 진짜 오토바이를 갖고 싶기 때문이다. 그것은 화로이고, 심장이고, 집에 머무르고 있다는 표식이고, 제단이고, 그가 이곳을 점령하고 있다는 것과 이 장소와 동반자 관계라는 것의 상징이며, 그의 권력의 공간이고 어둠 속에서 발하는 그의 빛이다.

소년의 집에는 다른 책이 거의 없었다. 아빠가 선반에 나란히 꽂아놓은 옛날 카우보이 이야기 몇 권과 부모님 침실에 있는 로맨스 소설 몇 권을 다 합해봐야 일곱 권 정도였다. 크게 아프지 않은 한, 독서는 딱히 할 만한 가치가 있는 일이 아니었다. 만약 그가 집에서 책을 읽고 있다면 미친개가 이렇게 으르렁거릴 것이다.

"그거 말고 뭐 다른 일을 해야 하지 않겠나?"

독서를 시도하던 처음 몇 차례, 아빠와 이런 식의 대화를 하고 나서, 그는 이 말이 진짜 대답을 원해서 하는 질문이 아니라 미친개가 인정하는 뭔가 유용한 일을 하거나 그저 눈앞에서 '사라지라'는 명령이라는 것을 깨달았다. 도대체 사람들은 왜 자기 생각을 있는 그대로 말하지 않고 빙 돌려 말하는 것일까?

소년은 학교 도서관으로부터 대출 금지 조치를 받았다. 그가 어느 정도 학교에 가지 못한 탓에 대출한 책을 제때에 반납하지 못했고, 아빠는 '아들에게 교훈을 줘야 한다'는 명목으로 연체 비용 지불을 거부했다. 도서관 사서는 연체비를 납부하기 전까지는 책을 대출해갈 수 없다고 했다. 점심시간에 도서관에 입장하는 것은 허락되었지만, 마치 자신이 나쁜 짓을 할 것처럼 쳐다보는 사서의 시선을 느낀 이후로 그는 더 이상 도서관에 가지 않았다. 그는 그녀의 얼굴을 좋아했기 때문에, 도서관에 가지 않게 된 것은 무척 섭섭한 일이었다. 그녀는 거의 웃지 않았지만 그녀를 바라보는 것은 즐거웠다. 흰색 머리카락에 둥근 안경을 썼고, 가끔씩 마음 아픈 표정이나 우는 표정을 짓는 것 같기도 했으며, 꽃무늬가 그려진 짙은 색 긴 치마를 입었다. 그녀가 확실히 그를 좋아하지 않은 반면, 그는 그녀를 좋아했고 그녀가 예쁘다고 생각했다. 그는 그녀를 자주 쳐다봤고, 그녀는 그를 항상 감시했다. 그는 밤에 그녀가 자기를 안아주며 뺨에 키스를 해주는 상상을 했고, 피부에 느껴지는 그녀의 긴 꽃무늬 치마의 감촉과 면 원단 사이로 느껴지는 다리의 감촉을 상상했다. 그 느낌은 정말 좋을 것 같다고 생각했다.

　　　열여섯 살 때 소년은 시골 도처를 떠돌아다녔다. 들판 한 구석에서는 고슴도치처럼, 강가에서는 물의 요정처럼, 숲에서는 여우처럼 잠을 잤다. 살 집이 없었기 때문에 정처 없는 모험을 떠나기로 결심했고, 불을 피우고 둘러앉아 있는 히피들을 우연히 만났다. 그들은 자신과 비슷하게 세상의 폭력과 혐오의 시스템에 참여하는 것을 거부하고 권력을 추종하는 자들을 불신하는 이들이었다. 그들은 기타를 치며 노래를 부르고 있었다. 그는 히피들이 꾸린 야영지 한쪽에서 잠을 청하기 위해 몸을 웅크렸고, 예전의 그 사서를 연상케 하는 갈색 머리 소녀가 그의 담요 안으로 파고들었다.

　　　"이름이 뭐지?"라고 소녀가 물었고 그는 어렸을 때부터 쓰던 자신의 이름을 말해주었다. 두 몸이 포개졌고, 그녀는 그의 목덜미에 대고 속삭이며 그의 등 뒤에 전율을 실어보냈다. "지금부터 너의 이름은 봄비Spring Rain 아니면 가을 밀짚Autumn Cornstalk이야."

　　　이것이 이 책에서 내가 그를 '봄비'라고 부르는 까닭이다. 우리는 유동적인 본성을 존중하여 이미 사라져버린 존재의 방식에 얽매이지 않도록, 마음이 내킬 때는 언제든 우리의 이름을 바꿀 수 있어야 한다. 우리가 그렇게 하지 않는 단순한 이유는 오로지 관료제라는 요식 체계 때문이며, 자신들을 추적하고자 하는 정부 없이 사는 이들은 항상 자신의 이름을 바꾼다.

4

꼿꼿이, 뼈대만 남은 새들,
무너진 헛간, 그리고 작별하기

BAMBOO LIKE FISHES
ON A LINE

따뜻한 땅에서 솟아오른 수증기가 차가운 공기를 만나고, 차가운 공기는 그 수증기를 이리저리 떠도는 작은 물방울로 뭉쳐져 구름을 빚어낸다. 이제 구름 담요가 펠트felt 같은 느낌으로 모든 것을 덮는다. 구름 속에서 떠다니는 작은 물방울들은 서로 부딪히고, 친해지고, 몸을 섞는다. 그들은 덩치가 커져서는 비가 되어 내린다. 기상청Met Office에 따르면, 하늘에서 내리는 빗방울 지름이 0.5㎜보다도 작은 비는 보슬비로 분류된다. 비는 다음 세 가지 종류로 구분할 수 있다.

1. 약한 비는 한 시간에 0.025㎝에서 0.25㎝사이의 양으로 내린다.
2. 보통 정도 되는 비는 한 시간에 0.25㎝에서 0.76㎝ 사이의 양으로 내린다.
3. 한 시간에 0.76㎝ 이상의 양으로 내리면 폭우라고 한다.

하지만 비를 잘 아는 이들에게 이것보다 더 나은 설명법이 없다는 것은 슬픈 일이다.

기차역 바깥 중앙 홀 위로 '약한 비'가 내린다. 구두 밑창이 젖은 돌을 밟을 때 나는 작은 소리가 점점 커진다. 나는 그것이 폐기가 걸어오는 소리라는 것을 금방 알 수 있다. 비는 '약하게' 내리는 것 같지만, 그녀는 대기를 가르는 흔적을 남기고 깨끗한 비 냄새를 퍼뜨리며 빠르게 걷는다.

그녀의 발소리를 알아차리자마자 그녀가 걸어오는 쪽으로 서둘러 몸을 돌린다. 우산이 없는 그녀가 내 우산 밑을 파고든다. 그녀는 자신의 따뜻한 왼팔로 내 허리를 감고 뺨에 촉촉하고 차가운 키스를 해준다. 그녀의 입술이 내 뺨에 약간 어색하게 닿은 이유는 우리 둘 다 무엇을 들고 있느라 팔이 자유롭지 못했고, 그녀의 얼굴이 젖어 있었으며, 키 차이가 많이 나는 우리가 같이 걷고 있었기 때문이다. 함께 걸으며 우산을 그녀에게 씌워주었고, 내 몸의 오른쪽은 흠뻑 젖었다.

우리는 자동차 불빛과 상점의 조명을 받아 더욱 반짝이는 빗방울을 뚫고 버스 타러 가는 길을 재촉한다. 나는 폐기의 가방을, 폐기는 내가 준 꽃다발을 들고 가는 중에 그녀가 이렇게 얘기한다. "꽃이 정말 예쁘기는 한데, 집에 가는 동안 많이 상하겠어요." 그러고는 내 넥타이를 보고 웃기 시작한다. 살짝 놀림을 받는 기분이 들지만 이내 웃어넘긴다.

"이거 매면 재미있을 거라고 생각했어요⋯ 내게 어울리지 않나요?." 나의 말이다.

"어울려요. 마음에 들어요. 당신한테 잘 어울려요."
우리는 대강 이런 종류의 대화를 나눈다. "그런데 나, 당신 나비넥타이 보고 웃은 거 아니에요. 당신 재킷 뒤집어 입은 거 보고 웃은 거예요."

"오호!" 나도 모르게 내 눈동자가 살짝 커진다. "나비넥타이가 우스꽝스러워 보였을 거라고 생각했거든요. 하루 종일 틀림없이 그렇게 보였을 거예요."

나는 창피했지만 태연한 척한다. 하지만 페기는 이미 내 속을 꿰뚫고 있는 듯 웃으며 이야기한다. "당신 근사해 보여요, 정말이에요."

우리는 눈물을 흘리고 있는 것 같은 버스 창밖을 바라본다. 빗물에 얼룩진 차들이 빛나는 아스팔트 포장재 위를 달리며 흙탕물을 튀긴다. 유치할 정도로 밝은 크레용 색깔의 승용차들과 승합차들이 달리고 줄지어 서 있고 하는 모습이 마치 젖먹이 아이들이 아무 생각 없이 가지고 놀기 좋은 땅딸막한 플라스틱 장난감 같다. 색깔은 밝고, 그늘은 깊고 세밀하다. 맑은 날이었다면 회전목마처럼 촌스럽게 보였을 것 같은 밝은색 우산을 든 행인들이 그늘에서 나오니, 한 떨기 모란처럼 위엄 있고 우아하게 보인다. 스쳐 가는 모든 색깔이 연못의 물고기들이나 유유히 움직이는 파스텔빛 해파리처럼 부드러워 보인다. 그 상태가 그대로 유지된다.

버스에서 내려 헝클어진 꽃다발을 들고 천천히 거리를 걷는다. 동물이란 쉴 곳을 찾는 존재다. 갈까마귀 몇 쌍이 굴뚝 꼭대기의 통풍관에 오르고, 길고양이들은 차 밑에 웅크리고 있거나 창고 밑으로 기어 들어간다. 참새들은 숲속에서 짹짹거리고, 진딧물 하나는 빗방울이 땅에 떨어지는 동안 장미 잎 아래에서 거꾸로 매달려 있다. 길 끝에 있는 벗나무 아래에는 내가 '눈이 몰린 아이'라고 부르는 고양이가 딱딱한 빵 조각 옆에서 쉬면서, 뚱뚱한 까치가 아래를 내려다 보고 있는 나무를 무심하게 바라보고 있다. 까치가 하강하고 고양이는 뛰어오르는 순간, 까치가 빵 조각을 낚아채는 승자가 되자 우리는 환호성을 지른다. 당황한 표정의 고양이는 마치 자기는 절대로 까치를 잡으려는 의도가 없었고, 잠깐 그러는 척했을 뿐이라는 듯한 모습으로 이내 뒷발을 핥는다.

집에 도착해서 재킷을 걸어놓고 젖은 신발을 벗는다. 나는 파란색 타탄tartan 잠옷으로 갈아입고, 페기는 욕실로 직진한다. 그녀가 샤워하고 머리 감는 소리를 들으며 꽃다발의 꽃들을 자른다. 꽃다발은 황동색 종이와 셀로판을 적당히 겹쳐 원통 모양으로 만들었는데, 접착 테이프로 단단히 붙여져 있어서 풀어내기 꽤 어렵다. 뾰족한 모양이 되도록 주방

가위로 줄기를 5㎝ 정도 자른 오렌지색 꽃과 노란색 꽃을 테이블 위에 있는 깨끗한 유리 꽃병에 꽂는다. 구름이 잔뜩 긴 거리에서 샀을 때는 괜찮아 보였지만, 집에 들여 놓고 보니 색깔이 꽤 야해서 흰 방에는 잘 어울리지 않는다. 약간 어두운 구석에 있는 내 책상 위에 올려놓으면 더 잘 어울리지 않으려나. 연한 녹색 줄기에는 작고 부드러운 솜털이 있고, 줄기가 물에 잠긴 부분에는 그 솜털에 반짝이는 은빛 물방울이 맺혀 있다. 아마도 내게 가장 흥미로운 건 줄기를 구부리고 키우고 정화하는 물의 비법일 것이다. 정화하는 자, 생명을 탄생시키는 자, 생명을 앗아가는 자인 물.

나는 꽃꽂이를 좋아한다. 꽃꽂이는 단순한 예술이라고들 하지만, 사실 알고 보면 전혀 단순하지 않다. 마치 그런 모양새로 땅에 떨어졌거나 또는 땅에서 솟았던 것처럼, 비와 바람에 흔들렸던 것처럼, 싹이 터서 자랐던 것처럼 자연스럽게 불균형적으로 보이는 그럴듯한 비대칭 표현을 창조하는 것이 꽃꽂이다. 촛불을 켜서 그 옆에 두니 촛불의 불빛은 아무 무늬도 없는 투명한 꽃병 사이로 반짝이고, 깜빡이는 그림자가 벽에 드리워진다.

나는 한때 돈을 벌려고 어느 부잣집 할머니 집 정원에서 꽃을 키우고, 장미의 가지를 치고, 잔디를 깎았던 적이 있다. 몇 년이 흘러, 내가 지팡이를 만들려고 심었던 나무들에서는 열매가 열렸다. 몇 년간 나는 할머니께 사과와 산딸기를 따 드렸고, 그녀는 이 과일들을 으깨거나 끓여서 술과 잼을 만들었다. 다시 몇 년이 흘러 할머니의 관심사는 바뀌었고, 내가 그 찌꺼기들을 퇴비 더미로 가져갈 때까지 열매는 땅에 떨어져 거기서 발효가 되고, 햇볕을 받으며 향긋한 술 향을 풍기고, 말벌들을 취하게 했다. 꽃들은 나이가 들어 너무 활짝 벌어지거나 죽었고, 나는 죽은 꽃들을 파내어 퇴비로 만든 다음 작은 무더기들로 나누거나 새 퇴비를 만들어 예전 퇴비를 대체했다. 나는 두꺼비 둘, 여우 셋과 고양이 몇몇, 울새들과 혼자 다니는 까마귀들을 만나기도 했다. 여우와 고양이는 나이 들어 죽었다. 내가 심었던 나무 아래에서 뼈를 발견하여 거기에 묻어주었다. 그곳이 자기들의 영역임을 알려주는 표지라고 할 수 있기 때문인지, 새끼들이 주위를 맴돌며 코를 쿵쿵거렸다. 까마귀를 제외한 두꺼비 같은 녀석들은 사라져서 더 이상 보이지 않았다. 나는 나무에 앉아 있는 뼈대만 남은 새들과, 새들이 살던 돌담 틈새에 여전히 쭈그리고 앉아 있는 뼈대만 남은 두꺼비를 상상한다. 정원사는 변하는 것들을 붙드는 법을 배우는 것이 아니라, 그것들을 떠나보내는 법과 그 다음에 어떤 일이 생기든 그 상황을 포용하는 법을 배운다.

내 몸은 늙어 더는 정원사 일을 할 수 없지만, 내 마음은 온통 끊임없이 꽃이 피고, 씨앗이 생기고, 또 다시 꽃이 피는 정원이다. 종일토록 정원 가꾸는 일을 매일 한다는 것은 육체적으로 매우 고된 일이고, 나는 더욱 늙고 쇠약해져 집에 오면 옷을 갈아 입거나 샤워를 할 기운조차 없이 풀과 흙과 라벤더와 퇴비의 냄새가 밴 작업복을 벗지도 않은 채 무거운 몸을 소파에 던지고 눈을 붙인 적도 많았다. 페기는 내가 정원 일을 그리 오래 할 수 없다는 것을 알았다고 한다. 어느 날, 산딸기 줄기들 사이에서 잡초를 뽑느라 무릎을 꿇고 일하던 중, 일어서려고 할 때 무릎에서 뚝 하는 소리가 났다. 무척 겁이 나는 순간이었지만, 정원 끝까지 기어서 몇 년 전에 박아 놓았던 말뚝을 지지대 삼아 일어났고, 결국 산딸기 줄기를 지지해주는 철사 운반 작업을 마쳤다. 주인 할머니가 창문 밖으로 그런 내 모습을 보았다. 너무 놀라고 당황했기 때문에, 그리고 더는 정원 일을 할 수 없을 거라는 사실을 직감하며 이제 무슨 수로 생활비를 벌어야 할지 막막했기 때문에 나는 눈물이 터질 것 같은 기분이었다. 그 시점부터 나는 자주 지팡이를 짚어야 했고, 무릎을 꿇는 동작을 최대한 자제해야 했다. 나를 있게 해준 세상에 경배의 절을 하는 기분이어서 나는 종종 정원에서 무릎 꿇는 행동을 좋아했었다. 그 일이 있고 나서 불과 두어 달 후 주인 할머니가 돌아가셨고, 나는 그 집 정원의 문을 걸어 잠그고 전지가위와 잔디깎이를 치워버린 다음 내 화물차 한쪽 면에 붙여진 광고 랩핑을 벗긴 후, 마지막 퇴근을 했다. 나는 여전히 그 화물차를 운전하지만 광고 랩핑을 씌우지 않아 옆면이 깨끗하고, 도구들을 싣고 다니지 않으니 더 이상 흙냄새를 풍기지도 않는다.

폐기는 최근 내가 더 건강해 보인다고 한다. 출근하느라 눈을 떠야 했던 세월이 지나고, 이제는 대개 새벽에 일찍 일어나 한 시간 정도 명상을 한다. 수련이나 연습도 아니고, 목표나 목적이 있는 것도 아니며, 궁극적으로 무엇을 이루겠다는 것도 없다. 그저 그 행동을 한다는 것으로 족하다는 마음으로 한다. 일주일에 두어 번 명상을 하곤 했는데, 생각해보니 정원 가꾸기 자체가 이미 충분한 명상이었다. 요즘은 거의 매일 명상을 한다. 내가 정원사 일을 그만둔 이후 살아 있는 땅과의 관계가 소원해진 듯하지만, 조용히 앉아 있을 때 나의 가장 참된 본연에 근접했다는 느낌에 젖는다.

나는 뒷문 쪽에 방석을 놓고 그 위에 한 그루의 나무처럼 꼿꼿하고 반듯한 자세로 앉아 있다. 나도 정말 한 그루의 나무가 된 것처럼, 새벽이 밝아오는 것을 느끼고 새들이 처음으로 지저귀는 소리를 듣는다. 나는 내 호흡을 느끼는 것부터 시작한다. 숨결 하나하나는 생기로 가득하고, 숨결이 올라온다는 것은 생명 그 자체처럼 이 세상에 살아 있는 것들 가운데 가장 경이로운 것이다. 올라온 숨결이 떠나갈 때 나는 내 번뇌가 어디론가 흘러가서 소멸하는 것을 천천히 느끼며, 평안해지고 평화로 충만해진다. 어떤 흐름의 한가운데에 있는 바위가 된 기분이랄까? 공기가 들어오고 나가는 것을 느끼다가 이내 공기의 흐름조차 느끼지 못한다. 새들은 날아가고, 햇살은 움직이며, 내 피부를 따뜻하게 비춘다. 나는 그렇게 아무것도 하지 않고, 아무것도 생각하지 않으며, 존재하는 모든 사물이 된다. 명상을 한다고 해서 무無가 되는 것은 아니다. 사람들은 공空을 이야기하지만, 진짜 공空은 사람들이 말하는 그것과 다르다. 무無나 공空은 단어로 설명할 수 없고, 그러한 개념은 인간의 발명품일 뿐이라서 그 개념으로 무한한 것을 설명하려는 시도는 성공하지 못한다. 어떤 사람들은 우리의 '좁은 마음'을 활용해서 일상의 존재를 설명하고, 어떤 사람들은 그 좁은 마음을 내려놓고 '넓은 마음'에 참여하는 방법인 명상을 이야기한다. 내가 다른 책에서 언급한 것처럼, 어느 순간 모든 것의 소리는 침묵이고, 모든 것의 색깔은 흰색이다. 명상을 하고 있노라면, 세상은 침묵이 되고, 흰색이 되며, 모든 것으로 가득 차게 된다.

　　얼마 후 눈을 뜨면서 내가 세상에 작은 평화를 더했다는 느낌을 받는다. 극도로 고요한 명상을 하면 일상의 수많은 사소함에도 초연해져서, 무無와 유有의 차이를 거의 못 느끼기 시작하는 경지에 이를 수 있다. 이 정도라면 나는 굶어 죽는 것마저 지극히 행복할 것 같다. 영원히 사라지게 되는 때가 결국 오겠지만, 지금은 아직 아니며 그 생각만으로도 이미 나는 자유로워진다. 나는 마음을 다한다는 한결같은 태도로 걷고, 요리하고, 먹고, 일하지만, 그렇다고 획일적이거나 너무 심각하게 하지는 않는다. 마음을 다한다는 것은 좋은 것이고, 나는 정원 가꾸는 일을 하며 마음을 다하는 태도를 배우고, 키우고, 굳건히 한다. 이것이 바로 경배의 장소이자 모든 것을 배우는 장소인 수도원이 대부분 정원을 보유하고 있는 까닭이다. 아무리 보잘것없는 수준이라 해도 정원은 경배의 장소다. 그 사람의 정원을 보면 그 사람이 무엇을 경배하는지 알 수 있다.

　　나의 정원사 일은 힘들고 지치며 때로 고통스러웠지만, 내 몸은 어떤 동작에 꽤나 익숙해졌고, 또 능숙해졌다. 나는 팔을 뻗어 나뭇가지를 잡는 것, 허리를 잘 숙여 흙더미로 가득 찬 수레를 미는 것, 사다리를 타고 오르는 것에 능숙하다. 나의 사지는 움직이고 있는 그 순간에도 여전히 쉬지 않고 더 일하고 싶어 하고, 나의 폐는 새벽의 찬 공기를 갈망하며, 나의 마음은 내가 점심을 먹었던 초원이나 숲에서 맞는 찬 서리 내린 아침의 고요를 필요로 한다. 정원 가꾸는 일은 몸의 기억이 되었다. 가끔씩 산책할 때 가지치기가 필요한 줄기들이 눈에 자꾸 들어오면, 내 허리춤의 가죽 케이스에 몇 년간 매일 차고 다녔던 전지가위로 나도 모르게 손이 간다.

과거를 잊고 인생을 새로 시작하고 싶기 때문에, 그 당시 소년 시절의 나에 대해서 더 많이 생각한다. 나는 과거를 돌아보는 성격은 아니지만, 가끔 그렇게 하면서 나 자신을 발견하기도 한다. 그는 책 몇 권을 들고 때로 성난 바다를 여행하고 식물과 곤충을 관찰하며 어딘가에 살아 있었던 것 같고, 나는 어린 시절의 나와 지금의 나라는 멀리 떨어진 두 배를 함께 묶는, 우리가 함께 짠 거미줄 같은 밧줄을 찾아낸다. 우리 둘은 무언가를 응시하는 기쁨, 존재의 자유로움, 단어들과 공기와 몸짓을 엮어 쓴 시를 공유한다. 그에 관한 이야기를 사람들에게 들려주고 싶고, 내 안에 남아 있는 다른 많은 상념들과 더불어 그를 기억에서 완전히 떠나보내기 전에 그의 이야기를 한번 더 들려주고 싶다.

명상을 계속하며 앉아 있자니, 이웃집 고양이가 나

를 찾아온다. 장작더미 뒤쪽에서 달려와서는 여러 차례 내 다리에 제 몸을 비비고, 내 무릎 위로 뛰어 올라와 달팽이처럼 몸을 말아 웅크리다가 쿵쿵거리며 걸어 다니고 앞발을 휘젓는다. 내 갈색 코듀로이 바지에 연한 적갈색의 털을 묻히고는 예전에 만든 제 거처로 기어들어 간다. 녀석이 내 몸 위에서 쉬고 있었을 때 나도 명상을 끝내고 일어설 때가 되었지만, 고양이가 사람 위에 앉아 있을 때는 사람이 움직이면 안 된다는 말이 생각나 잠시 움직이지 않고 기다린다. 그 말은 아마도, 어떤 사람이 어떤 행동을 해야 하는 필연적인 이유가 있지 않다면, 제 자리에 머물며 가만히 있어도 세상에는 아무 문제 될 것이 없다는 우주의 가르침이리라.

나는 다리를 꼰 채, 고양이 때문에 움직이면 안 되는 자세를 유지하며 쿠션에 파묻혀 있다. 정원 아래쪽에 있는 나의 낡은 헛간은 지금 엉망이다. 해변에 처박혀 있는 폐선의 선체처럼 기울어져 있는 헛간은 갈색으로 변해 있고 물이 뚝뚝 떨어진다. 옆면의 생김새가 완전히 사선 모양이기는 하지만, 그렇다고 해서 건물 전체가 바로 무너질 것 같지는 않다. 뭔가가 헛간을 받쳐줘야 하는데, 아마도 장미가 그렇게 해주고 있는 것이 아닐까. 창문은 깨져 있고, 문은 열려 있고, 예전에는 반듯했을 직사각형 모양의 구덩이가 땅으로 서서히 꺼져 내려가 지금은 거의 마름모 모양이 되어 있다. 누수를 막느라 널빤지를 덧댄 벽들과 지붕을 타고 장미가 기어오른다. 장미는 헛간을 단단히 붙잡고, 지지하고, 제 몸 쪽으로 당기고 있다. 오, 얼마나 경이로운 모습인가! 이 장미는 노란색 장미를 좋아하는 페기를 위해 내가 아주 오래전에 심은 것이다. 장미꽃은 흐드러지게 피어나고, 줄기는 그 육중한 팔과 발톱으로 헛간을 가루로 만들어버릴 수 있을 만큼 울퉁불퉁하고 강하게 성장하여 바람을 견뎌줄 수 있다. 덩굴 식물은 깨진 유리창을 타고 구불구불한 모양으로 자란다. 2년 전에 이웃집 나무가 폭풍에 쓰러져 내 헛간을 덮쳤고, 헛간은 호두껍질처럼 갈라졌다. 지금은 벽들과 지붕과 마루에 습기가 차서 모든 것이 조각조각 부서지기 시작했다. 마루 한쪽 구석에는 오래된 벌집이 매달려 있고, 마루의 일부는 무너져내려 흙바닥과 구별이 안 된 지 오래된 터라 쥐며느리와 각종 벌레들로 가득하다. 녹아내리는 것을 멈출 수 없는 빙산처럼 헛간은 알게 모르게 천천히 기울며 썩어가는 울타리에 부딪혔고, 헛간과 울타리 둘 다 비슷한 각도로 심하게 기울어졌다. 날씨가 좋을 때마다 생활비를 벌기 위해 항상 남의 정원을 돌봤는데, 그 결과 내 헛간은 무너져내릴 지경이 되고 말았다. 구두 가게 아이들이 항상 맨발로 다니는 것과 비슷한 이치인 셈이다.

　　　내가 만든 울타리는 방치되어 담쟁이 덩굴에 짓눌리고 공기와 흙이 만나는 지점의 다리 부분이 항상 썩어 있어 결국 무너져버렸다. 반면, 깔끔한 성격의 이웃이 만든 정원의 다른 쪽 울타리는 여전히 상태가 좋고 튼튼하다. 울산사나무 firethorn 한 그루에 빗속에서 노래하는 다 자란 참새 한 무리가 앉아 있다. 녀석들은 내가 지금 여기에 있는지 몰라 숨지도 않는다. 푸른박새들이 라일락나무에 드나든다. 줄기에 붙어 있는 이웃집 대나무 잎들이 한 줄로 늘어선 물고기처럼 흔들린다.

5

봄비

백목질부터
카모마일까지

소년은 헛간에서 백과사전을 차례대로 정리하고 A부터 Beo까지의 내용이 수록된 제1권을 펼친다. 그는 알렉산더 대왕, 올스파이스Allspice, 유인원, 진딧물Aphides, 법궤Ark of the Covenant, 아르마딜로Armadillo, 애로루트Arrowroot, 아르투아식 우물Artesian Well 같은 흑백 삽화를 응시하며 책장을 빠르게 넘긴다. 두 페이지에 걸쳐 기재되어 있는 항공기 그림에서 손을 멈춘다. 대문자로 된 설명문에는 이런 내용이 적혀 있다. 현대적 형태의 항공기. 그 밑에 있는 이탤릭 필기체 이름들을 읽는다. 프랑스—다인승 아미오 전투기Amiot Multi Seat Fighter, 독일—융커스 단엽기Junkers Monoplane, 이탈리아—피아트 여객 단엽기Fiat Cabin Monoplane, 영국—브리스톨 2인승 복엽기 Bristol Two-Seater Biplane. 그 외 수많은 항공기들을 본다. 하지만 그 어느 것도 그의 집 위로 실제 핵탄두를 거의 매일 실어 나르는 발칸 폭격기나 텔레비전에서 매일 밤 보는, 고엽제Agent Orange를 투하하는 거대한 비행기를 닮지는 않았다.

다음에 보이는 페이지는 그라프 체펠린Graf Zeppelin이라는 이름의 비행선 그림인데, 책 맨 앞 페이지로 가 보니 중앙부에 평범한 글씨체로 '카피라이트 1933년'이라고 씌어 있다. 이건 너무 낡고 오래되어 건너뛰어야 하는 것 아닌가. 잠시 궁금해하던 자신이 무색해질 만큼 실망이 스친다. 다시 페이지를 뒤로 넘기니 판화 하나가 그의 시선을 사로잡는다. '백목질'이라는 제목하의, 나무 몸통에 관한 장이다. 나이테에 이탤릭체로 *d - a - b - c - b - a - d* 라는 글자가 씌어 있고, 그 아래쪽으로 기호 설명표가 있다. *a* - 백목질 또는 변재, *b* - 심재, *c* - 고갱이, *d* - 나무껍질. 그는 혼잣말을 하며 이 이름들을 소리 내어 읽는다. '백목질 또는 변재, 심재, 고갱이, 나무껍질.' 다시 도표를 들여다보며 그는 바깥쪽에서 가운데로 순서를 바로잡는다. 나무껍질 - 백목질 - 심재 - 고갱이. 그의 헛간 위로 자라는 서양자두나무의 잘려진 몸통과 눈으로 직접 볼 수 있는 나무껍질을 상상하며 이 이름들을 되뇌고 또 되뇐다. 이후 가운데에서 바깥쪽으로 그 이름들을 계속 읊조리다 보니 이제는 반대 방향의 순서에도 익숙해진다. 그는 헛간의 안쪽 벽면들을 바라본다. 끝에서부터 보면, 널빤지들은 한때는 다른 나무들과 함께 자랐던 어느 나무 몸통의 나이테 일부를 보여준다. 나무껍질, 백목질, 심재, 고갱이 각각으로 만들어진 그 널빤지들 틈새로 잎사귀들이나 솔잎들, 새들, 곤충들, 아마도 그 나뭇가지에서 뛰어다녔을 다람쥐들의 흔적이 보인다. 기차와는 달리 헛간은 실물이고, 진짜 나무로 만들어진 헛간이다. 왠지 모르지만 이 헛간은 특별한 의미가 있는 것처럼 느껴진다.

그는 마루에 펼쳐놓은 책 한 페이지에 시선을 고정하고 알비온 금속Albion Metal, 조장석Al'bite, 알부민Albumen 같은 단어들을 조용히 읊조리면서 그 순서를 기억에 새긴다. 그 단어들의 첫 세 글자가 모두 같아 ALB가 시작되는 페이지로 되돌아가 살펴보고, 그 뜻이 흰색이라는 것을 알게 된다. 그는 올버니Albany, 알바트로스Albatross, 알비노Albino, 알비온Albion, 앨범Album, 알부민Albumen과 Alb로 시작하는, 흰색을 뜻하는 가진 수많은 다른 단어들을 훑어보면서 Alb 단어들의 목차를 따라간다.

소년은 지금 여기에서 흥분과 지식과 호기심의 세계를 경험한다. 서로 전혀 달라 보이는 것들이 실제로는 모두 연결되어 있다는 마법의 잔물결이 퍼져나간다. 며칠 후에 또 읽을 책들을 생각할 때마다 흥분의 물결이 밀려온다. 한 권이 600페이지에 달하는 책이 총 열두 권인데, 그는 이제 겨우 첫 두 페이지를 읽었다. 그는 숫자에 익숙하지 않아 계산에는 서툴다. 이렇게 멋진 시적인 말들, 수백만 개가 넘는 이 아름다운 말들 전체를 어떻게 활용할지 고민스럽다. 아호텝Aahhotep 여왕부터 접합자Zygote까지 차례대로 읽어야 하는 걸까, 아니면 어느 한 부분을 읽고 나서 다른 부분으로 넘어가야 하는 걸까? 그는 때때로 자작나무와 극락조, 조개류, 혈액, 미나리아재비와 지지대Buttresses, 사생기Camera Lucida와 암상자Camera Obscura, 모세혈관, 원시인과 카모마일 부분만 조금 자세히 읽으면서 첫 두 권을 빠르게 훑어본다. 그의 마음은 이내 세상의 모든 경이로운 것들의 복합성과 연결성에 대한 희망과 경탄으로 가득해진다.

그가 책을 읽고 집어삼킬 듯이 삽화들을 보고 있을 때, 나무 지붕 위에 똑똑 떨어지던 비가 그치고 해가 구름을 떠밀어낸다. 구름은 퍼즐 조각처럼 나뉘어 사라진다. 비에 젖은 바닥 쪽 계단에 발을 올린 채 출입구 쪽으로 한 계단 옮겨 앉는다. 세상이 수증기를 피우며 마르기 시작하고 새 하나는 호랑가시나무 안에서 음표에 맞춘 듯, 꾸밈음을 내는 듯, 소리를 높였다 낮췄다 하는 듯, 떨리는 비트에 맞춘 듯 노래한다. 참새 떼가 재잘거리는 숲속에서는 비에 젖은 나뭇잎과 잔디의 냄새, 헛간의 나무에 밴 따뜻한 기름내, 축축한 돌이 햇볕에 마르는 냄새가 퍼진다. 그는 촉촉함과 따스함과 상쾌함을 느낀다. 마치 그 자신이, 이끼가 자신의 몸에서 자라고, 눈과 서리가 내리고, 비바람에 페인트가 벗겨지는 날까지, 이곳에 속한 다른 모든 것들과 더불어 영원토록 지금 이 상태로 머물고 있을, 이 정원의 땅 속 정령이라도 된 듯한 기분이다.

그는 밖으로 나가 햇빛을 향해 팔을 벌린다. 완전한

사랑으로 가득 채워진 그는 동물들이 찾아오면 좋겠다고 생각한다. 그중에서도 새들이 찾아와주면 좋겠고 지빠귀, 까치, 까마귀, 산비둘기가 그의 몸 위에 앉으면 좋겠다. 특히 울새가 온다면 얼마나 좋을까. 해치지 않을 테니 새들도 자신을 무서워하지 않으면 좋겠다고 생각하며, 지금까지는 고기를 음식으로 생각하고 먹어왔다는 생각이 떠올라 이제부터는 새, 소, 돼지 또는 그 어떤 동물도 절대로 먹지 않을 것이라고 결심한다. 눈이 있어서 자신에게 어떤 사람이 다가오는 것을 볼 수 있는 존재는 먹지 않을 것이라고. 두려움을 느낄 수 있는 존재는 먹지 않을 것이라고. 두려움이라는 것이 뭔지 잘 아는 소년은 다른 존재가 본인 때문에 두려움을 느끼게 하고 싶지 않다.

그는 고기를 먹지 않겠다는 결심을 공표한다. 엄마에게 이 말을 했을 때 엄마의 첫 반응은 이렇다. "오, 세상에나!" 하지만 이내 그를 향해 진심 어리면서도 약간은 걱정하는 마음으로 이런 조언을 전한다. "아빠한테는 절대로 말하면 안 된다!"

하지만 그는 다음과 같은 이유로 미친개에게 본인의 결심을 말한다.

1. 그는 자신의 결정이 자랑스럽다.

2. 그는 반항심을 느낀다. (때로 부딪혀서 문제를 일으키는 것이 무시당하는 것보다 낫다.)

3. 미친개는 어느 시점에 어차피 알게 될 것이다.

4. 벌을 받을지도 모르겠으나 피하지 못할 바에야 당당하게 이겨내는 것이 최선이다.

5. 그는 아무것도 두렵지 않다.

6. 벌을 받아도 그 대가로 동물들을 살릴 수 있다는 것이 좋다.

7. 미친개가 미워서 그를 골려주고 싶다.

우리가 살아가면서 하는 일들 가운데 이유가 단 하나뿐인 일은 없다. 늘 우리는 우리가 이미 결심한 일을 먼저 저지르고 나서, 그 행동을 설명하거나 정당화하는 데 도움이 되는 이유를 최대한 많이 찾아낸다.

"앞으로 고기는 먹지 않겠어요." 그가 아빠에게 말한다.

어떤 이유에서인지 미친개는 생각보다 화가 난 것 같지 않다. 그저 이렇게 말할 뿐이다. "좋아, 오히려 우리 모두에게 더 잘 된 일이다." 그리고 질문한다. "그럼 뭘 먹을 셈이지?"

"채소만 먹을래요."

"좋아, 그렇게 해."

소년은 자신의 결정이 정말 진지하고 단순한 충동이 아니고 앞으로도 충실하게 고수될 것이므로 이 결정이 아빠를 화나게 할 것이라고 생각했었는데, 막상 그의 반응이 이렇다 보니 약간의 실망감마저 느낀다. 하지만 틀림없이 이 결정은 미친개를 어느 정도 불행하게 할 것이다. 그는 아빠가 더 불행해지기를 원한다. 우리는 벌겋게 불타고 있는 석탄 같은 화와 짜증을 우리 안에 지니고 있다. 우리를 더 많이 상하게 하는 것은 우리를 화나게 하고 짜증나게 하는 일이나 사람이 아니라, 우리 안의 그것이다. 아이들이라고 다 무능한 것이 아니라서, 그들은 예민한 어른들이 죄책감을 느끼며 화를 내거나 방어적인 태도를 취하게 만들 수 있다. 아이들은 사람들의 마음이 바뀌는 동기를 재빠르게 알아채고 그 동기가 촉발되도록 행동하는 것을 즐긴다. 아이들은 큰 힘은 없지만, 자신들이 보유한 작은 힘을 쓰는 것을 즐긴다.

몇 주간 그는 전지가위와 망치를 청소하고 기름칠을 한다. 펜치의 경첩이 심하게 녹슬었었는데 도끼(작은 망치로는 어림도 없다.)의 뒷면으로 두들겨서 펴보려다가 펜치가 완전히 부서지고 말았다. 원래 녹슨 붉은색이었던 도끼는 석탄 난로에 넣을 불쏘시개들을 자르는 데 몇 달간 쓰고 나니 광택 나는 갈색으로 바뀌었다. 주머니칼로 날을 갈아 가지를 치는 데 쓰려고 했던 전지가위는 여전히 뻑뻑했고, 두 절반을 연결해주는 그 가위의 경첩은 몇 년간 기름칠도 안 해주고 방치해놓은 상태다. 결국 마치 사랑이 식은 커플처럼 그의 손 안에서 가위 손잡이는 두 동강이 났다. 그는 씨앗이 든 상자는 결국 포기하고 서랍에 도로 넣었다.

6

금성, 루시퍼,
해파리, 햇살,
갈라진 목소리

아직 꽤 추운 이른 봄이지만, 새벽은 온화해서 내 아침잠을 크게 방해하지는 않는다. 블라인드를 열어놓고 자기 때문에 새벽이 밝아오는 것을 볼 수 있다. 작은 거미 하나가 블라인드의 좁은 널 안을 드나들며 침실 창문을 기어올라 구석에 자리를 잡는다. 모로 누워 있는 나의 왼쪽 눈은 감겨서 베개에 파묻혀 있고 오른쪽 눈은 창밖을, 대지의 공기를, 밝게 빛나는 금성까지 서쪽으로 6,115만㎞ 떨어져 있는 우주의 공간을, 샛별과 저녁별을 바라본다. 아프로디테라는 이름으로도 알려져 있는 금성은 정원의 영혼이자 사랑의 여신으로서, 천국에서 가장 아름다운 천사인, '빛의 전달자'라는 뜻의 루시퍼와 관련 있다. 루시퍼의 신은 그의 오만함에 진노하여 그를 내쳐 불의 호수에 묶어 두었다. 금성에는 황산 비가 내리고, 산 위로는 쇳물이 눈처럼 떨어진다.

위로는 행성과 별들, 당신이 존재한다고 생각하면 존재할 온갖 종류의 신들이 있고, 아래로는 우리와 꽃들과 언덕들이 있으며, 그 사이에는 기체와 생물들과 작은 사물들이 있다. 페기의 몸의 윤곽선과 그녀의 눈처럼 하얀 이부자리 너머로, 칠흑에 뿌려진 씨앗처럼 빛나는 은하수가 보인다. 난방으로 이런 추위를 완전히 해결하지는 못하는 터라, 나는 셔츠를 껴입고 허리에 수건을 두른 채 핫초코를 마시러 아래층으로 내려간다. 나는 맨발에 느껴지는 추위를 좋아한다. 왜 그런지 생각해보니, 키가 큰 나는 추운 날에도 항상 발이 침대 밑부분의 이불 밖으로 튀어나와 있었는데, 내가 이런 상황에 적응한 것 같고, 아마 발이 따뜻하면 오히려 어색하다고 느낄 것이다. 주전자 물이 끓기를 기다리면서, 주방 문을 열어 작열하는 듯한 분홍빛 새벽 하늘을 바라본다. 세상에는 아름다운 삶을 사는 수많은 길이 있겠지만, 나는 고요하고, 평화롭고, 사랑으로 가득 찬 이 단순한 삶이 바로 나의 길이라고 생각한다. 내가 만약 좀 더 심각하게 고민한다면, 다가오는 새로운 매 순간을 내 삶을 이렇게 저렇게 바꿀 기회로 삼을 수도 있을 것이다. 하지만 추운 날씨에 무릎이 시리면, 이내 다른 고민은 잊고 내 삶의 유일한 궁극의 목표가 무엇이었는지를 다시금 생각해보게 된다.

해가 우리 집 뒷쪽에서 떠오르고 빛이 공기와 물질의 작은 입자들을 핑크빛으로 바꾸는 사이, 핫초코 한 잔으로 손을 녹이면서 자리에 앉아 담요로 몸을 감싼다. 잠시 날이 정적인 상태에 멈춘 것 같다. 새벽녘이 되니, 땅거미가 질 무렵 그날 밤을 보내게 될 어느 해변에 서 있던 시간이 떠오른다. 당시 집이 없던 나는 매일 떠돌아다녔다. 목적지 없이 그저 방랑만 했을 뿐이다. 모험을 한다 해서 엄청나게 많은 일을 할 필요는 없다. 그저 앞문을 열고 밖으로 나가 걷기 시작하면 된다. 때로 나는 바다를 향해 터벅터벅 걸어갈 때도 있었고, 숲으로 가거나 강을 만난 적도 있었다. 마을과 사람들은 되도록 피했지만, 때로는 잠깐 일자리를 얻기 위해 마을에 갈 때도 있었다. 어느 바닷가에 갔을 때, 우윳빛 알과 정자와 뒤섞인 수백만 개체의 해파리 떼로 가득 찬 바다가 파스텔 톤의 노란색, 분홍색, 파란색으로 빛나던 기억도 떠오른다. 해파리는 떼를 지어 폴립polyp 모양을 이루고 바닥으로 내려간다. 그러고 나서 성장하고 발달하여 또 다른 해파리 떼가 새로 생겨나고, 적당한 날씨가 되어 안이 들여다 보일 만큼 바다에 빛이 들어오면 새로운 해파리들이 무리별로 떼지어 다닌다. 어떤 해파리들은 다시 폴립 모양으로 뭉쳐 불사의 존재로 여겨지기도 한다. 몇 년 전, 한 도서 박람회에서 동물의 항해를 연구하는 요트 애호가 데이비드David라는 훌륭한 사람을 만났는데, 그는 내가 알지 못하는 새로운 세계를 소개해주었다. 그가 이야기해준, 습지에 사는 해파리의 한 종류는 눈이 24개인데, 그 눈이 모두 하늘의 별을 올려다 보는 용도라고 한다. 지금 내가 그렇게 하고 있는 것처럼 말이다.

기억의 그림들이 사라져가고, 지금 내 눈에 보이는 세계에서는 쌀알들이 쏟아져 내리듯 비가 내리기 시작한다.

볼 때마다 모두 아름다웠던, 내 눈으로 목격한 새벽은 과연 몇 번일까? 한 만 번쯤 될까? 비가 내리는 하늘은 녹슨 오렌지 빛이 살짝 도는 은색과 푸른색과 회색이다. 비는 내릴 때마다 매번 다르지만, 오늘 내리는 비는 예전의 그 비처럼 회색 윤기가 흐른다. 백랍이나 납 색깔 같기도 해서 친숙하게 정감이 간다. 은빛으로 빛나는 푸른빛 회색이며, 보드랍고 매끄럽다. 나는 누에고치 같은 내 집 안에 안전하게 감싸져 있고, 부드러운 화장지로 포장이 된 느낌이다. 마치 백화점에서 근무하는 단정한 숙녀로부터 산 깨지기 쉬운 꽃병이라도 된 것만 같다—얇은 종이로 만들어진 것 같은 이 연약한 세상에서 보호받고 숨겨지고 변신된. 집이 있다는 것은 좋은 것이다. 단 하루도 '집이 있어서 정말 좋아'라고 생각하지 않은 날이 없다. 내 멋진 집 자랑을 좀 하자면, 창문이 커서 바깥의 나무가 잘 내다 보이는 3층짜리 높은 흰색 건물이다. 이 길가의 집들은 모두 비슷하게 생겼다. 3면이 막힌 높은 복층 집들이 그 안에 자기만의 이야기를 담고 있는 선반 위의 책들처럼 서로 기대고 있다.

하늘의 절반은 여전히 멍들어 있고 얻어맞은 눈두덩이처럼 누렇게 바래 있지만, 바로 그 너머에는 맑고 밝은 푸른 하늘 한 조각이 펼쳐져 있다. 잿빛이 서서히 옅어지면서 밝은 해가 뿌옇고 의심쩍은 것들을 걷어낸다. 포플러들은 바람에 흔들리고, 까마귀와 날벌레와 사람들과 그들의 개와 고양이가 밖으로 나와 산들바람을 맞으며 무용수들이나 침대 시트처럼 한 줄로 늘어서서 소소한 이야기들을 나눈다. 장막 뒤 은밀한 공간에 숨어 있다가 밖으로 나왔던 비가 지나갔다. 우리는 아직 못 다한 우리 일을 계속할 세상으로 다시 들어간다. 더 이상 그리 쓸모 있는 공간은 아니지만, 나는 이 망가진 정원 전체를 다시 꾸며야 한다. 정원은 박물관이나 묘지처럼 변화가 필요한 유물 같은 것이고, 정원을 다시 꾸미면서 나 또한 변화할 수 있다.

페기는 위층 보금자리에서 기지개를 켜고, 나는 여느 때처럼 그녀를 부른다. "나의 여왕님, 일어난 거죠?" 나는 길게 늘어진 대답 속 졸린 목소리에 담긴 그녀의 미소가 보인다. "네~에~에."

"차 한잔 할래요?" 내가 묻는다.

"좋지요." 그녀의 대답대로 그녀의 흰 머그에는 차를 담고 내 잔에는 커피를 담아 우리가 포옹하고 대화를 나누는 침대로 실어 나른다. 하루는 거의 매일 이렇게 시작한다. 일상적인 일들 몇몇은 때로 바뀌기도 하지만, 이런 아침의 시작은 항상 변하지 않는다. 페기는 머리를 내 가슴에 올려놓은 채 누워 있고, 나는 팔을 그녀의 어깨에 두르고 있다. 그녀의 알몸이 내게 가까이 닿아 있다. 나지막한 목소리로 옛날 노래인 '당신은 나의 햇살'을 그녀에게 불러준다. 그녀는 나의 햇살, 나의 유일한 햇살. 그녀는 나를 행복하게 한다는 소절을 노래할 때, 그녀의 몸은 내 쪽으로 더 깊게 파고들며 부드러워진다. 이 순간 나는 생전 처음으로 내 목소리가 갈라져 나온다는 것을 알았다.

　　　　나이 든 사람은 두 종류로 나뉜다. 고통 때문에 비참해지는 사람들과 고통을 느끼지만 명랑한 사람들. 나이 든 사람들 가운데 아프지 않은 사람은 없다. 우리 가운데 오직 소수의 사람만이 그 아픔을 매일매일 대수롭지 않게 웃어 넘기는 기술을 터득하고 있을 뿐이다. 인생은 우스꽝스럽고 고통으로 가득하지만, 타인에게 친절하고 스스로 행복하게 사는 것이야말로 내가 생각할 수 있는 가장 멋진 반항이다. 행복을 오래 유지하는 것도 기술이다. 터득하기 쉽지 않은 기술이지만, 일단 조금만 익숙해지면 그렇게 하지 않을 수 없다. 행복해지기 위해 내가 버린 것들이 있다. 다른 사람과 경쟁하는 것을 멈췄고, 자연의 섭리를 받아들였고, 내 자신을 단순함으로 인도했고, 피할 수 없는 것들과 변화와 무의미한 것들을 온전히 받아들였다. 무엇보다 중요한 것은 사람들을 용서해야 한다는 것이다. 세월은 흐르고, 사건은 발생하지만, 아무도 그 이유는 알지 못한다.

사람들을 사랑하면 그들을 용서하는 것이 쉽다. 용서는 당신이 다른 사람들을 사랑한다는 것을 깨닫는 여러 방법 가운데 하나다. 때로 다른 사람을 용서하는 것보다 자기 자신을 용서하는 것이 더 어려울 수도 있지만, 당신은 그 둘을 모두 용서해야 한다. 물론 사랑하지 않는 사람을 용서하기란 어려운 일이고, 특히 탐욕스럽고 이기적인 사람, 폭력적인 혐오로 가득해서 당신을 아프게 하는 사람, 자신이 소유한 것을 약삭빠르게 계산하여 다른 사람이 소유한 것과 비교하고 싶어 하는 사람을 용서하기란 더욱 어렵다. 다른 사람을 변화시키는 것으로 세상을 변화시킬 수는 없다. 당신 자신으로부터 출발해야 한다. 당신이 어떤 사람인지, 당신이 다른 존재에게 어떤 해를 가하고 있는지, 당신이 무엇을 생각하고 느끼고 말하는지, 당신이 무엇을 사용하고 소비하는지 되돌아봐야 한다. 당신은 어제까지의 일은 모두 잊고, 지금 살고 있는 오늘을 기점으로 용서하는 삶을 매일매일 살아야 한다.

나는 그저 방문객일 뿐이라는 마음으로 이 세상을 대한다. 나는 내가 소유하지 않은 곳에 온 손님이고, 영원히 머무를 수 없으며, 다른 많은 손님들과 마찬가지로 이곳에서 정확히 어떤 일이 일어나고 있는지 완벽하게 이해하지 못한다. 그럴 필요도 없다. 때로는 알고, 때로는 모른다. 알든 모르든 크게 상관이 없다. 나는 단지 손님일 뿐이고, 손님으로서 내가 져야 하는 책임은 정중하고, 친절하고, 관대하고, 불의에 맞서고, 할 수 있다면 누군가를 진심으로 돕기 위해 내가 가진 것을 내놓는 것이다. 나는 이런 구식 세계관을 가진 사람이다.

생일선물로 모종의 기상관측소를 받았다. 정원에 설치해서 비와 바람을 탐지하는 기둥 위에 올려놓았다. 맨 위에 풍속계가 있는데, 바람을 받으면 회전을 해서 속도 데이터를 획득하는 세 개의 컵이 달려 있다. 그 아래에는 바람이 어디서 불어오는지 가리키는 작은 풍향계가 있다. 각종 경사장치, 수집장치, 감지장치들은 옅은 하늘색 덮개로 덮여 있다. 그 덮개 색깔은 아마 사진가가 봤다면 '18% 회색'이라고 표현했을 것이고, 디자이너가 봤다면 '팬톤 번호 쿨 그레이 10C'라고 표현했을 것이다. 이 색깔은 흐리고 우중충한 것들을 연상시킨다.

어젯밤 내린 비는 양이 그리 많지 않았습니다.

4시간 동안 0.5㎜의 강수량이 집계되었습니다.

남쪽에서 부는 바람의 세기는 2단계로 초속 2m입니다.

기온은 섭씨 14도입니다.

기상관측소를 설치하니 기압과 대기 중 수분함량, 실내외 기온도 알 수 있다. 하지만 이 녀석들이 다루는 것이라고는 숫자뿐이다. 이런 못생긴 플라스틱 덩어리들이 지구상에 영원히 남아 있을 것이라고 생각하니 몹시 실망스럽다. 내가 원했던 것은 숫자가 아니라 시다. 2006년, 지구상의 생물 중에서 가장 오래된 것인 507년을 산 조개가 발견되었는데, 이 조개의 나이가 몇 살인지 알아내려 했던 과학자들 때문에 조개가 죽었다.

사람들에게 필요한 지식이 있고, 그렇지 않은 지식이 있다. 하지만 시는 누구에게나 항상 필요한 것이다. 모든 지식은 사물을 작은 단위로 분할한다. 세계를 더 작은 단위들로 나누며 고립시키고 더 작아진 단위들끼리 서로 비교한다. 막대자석을 반으로 쪼개면 처음에는 붙어 있던 두 극이 이제는 서로 밀어낸다. '이원성'은 반목을 수반하고 '단일성'은 평화를 수반한다. 무엇이든 잘게 쪼개는 우리의 습성은 위대하고 광대한 이 단일성을 감당할 수 없고, 작은 단계들과 그것이 무엇인지 조사하기 위해 사물을 분해하는 일 정도만 다룰 수 있다.

지금 디지털 계기판을 보니 바람이 초속 1.6m로 불고 있다. 생각해보니 다음과 같은 유용한 정보들을 알려주도록 기상관측소의 설계를 약간 바꾸는 것이 가능하지 않을까?

1. 가장 추운 날: 실내에 머무르세요. 없으면 절대 안 되는 필수적인 것을 사러 갈 때만, 그것도 아주 짧은 시간 동안만 외출하세요.

2. 추위가 약간 누그러졌지만 그래도 두툼히 껴입으세요. 코듀로이나 양모 같은 따뜻한 옷을 추천합니다. 그 정도 입으면 밖에 나가 걸을 만합니다.

3. 맑게 갠 파란 하늘에 파란빛, 황금빛, 붉은빛, 노란빛이 어우러져 있군요. 할머님들은 춥다고 하시겠지만 젊은 분들은 그렇지 않을 겁니다.

4. 비가 오는 건지 아닌 건지 알 수 없을 정도로

적게 내립니다. 우산을 가지고 나갈지 말지 결정하기 어렵겠네요.

5. 흐리고 우중충합니다. 집에 있어도 좋고, 외출해도 좋아요. (누가 뭐라고 할 사람 없습니다. 적어도 비가 내리는 건 아니니까요.)

6. 비 와요, 집 안에 머무르세요.

7. 건조해요. 그런데 우산이 뒤집히고 모자가 날아갈 만큼 강한 바람이 예상됩니다.

8. 해가 납니다. 아기들에게는 모자를 씌워 주세요. 햇빛을 잘 막아주는 모자를 쓴 아기들은 길거리에서 셔츠를 벗어도 될 거예요. 사람들의 시선을 끌기에 좋은 코디가 되지 않을까요?

9. 아마 선크림을 바르고 그늘을 찾으셔야 할 만큼 햇살이 강할 것입니다. (골고루 잘 펴 바르세요, 그래야 좋은 자리 나갈 때 멋있어 보이죠!) 자신 있으면 반바지(다리가 너무 하얗거나, 너무 가늘거나, 늙고 주름이 많다면 곤란해요.)나 마 소재의 옷(그래도 땀은 흘릴 겁니다.)을 시도해 보세요.

10. 실내에 계시되 창문을 열어 환기를 잘 시키세요. 그러지 않으면 당신의 멍청한 민머리에 암이 생길 겁니다.

하지만 지금 내가 할 수 있는 일은 창밖의 아날로그 세상을 내다보는 것이다. 나는 한때 정원사 일을 다시 할지 말지, 스마트폰에 일기예보 앱 세 개를 설치할지 말지 고민했던 적이 있다. 그러나 이제 나는 오늘 무슨 일이 일어나든 그것이 그렇게 흘러가는 것을 관조할 여유를 가지게 되었고, 전체를 즐길 줄도 알게 되었고, 그리하여 굳이 힘들여 무언가를 알아내거나 이해하기 쉽도록 사물을 잘게 쪼갤 필요가 없다.

7

봄비

말 농장,
안타이오스,
투구꽃, 죽어가는 말벌

다른 아이들과 마찬가지로 소년은 자기만의 관심사에 집착한다. 그의 일상은 정원, 식물, 곤충과 날씨, 그의 헛간, 그의 책들에 대한 관심으로 가득 차 있다. 두 남동생은 나이 차이도 얼마 안 나고 서로 기질도 비슷해서 함께 놀고, 학교도 같이 다니고, 수다도 함께 떤다. 둘이 쉴 새 없이 와자지껄 떠들면서 친밀하게 지내는 것을 워낙 좋아하는지라, 그는 그들이 유치하고 너무 보챈다고 생각하며 두 동생과 어느 정도 거리를 둔다. 그는 밖으로 나가 바람을 쐬고 이것저것 구경하러 다니는 것이 좋다. 자기만의 목조 헛간에 혼자 있으면, 집에서 받는 소소한 폭력과 굴욕으로부터 자유롭고 평안하다고 느낀다. 엄마는 울고 미친개는 짖고 두 동생은 놀고 떠들고 뛰어 다니지만, 그는 조용한 헛간에서 책을 읽는다.

어느 날 학교에서 선생님이 이다음에 어른이 되면 무슨 일을 하고 싶은지 아이들에게 물었고, 아이들은 이 주제에 관해 글을 쓰기로 했다. 친구들의 답변은 다른 여느 아이들과 비슷하다. '맨체스터 유나이티드에서 뛰는 축구 선수가 되고 큰 집을 사고 싶어요.', '엄마처럼 간호사가 되어 아픈 사람들을 돌봐주고 싶어요.', '말 농장을 갖고 싶어요.' 같은 답변들. 그는 다른 아이들의 말도 안 되는, 판에 박힌 답변들이 하나도 마음에 들지 않는다. 그런 소망들 중에서 하나라도 제대로 이루어질 수 있을까? 아이들이 대답할 때, 만약 그 아이들이 말 농장을 소유하지 못하게 되거나 축구를 할 수 없게 되면 어떻게 될지 궁금해진다. 그러면 그 아이들은 그것으로 족할까, 죽을 때까지 불행할까? 그는 학교 친구들이 그렇게 먼 미래에도 아직 살아 있을 것이라고 생각하는 것도 이해할 수 없다. 그는 자신이 스무 살이나 심지어 열다섯 살이 되는 것도 생각해본 적이 없다. 뭐라고 대답할지 몰라서 약간 공황 상태가 된다. 뭐든 대답할 거리를 찾아보려고 생각하며, 또다시 헛소리나 뱉어내지 않으면 좋겠다고 소망해본다. 그의 차례가 되었을 때 "저에게 어떤 일이 일어나든 전 상관없어요." 라는 말이 자기도 모르게 튀어나왔다. 더 좋은 대답을 했어야 했지만 결국 그렇게 하지 못했다. 그는 자신이 가끔 상황을 엉망으로 만든다고 생각하기에, 교실에서 자기 견해를 밝히는 것이 부끄러워 최대한 말을 짧게 한다. 잠깐의 침묵이 흐르고 그를 골똘하게 바라보던 선생님이 다정하게 말문을 연다. "그게 정말이라면, 넌 아주 행복한 삶을 살게 될 거야." 소년은 마음이 편안해진다. 선생님이 최상의 답을 알려주셨다고 생각하며, 본인도 그런 삶을 살 것이라고 다짐한다.

그는 미친개가 어느 날 손바닥이나 주먹으로 심하게 때려서 자신을 죽이지 않을까 걱정한다. 예전에 미친개가 계단 아래 난간 기둥에 그를 몰아 세워 놓고 때린 탓에 그는 지금 한쪽 귀가 반쯤 들리지 않는다. 소년은 미친개가 잠들어 있을 때 그를 칼로 찌르거나, 망치로 내려치거나, 그의 밥그릇에 독을 타는 상상을 한다. 그는 만일을 대비해서 법정에서 자기를 변호하기 위한 탄원서도 마련해놓았고, 미친개의 공격에 맞서고자 나무 그루터기에 도끼를 휘두르는 연습도 했다. 그는 모든 경우에 대비한 대응책 구상을 끝마쳤다. 만약 목을 겨냥하면 위치가 너무 높아서 미친개가 재빨리 뒤로 피할 수 있기 때문에 공격이 무위에 그칠 것이며, 그가 도끼를 바로 잡아 휘두르기 전에 미친개가 역습을 가해올 것이다. 위치를 조금 낮게 잡아 몸의 가장 넓은 부분을 목표로 하는 것이 더 좋을 것이다. 아무리 못해도 팔꿈치 아랫 부분은 잘라내야 하며, 최상의 경우 그의 배를 갈라 내장을 땅바닥으로 내치면 좋겠다. 소년은 쳐다보지 않고도 손을 뻗어 헛간 안쪽 문에 기대어 놓은 도끼를 잡는 연습을 해왔다. 화강암 계단에서 날카롭게 간 덕에 도끼날은 더욱 강렬히 빛난다.

미친개는 인생을 즐기는 편이어서 별 문제가 없으면 유유자적한다. 그는 누군가가 쓰다듬어주고 어루만져주고 밥을 주는 것을 좋아하며, 영리하다, 덩치가 크다, 힘이 세다 같은 칭찬을 듣는 것과, 뭔가 마음에 들지 않는 것에 대해 으르렁거릴 때 사람들이 자기 편을 들어 주는 것을 좋아한다. 하지만 시끄러운 소리나 자신을 놀라게 하는 일, 뭔가 특이하거나 예전 같지 않은 일, 지나치게 기뻐하거나 지나치게 슬퍼하는 것 등 사람들이 자기가 허락하지 않은 일을 하거나 조금이라도 자기 견해와 달라서 마음이 불편한 일이 생기면 짖고 뛰어오르고 으르렁거린다. 그는 때로 사람들을 울리기도 한다. 무언가를 두려워하는 사람들은 무슨 일이든 할 수 있다. 그리고 미친개는 언제나 두려워하고 있고, 그리하여 다른 모든 이들은 그를 무서워한다.

봄 햇살이 제법 따뜻하고, 까치밥나무 덤불의 분홍빛 꽃 주위로 세 종류의 벌이 날아다닌다. 웅웅대는 소리가 가까이 들렸다가 멀어지고, 여기서 들리다가 저기서 들리더니 다시 여기서 들린다. 그는 그중에서 덩치가 크고 뚱뚱한 검은 벌 하나를 유심히 살펴본다. 꼬리가 짙은 갈색인 녀석은 길바닥에 깔린 두 보도블록 사이를 뚫고 내려가 나뭇잎 부스러기들로 제 몸을 감춘다.

소년은 정원에 배를 깔고 엎드려 있다. 라벤더 덤불 아래쪽으로는 하나의 숲이 시작되는데, 바로 그 지점, 즉 뒤틀린 뿌리들 사이로 또 다른 세계로 통하는 출입구가 있다.

그곳에서 개미 하나가 눈에 띈다. 그 녀석이 이리저리 쏘다니고 나서 다른 녀석이 또 나타난다. 모든 세세한 것들을 눈에 담기 위해 소년이 동공을 좁히자, 강한 냄새가 밴 덮개 아래에 존재할 것 같은 어떤 요새를 드나드는 수백 개체의 개미들이 보인다. 그들 중 몇몇은 거리의 사람들처럼 잠깐 멈춰 서서 대화를 나누는 것처럼 보이고, 다른 몇몇은 턱에 자그마한 흰 꾸러미들을 물어 나른다. 그는 흙바닥에 머리를 대고 개미의 세계와 개미가 바라보는 세계를 보려고 한다. 그러고 보니 이 정원은 정말이지 너무 광대해서 정원의 모든 것을 완전히 이해하기는 어려울 것 같다. 그는 이 광활한 모든 것을 절대로 다 알 수는 없을 것 같아 걱정스럽다. 아마도 하나나 둘 또는 넷 정도로 범위를 좁혀 자기가 알 수 있는 만큼만 배우자고 해야 할 것 같다. 아니면 어떤 방법이나 목적을 정하지 말고 자기의 관심을 끄는 것들만 살펴보자고 마음먹을 수도 있다. 필시 다 이해하지 못할 정도로 많은 것들이 존재할 것이다. 모두 다 이해하기에는 너무 많을 수도 있지만, 그래도 왠지 사랑스럽게 느껴진다.

그는 책에서 '개미' 부분을 찾아보고 개미들이 턱에 물고 다니는 자그마한 흰 꾸러미들이 개미의 알이라는 것을 알았다. 마치 사람들이 아기를 유모차에 태워 공원을 산책하는 것처럼 개미들도 알을 데리고 밖으로 나와 햇빛을 쐬게 해주고, 날이 추워지면 다시 집 안으로 들어가는 것이다. 개미들에게 줄 생각으로 집에서 설탕 몇 조각을 가지고 나왔지만, 곧바로 개미들의 삶에 이런 식으로 개입해서는 안 된다고 생각한다. 이렇게 하는 것은 옳지 않은 일인 것 같다. 그가 개미들의 신처럼 등장하면 그들은 그에게 의존하게 될 텐데, 만약 그가 갑자기 다른 일을 한다면 개미들은 그 변화에 대처할 수 없을 것이다. 그는 신이 되는 것을 원치 않고, 우월감을 느끼게 하는 권력을 소유하고 싶지 않으며, 개미들이 독재자로부터 자유로운 상태에서 자신들의 삶을 자신들만의 방식으로 살아가기를 원한다. 굴종과 독재자가 어떤 것인지 이미 잘 알고 있기 때문이다. 개미들도 아기들처럼 칭얼거리고 불평을 많이 늘어놓지는 않을까. 너무 덥다, 너무 춥다, 이건 많다, 저건 부족하다, 그건 불공평하다, 애들은 이렇게 해야 하고 쟤들은 저렇게 해야 한다 같은 이야기들 말이다. 개미들도 '해야 한다'는 말을 엄청 많이 할 것이다. 그것이 책임을 감당하는 것이고, 그들의 삶을 좀 더 안락하게 하는 것이기 때문이다. 그는 개미 곁에서 멀어져서 계단에 앉아 개미들을 향해 책의 구절들을 큰 소리로 읽어준다. "개미는 말이야, 벌목에 속하는 다양한 속의 곤충(또는 막이 있는 동물들인데 막이 있다는 것은 날개가 달려 있다는 뜻이야.)을 부르는 이름이고 개미과에 속하며 매우 다양한 종류가 있단다." 그는 사전에 나오는 복잡한 단어들을 제대로 발음할 줄도 모르고 뜻도 정확히 모르기 때문에, 나중에 이 책을 반드시 다시 찾아보겠다는 생각으로 표시를 해놓는다.

개미들이 제 갈 길을 가는 동안, 그는 계속 그들에게 개미에 관한 내용을 읽어준다. "너희들 종류가 최소 2,000종이 넘는다고 하네. 너희들은 강하고 사회성이 좋고 똑똑해. 날개가 자라기도 하고, 소를 키우는 것처럼 진딧물과 애벌레에게 젖을 먹이는 농장을 짓기도 하고, 식민지에서 다른 개미들을 끌고 와서 노예로 만들기도 한다는구나."

책이 다음 주제로 넘어간다. 위장의 산성을 조정하는 알칼리 성분의 제산제Antcide 이야기인데 지루하기 짝이 없다. 그 다음은 안타이오스Antaeus로, 그는 바다의 신인 포세이돈Poseidon의 아들이며, 어머니인 대지의 신 가이아Gaia the Earth가 보호해주는 한 아무도 어쩌지 못하는 무적의 거인이다. 안타이오스는 제 영토에 있는 모든 이방인들이 도전한 씨름 대회에서 땅에서 얻은 힘으로 그들 모두를 이겼다. 하지만 헤라클레스Hercules는 안타이오스의 약점을 파악해서 그를 땅에서 들어 올린 뒤 공중에 매달아놓고 으스러뜨려 죽인다. 소년은 계단에 앉아 자기가 안타이오스가 되는 상상을 한다. 공중에 들린 채로 자기보다 강한 존재에게 압도되었을 때 느꼈을 부당함과 끔찍한 좌절감은 어느 정도였을까? 엄마 품에서 강제로 분리된 아이처럼 움직이지 못하고 땅을 밟고 서지도 못해 무기력해지는 자신을 느낀다는 것은 어떤 기분일까?

전집 제4권에는 Duo부터 Fun까지, 제6권에는 Hug부터 Lyr까지의 항목들이 수록되어 있다. 그는 '개미'와 '벌목에 속하는 곤충들'에 관해 탐독하다가 눈이 번쩍 뜨이는 내용을 발견하고는 수분을 함유한 - 각막 - 수정체 - 유리 같은 - 망막 - 와窩Fovea 그리고 유리체관이라고 표기된 문구들을 읽는다. 두개골 쪽 안구에 붙어서 그 안구를 회전시키는 역할을 하는 근육들과 눈물길이나 홍채를 표현하는 도표들이 많다. 펼쳐놓은 여러 권의 책들과 벌이 윙윙거리는 소리에 둘러싸인 채 소년은 먼지 낀 계단에 앉아 있다. 그는 세상에 이만한 곳이 없다고 생각하면서 자신을 강하게 만들어주고, 진리를 발견하게 해주고, 호기심을 자극해주는 지구의 숨결과 함께하고 있다는 느낌을 받는다.

어둠이 내리기 시작하자 엄마가 부엌 창문을 두드린다. 그는 책을 덮으며 개구리, 삿갓조개, 오징어, 꿀벌, 달팽이, 해파리의 눈을 그린 그림들을 훑어본다. 점점 커지는 창문 두드리는 소리에 이제는 집으로 돌아가야 할 때임을 깨닫는다. 몸이 그의 땅을 떠나 공중에 매달린 것 같고, 그의 힘과 그의 자유는 모종의 죽음 속으로 사그라진다. 그는 다시 돌아왔을 때 바로 읽을 수 있도록 책을 작업대 위에 펼쳐 놓은 채 도토리와 떡갈나무 잎 그림들이 있는 몇 페이지를 더 넘겨본다. 다음에 올 때는 바꽃Monkshood이라고도 불리는 백부자Aconite 또는 투구꽃Wolfsbane에 관한 페이지를 한번 더 읽을 생각이다. 그러면 이 꽃에는 손에 닿기만 해도 병이 나거나 극히 적은 양만 섭취해도 죽을 수 있는 독이 있다는 사실도 알게 될 것이다. 투구꽃이 햇빛이 잘 드는 정원에서 잘 자라는 흔한 꽃이라는 사실도 알게 된 그는, 작은 목판에 심어 해가 잘 드는 벽에 두고 투구꽃 무더기가 자라는 모습을 지켜볼 생각이다.

문을 열고 들어가니 말벌 하나가 다리를 오므리다가 이내 멈추고 누워 죽어가고 있다. 몸을 숙여 그 모습을 지켜보던 소년은 완전히 확신할 수는 없지만 목숨을 살리기 위해서라면 자연의 법칙에 간섭하는 것도 괜찮을 것이라고 생각하면서 설탕과 수돗물을 섞어 만든 시럽을 가져와 말벌의 검은 머리 부근에 떨어뜨려준다. 그는 말벌이 다시 날아오르기를 기원한다. 하지만 생명이 말벌의 몸에서 천천히 떠나가고 있음을 느낀다. 말벌 모양을 한 생명이 불투명 유리 같은 날개와 딱딱해 보이는 살점에서 분리되고 있다. 그는 슬픔을 느끼면서도 이 소박한 죽음의 순간을 지켜볼 수 있음을 영광이라고 생각한다. 죽음의 순간이 이상하게도 아름답다. 죽음이 아름다울 수 있다니. 죽음이란 얼마나 당황스럽고 기이한가.

8

정원사

고물로 가득 찬 배,
추억, 행복, 토르

하늘에 떠 있던 해가 매일 저녁 지구를 향해 기어가는 것처럼, 나도 매일 나의 헛간에 흘러들어온다. 헛간은 저 인망 어선 뒤의 그물처럼 한번 밀려와 다시는 밖으로 나가지 않을 것 같은 낡고 고장난 표류물 더미를 잔뜩 품고 있다. 각종 공구, 페인트와 붓 같은 망치처럼 단단한 고물들이 각각의 사연을 안고 천장 높이까지 쌓여 있다. 사람인지 동물인지 모를 어떤 생명체가 아마씨 기름통의 뚜껑을 물어 뜯어놓았다. 기름통은 옆으로 세워져 있고, 내용물인 갈색 젤리는 널빤지들 위에 흩어져 있다. 엔진과 바퀴가 달린 커다란 공작 기계들, 회전식 경운기 한 대, 파쇄기 한 대, 잔디깎이 세 대가 침몰하는 군함의 갑판 위를 굴러다니는 끈 풀린 대포처럼 무너져가는 마룻바닥 위에 기울어져 있다. 대략 백여 개의 두더지덫은 탄약 같은 모양새로 갈고리 위에 매달려 있다. 선반 위에는 쪽쇠와 송곳, 스패너와 큰 가위, 낫, 전지가위의 날을 갈기 위해 특수하게 다듬어진 다양한 종류의 돌멩이들이 있다. 나는 돌을 깎거나 그림을 그리는 예술가의 도구, 캔버스 천, 스케치북 상자, 수십 년 전 일까지 적혀 있는 공책들을 모아 보관해왔는데, 사용하지 않는다고 해도 절대 버리지는 않았다. 여러 직업을 전전하며 다양한 방식으로 삶을 살고 또 그 삶의 방식들을 버리는 와중에도, 나는 언젠가 이들에게 되돌아올 것처럼 이 물건들과 공구들을 버리지는 않았다.

나는 퇴행하지 않을 것이다. 되돌아간다거나 그 자리에 안주한다는 것은 죽는다는 것이며, 따라서 나는 새로운 것을 위한 여지를 만들기 위해 낡은 것들을 일소해야만 한다. 기억력이 쇠퇴하기 전에, 몸에 밴 기억을 내가 아직 활용할 수 있는 시간 동안에. 나는 그것을 자연의 상태로 돌려놓고 싶고, 이것만으로 이유는 충분하다. 지구에 잠시 방문한 손님으로서 내가 잠시 빌린 것들을 깔끔히 정리하지 못한다는 것은 추한 일이다.

지금 내 삶은 예전에 비해 훨씬 더 단순해졌다. 어느 삶이든, 그 역사는 대상과 사건을 통해 표현되는 끊임없이 변하는 이야기이다. 우리가 지속적으로 배우고, 관찰하고, 성장하고, 더 풍요롭고 영민하고 유연한 존재가 된다면, 판에 박힌 경직된 것이 존재할 리 없다. 의미와 가치는 변하고, 관점은 희미해지다가 바뀌며, 삶은 멈추지 않고 흘러간다. 그 누구도 둑을 쌓아 과거를 가두어두려고 해서는 안 된다. 나는 물의 흐름을 좋아한다. 물줄기는 몰아치는 급류와 거친 물살의 기세로 흐를 수 있어야 하며, 정체되어 있는 현재를 휩쓸어버릴 만한 홍수가 되어야 한다.

선반 위에 서류를 담은 나무상자들이 서로 기댄 채

한 줄로 늘어서 있다. 먼지가 쌓인 서류철 상자들에는 역사가 담겨 있다. 서류와 정원 디자인 설계도와 영수증이 대부분이고 내가 그린 그림, 이야기, 시와 철을 담금질하는 방법, 행성의 이름, 악마와 신, 그 악마와 신과 관련이 있는 천사, 납과 구리와 은과 놋쇠와 금의 녹는점을 적어 놓은 공책들도 있다. 내 수채화 그림물감 상자에 들어 있던 색표의 한 페이지도 있고, 하늘을 올려다 보는 일곱 살쯤 되었을 무렵의 아들을 그린 그림도 있고, 걸음마 배우는 벌거숭이 딸의 꼬마 시절 모습을 찍은 빛바랜 폴라로이드 사진도 있다. 하늘을 날고 싶다고 필사적으로 떼를 썼던 사진 속의 녀석은 내가 컬러 판지로 만들어준 날개옷을 입고 있다. 잠시 이 물건들을 어찌해야 할지 모르겠다는 생각이 든다.

"이것 좀 봐요, 페기." 내가 소리를 지르듯 그녀를 부른다. "이 사진 한번 봐요. 기억하죠?" 페기가 내 쪽으로 와서 토실토실한 꼬마 시절의 딸 아이 사진을 보며 미소를 짓는다. 사진 속 딸 아이는 심각한 표정으로 카메라와 거짓말쟁이 아빠를 바라보고 있다. 아빠가 날개를 만들어주겠다고 말했기 때문에, 아이는 정말로 하늘을 날 수 있을 것이라고 믿었기 때문이다.

추억에는 항상 멜랑콜리가 동반된다. 심지어 가장

행복했던 순간을 떠올릴 때도, 모든 것이 내 손등처럼 누렇게 변해서는 먼지가 되어 사라질 것이라는 생각이 든다. 수전 손택은 모든 사진은 죽음에 대한 상기라고 했다. 30분의 1초 정도 되는 짧은 시간이 영원히 사라지고, 피사체의 영혼은 검은색으로 변한 은빛 할로겐halogen 화합물의 결정체에 붙들려 광택이 나는 종이 한 조각 위 젤라틴 층에 갇힌다. 그림보다 사진에 멜랑콜리가 더 많이 이입되는 것은 당연한 일이다. 그림은 한 사람의 인생에 대해 더 많은 것을 담고 있고, 그리는 데 시간이 많이 걸려서 그림을 그리는 동안에도 대상이 움직이거나 성장하기 때문이다. 나는 여전히 다양한 예술작품을 만드는 일에 매진하고 있다. 수전 손택의 글을 읽고 나서 이러한 감정을 섬세하게 포착하는 사진 촬영 작업을 시작했다. 낡은 필름 카메라로 책상 위에 놓인 꽃을 흑백으로 찍어 주방에서 현상했고, 그 사진들을 내 웹사이트에 올렸다. 스테인리스 싱크대에서 사진을 인화하며 장미꽃밭에 계시던 엄마를 떠올린다. 우리 가족 모두를 닮은 흑백의 꽃 한 송이. 내가 엄마를 떠올리는 이 시간 동안 엄마가 지금 이곳에 계시는 것만 같다. 나는 엄마의 뒤에 서서 엄마에게 이야기를 건넸다. 그때는 그렇게 커 보였던 엄마이지만, 지금의 나와 견주어 보면 한없이 작아 보인다.

내 딸이 하늘을 날지 못한 책임이 오롯이 아빠인 나에게 있다는 생각에 살짝 슬프다. 나는 내가 아빠가 된다는 것이 끔찍했다. 몇 년간 절대로 아빠가 되지 말자고 스스로에게 다짐했건만, 결과는 항상 내 의도를 벗어난다. 나는 친구들과 축구를 하기보다는 소파에 홀로 앉아 날아가는 새들을 보거나 시냇물이 흐르는 것을 바라보는 것이 더 좋은, 이기적이고 고독한 사람이다. 나는 친구가 거의 없다. 그 대신에 개울과 바람과 바위와 비가 내 친구들이다. 내가 어떤 아빠가 될 수 있으려나? 아무도 나에게 어른이 되거나 아빠가 되는 법을 가르쳐주지 않았다. 학교 다닐 때 영어 선생님 한 분이 아이들에게 롤 모델이 누구냐고 물었다. 남자 아이들은 대개 축구 선수들이나 만화에 나오는 초능력자 주인공들의 이름을 댔다. 나는 그런 이름들은 하나도 몰랐기 때문에 내 차례가 되었을 때 급작스레 '도리스 데이Doris Day'라는 이름을 외쳤다. 왜 그랬을까? 이유를 생각해보니 엄마가 좋아했던 어느 옛날 영화에서 도리스 데이는 순수하고, 사랑을 충분히 받은 사람이고, 예쁘고, 잘 웃고, 성품 좋고, 재미있는 사람이었으며 소리를 지르는 일 없이 무언가를 친절하게 돌볼 줄 아는 사람처럼 보였기 때문이다. 사실 나는 캐리 그랜트Cary Grant라고 하고 싶었지만 아무리 생각을 쥐어짜도 그의 이름이 기억나지 않았다. 내 기억력은 영 신통치 않았다.

그러니 아빠로서 나는 도리스 데이와 캐리 그랜트를 합치는 것에 마음이 쏠렸다고 생각한다. 나는 그 두 사람 모두를 본받아야 했다. 아들 녀석이 나와 함께 축구하기를 원할 때 나는 도리스 데이 같은 사람이 되었다. 사실 내가 캐리 그랜트 같은 사람이 되는 것보다 도리스 데이 같은 사람이 되는 경우가 많았던 이유는, 나도 모르게 도리스 데이와 비슷한 것들이 자주 떠올랐기 때문이다. 나는 여전히 축구에 관해 아무것도 모르지만, 걸음마 배우는 꼬마 아이를 안고 방에서 몇 시간 동안 왈츠를 출 수 있고, 요한 슈트라우스의 음악을 최소 3곡 이상 흥얼거릴 줄 알고, '스윗 리틀 버터컵Sweet Little Buttercup'*의 가사를 정확히 따라 부를 수 있다. 내 딸은 내가 그렇게 하는 것을 좋아했다. 아들은 딸만큼 좋아하는 눈치는 아니었지만, 두 아이는 각기 다른 방식으로 그렇게 하늘을 나는 법을 배웠다.

두 아이가 나의 잡동사니들에 대해서 부담을 느낄 필요는 없다. 아이들이 그걸 본다면 아마 당황할 것이다. 결국 나는 서류철 하나를 밀쳐두고 사진 몇 장만 남긴다. 그 사

---

* 알프레드 브라이언Alfred Bryan이 작사하고 허먼 페일리Herman Paley가 작곡한 1917년 곡.

진들이 상자에 보관되어 있을 수 있는 기간은 기껏해야 다른 누군가에게 문제가 되지 않을 때까지뿐일 것이다. 언젠가 아이들이 그 사진들을 보면 잠깐이나마 웃거나 슬픔이 밴 미소를 지을 것이다. 이후에는 그 사진들을 버리고, 사진을 보며 떠올렸던 기억도 잊은 채 자신들의 삶을 계속 살아갈 것이다. 페기와 내가 지금 아이들을 위해 할 수 있는 최선의 일은 우리가 함께 즐거워하고, 서로 사랑하고, 죽는 날까지 웃는 모습을 보여주는 것이다. 아이들은 지금 우리가 필요하지 않고 각자의 삶을 잘 살고 있지만, 우리는 끝까지 온전히 사랑하는 법에 대한 본보기를 그들에게 보여줄 수는 있다.

만약 내가 내 모든 기억을 파헤쳐 낙천적인 기억들과 우울한 기억들을 각각 다른 그릇에 넣어 두었다면 행복한 쪽은 높고 넘치고 가볍게 쌓였을 것이고, 가장 침울한 쪽은 작지만 좀 더 밀도 높은 견고한 암울의 덩어리가 되어 굉음을 내며 땅에 부딪힐 만큼 매우 격렬하고 빠르게 무너져 내렸을 것이다. 내 인생에는 만족과 경탄과 행복의 순간이 훨씬 더 많았다. 하지만 비참은 짙고, 무겁고, 어둡고, 음침하다. 멜랑콜리가 내 앞에 내려앉아 카펫 위에 죽어 있는 개처럼 썩은 내를 풍기며 내 영혼을 지치게 하는 동안, 그보다 가볍고 폭신폭신한 평화와 행복은 그릇에서 솟구쳐 올라 하늘을 향하

며 파랗고 유쾌한 텅 빈 공간을 가르는 산들바람을 타고 떠다
닐 것이다.

내가 내 기억을 꼼꼼히 추려내어 어떤 기억을 다른
기억들로부터 분리하고 평가하고 판단할 때, 행복한 기억들
은 하늘을 날아오르고 슬픈 기억은 바닥에 눕는다. 그러므로
나는 내 인생을 좋은 것과 나쁜 것으로 나누지 말며, 이런저
런 방식으로 인생을 평가하지 말자는 새로운 방침을 채택한
다. 그것들을 다시 잘 융합하고, 그것들이 있어야 하는 그 모
양새 그대로 공존할 수 있게 하자. 좋은 것과 나쁜 것 가운데
어느 한가지만 있을 수는 없으며, 그 둘이 함께 있는 것이 인
생이다.

멜랑콜리는 감정과 생각의 자연발생적인 소용돌이
로 인해 생기기 때문에 신체의 자연스러운 반응이라고 할 수
있다. 인생에서 주의를 기울이는 일들이 점점 늘어나면 거기
에 에너지를 쏟고 신경을 많이 쓰게 될 수도 있지만, 나는 하
늘을 나는 칼새들처럼 그런 생각들을 훨훨 날려 보낸다. 왠지
모르게 건전하고 자연스럽고 평범하고 진실되게 느껴지는 슬
픔과 잠깐의 유희를 즐기고 나서야 비로소 모든 것이 완료되
고 소진된 느낌을 받는다. 그 이후에 찾아오는 평화와 고요는
훨씬 더 달콤하다.

지금의 시점에서 과거를 돌아보면 과거는 현재로 소환되어 다시 현재가 된다. 하지만 나는 거기에 집착할 생각은 조금도 없다. 나는 과거 어느 시점에 만들어진 것들을 세 더미로 분류한다. 보관할 것, 버릴 것, 어떻게 해야 할지 모르는 것. 이런 것들을 표현할 때 '잡동사니'라는 말보다 더 좋은 건 없는데, 이는 침대 밑을 굴러다녀서 청소해야 하는 보풀 뭉치나 유모 할머니가 '먼지 덩어리'라고 불렀던 먼지 뭉치와 같다는 뜻이다. 분류의 기준을 조금씩 바꾸어가며 좀 더 깊게 고민하고 나서, 나는 결국 모든 것을 버릴 것으로 분류한다.

　　다른 사람들이 광고를 보고 가져가도록 도구 한 꾸러미와 잔디깎이들을 인터넷에 올렸다. 정원 사업을 시작하는 어떤 사람이 임자로 나타나서 내게 감사하다는 인사를 전한다. 나는 그에게 나도 한때 정원사였다고 말하며, 그를 도와 무거운 전문가용 잔디깎이들을 그의 흰색 화물차 짐칸에 싣는다. 이제 기계들은 그의 것이다. 그가 차를 운전하여 돌아간 길을 다시 걸어오며 왜 '나도 한때 정원사였어요'라는 말을 했는지 자기 자신에게 묻는다. '나도 한때'라는 말과 '정원사였어요'라는 말. 그 도구들은 나의 정체성을 형성했고, 나라는 '존재' 자체였다. '이제 새 주인이 내 도구들과 나의 정체성을 소유하고 있구나!'라고 나는 생각한다. 물론 그 도구들은 나의 일부를 나타내는 단지 하나의 꼬리표일 뿐이다. 하지만 대부분의 사람들은 그 일부만 보면 내가 어떤 사람인지 안다. 나는 나의 일부를 떠나보낸 일에 대해 텅 빈 작은 평화를 느낀다. 내일 아침이 밝으면, 그 텅 빈 공간에 밝음이 스며들 것이다.

언젠가 나도 죽을 것이고 폐기가 사진기, 시집, 옛날 전화기, 바지와 시계, 허리띠, 소맷동 단추cufflinks, 지갑, 안경, 공책, 셔츠와 속옷, 온갖 종류의 나비넥타이를 담아 놓은 신발 상자 등 내 흔적이 담긴 유품들을 처리해야 할 것이다. 나는 영원한 잠에 빠져들면 그만이지만, 그녀는 잠도 못 자고 쉴 새 없이 내 유품 나부랭이들을 정리하느라 피곤하고 슬프겠지?

"될 수 있는 한 많은 물건을 버리려고 해요."라고 내가 말한다. "만일, 정말로 만일 내가 죽는다면 이런 것들은 치우지 않아도 돼요."

"내가 잘 정리할 거예요, 우리 멋진 자기." 그녀의 답이다. "그리고 그런 일은 아주 먼 훗날에나 일어나겠죠."

"모닥불을 피우고 전부 발할라Valhalla*로 보내요. 내가 거기서 내 물건들 오기를 기다리고 있을게요." 나는 웃으며 불을 지핀다.

"남자들은 불을 참 좋아하네요." 그녀가 원시인 목소리를 흉내내며 말한다.

나는 나이 든 폐기가 홀로 남겨진 모습을 상상한다. 나는 최대한 깊숙하게 불 속으로 들어갈 것이고, 모닥불은 훨훨 타오를 것이다. 떨어져나간 피부 세포처럼 수명이 다해 부스러진 역사의 조각들이 어디론가 흘러갈 때, 나는 내가 더 가벼워지는 것을 느낀다. 행복은 슬픔보다 훨씬 더 가볍다. 멜랑콜리가 사그라지고, 현재가 행복을 찾아 흐르기 시작하며, 내 남은 인생도 그 위에서 같이 흘러 다니기를 원한다. 나를 짓누르는 어떤 족쇄나 과거도 없이 어린 아이처럼 자유롭고 행복하기를 원한다. 나는 금빛 성단星團이 되고 싶다.

이웃집 고양이가 내 다리에 제 몸을 비비더니 연갈색 털을 묻히고 간다. 녀석은 이웃집 정원 끝에 있는 소나무

---

* 북유럽 신화에 나오는 오딘이 다스리는 아스가르드의 거대한 저택으로, 전쟁터에서 죽은 자 가운데 절반은 발키리의 인도를 따라 오딘의 발할라로 가고, 다른 절반은 프레이야의 폴크방으로 간다고 한다. 발할라에 모인 망자들을 에인헤랴르라고 하며, 북유럽 신화의 숱한 영웅과 왕이 죽어서 에인헤랴르가 되었다.

들 사이로 온다. 아마도 이름이 시릴Cyril인 것 같다. 몇 집 건너 사는 남자가 마치 녀석이 자기 말고 다른 사람들도 잘 따른다는 것을 익히 알고 있는 것처럼, 단호한 목소리로 '시릴, 시릴'이라고 부르는 소리를 종종 듣는다. 아닌가, 혹시 이름이 시빌Cybil인가?

　　나는 실내로 들어가, 전화를 걸어서는, 폐기물 수거함 하나를 빌린다. 모닥불 근처에 앉아 수프 끓이고 셰리주 sherry* 마시고 구두 닦고 소네트를 읽거나 쓰던 내가 아니라, '아주 그럴듯한 노동계급 남성'이 되어 전화를 걸거나 폐기물 수거함을 빌려오는 것 같은, 남성에게 딱 제격인 일을 하는 기분이다. 내가 쇠지레로 텅 빈 헛간 안쪽을 휘젓는 동안, 녀석은 나를 따라 안으로 들어왔다가 밖으로 다시 나가면서 주위를 살핀다. 나는 벽과 지붕 사이의 틈을 벌린 후, 왼손으로 처진 지붕을 받치고 앞 벽을 안으로 밀어넣는다. 한때 어떤 공간을 둘러싸고 있으면서 정원을 지배했던 들쭉날쭉한 암흑 덩어리 헛간은, 미끄러질 때 실신하며 측벽에 놓인 탁자를 움켜쥐는 할머니처럼 완만하고 우아하게 접히고 이내 땅을 향해 엎드린다. 헛간이 무너진 자리에는, 내가 빈 공간에 익숙

---

*　스페인 남부에서 생산되는 백포도주로, 흔히 식사 전에 마신다.

해지면 그 기억마저 없어질 헛간의 기억이 남아 있고, 모닥불 불꽃은 저녁 하늘로 높이 날아오른다. 가장 확실하게 영원히 존재할 것 같은 사물도 실제로는 그저 스쳐 가는 하나의 사건일 뿐이다.

그 이후 며칠 동안, 나는 토르Thor처럼 대형 망치를 휘두르며 작은 조각을 더 작은 조각으로 잘게 부순다. 먼지를 일으키며 공간과 빈 곳을 만드는 기쁨을 느낀다. 어렸을 때 시계를 분해해 작동 원리를 알아내려고 하던 기억이 떠오른다. 내가 발견한 것이라고는 용수철과 톱니바퀴뿐이고 그 외에는 아무것도 없었으니, 결국 시계의 본질은 없는 것이나 마찬가지이다. 개체를 이루는 부분들의 공존이 있을 뿐이다. 페기와 나는 헛간의 벽과 지붕을 들고 집을 가로질러 나와 진입로 부근에 있는 폐기물 수거함으로 옮긴다. 우리는 수거함 안에 쌓여 있던 폐기물 더미 위로 헛간의 나머지 파편들을 쏟아붓고 나서, 부엌 바닥에 내려앉아 꿈쩍도 하지 않을 것처럼 무겁게 들러붙어 있는 폐기물 조각들을 향해 빗질을 한다.

날씨는 더 좋아졌고, 나는 식물과 나무와 버리지 않는 것이 좋겠다고 결정한 것들 외에는 아무것도 남지 않도록 헛간이 무너진 공간을 청소한다. 누군가 빨간 벽돌 한 더미를 주겠다고 해서 화물차를 몰아 받으러 간다. 모래와 자갈이 채워진 커다란 자루를 몇 개 사서 큰 트럭으로 배송 받는다. 내 희망대로라면 이 정도면 충분할 것이다. 나는 계산을 하거나 뭔가를 재거나 하지는 않지만, 내 직감은 종종 내가 종이나 테이프를 활용해서 측정하는 것보다 훨씬 더 정확하다. 이렇게 살다 보니, 이제 나는 내가 저런 부류가 아니라 이런 부류라는 사실을 마음 편히 수용할 수 있게 되었다. 부족하면 조금 채우고, 과다하면 여분을 비울 뿐.

불가사리, 주머니칼, 깃털
그리고 까치의 혀

그의 뒤쪽에 서 있는 엄마는 당신의 세계인 주방에서 바삐 움직이고 있다. 거의 한 시간 동안 엄마는 생각이나 감정을 드러내는 말을 한마디도 안 하고 있다. 엄마는 요즘 거의 말이 없다. 그녀는 지금 감자를 씻고 있다. 그는 어쩌면 자신이 잘려 나간 채 꿈틀거리는 불가사리의 다리였지만, 아무도 눈치채지 못하는 사이 어느새 건강하고 생생한 완전히 새로운 불가사리로 자란 것 같다고 생각했다. 누가 먼저 떠났을까? 그로부터 멀어진 사람은 엄마가 아니었을까? 그는 아마도 엄마의 일부였을 것이고 엄마의 어떤 부분이었는지 기억하지는 못하지만, 이제는 엄마로부터 분리되었다는 것과 예전에는 한번도 그런 생각을 해본 적이 없다는 것을 안다.

엄마는 그가 무슨 생각을 하는지 알까? 엄마는 그의 마음을 읽고 그의 생각을 들을 수 있을까? 그의 머릿속에서 일어나고 있는 일들은 완전히 내밀해서 오직 그만이 알 수 있는 것일까? 그는 혹시 엄마가 자신의 생각을 알아차렸는지 궁금해서 엄마의 주위를 살펴본다. "엄마, 내가 무슨 생각하는지 아시겠어요?" 그녀는 돌아보지 않는다. 싱크대 안쪽 금속 소쿠리에 우르르 쏟았던 감자에서 튄 물줄기에 엄마의 흰 곱슬머리가 젖고, 감자에서 씻겨 나온 녹말을 품은 뜨거운 물은 하수구 쪽으로 흘러간다. 엄마가 마주하고 있는 창문은 뿌옇게 김이 서려 엄마의 머리카락, 뿌옇게 서린 김, 둥근 스테인리스 스틸 모서리까지 길게 늘어진 엄마의 팔 사이로 희미한 빛을 보낸다.

　　　　그는 신중하게 생각한다. '뒤로 돌아요. 엄마, 나를 바라봐주세요.' 하지만 엄마는 그렇게 하지 않고 그는 의아해한다. '엄마가 나를 일부러 무시하는 건가?' 마치 당신이 그의 생각을 알 수 있다는 사실을 그가 알아차리지 못하기를 바라는 것처럼, 엄마는 계속해서 이 중요한 지식을 아들이 모르게 하려고 한다. 아마도 부모님들이 하는 수많은 속임수 중의 하나일 것이다. 좀 더 결과가 좋은 실험이 필요한 그는 평소에 즐겨 하는 욕설 한마디를 떠올려본다. '새끼bugger'라는 말이 적당히 상스러울 것 같다는 생각에 미소를 짓는다. 엄마에게 이 단어를 전달하는 실험을 해본다. 엄마를 자세히 바라보며 엄마의 생각을 아무리 탐사해봐도, 그녀는 여전히 뒤돌아보지 않고 심지어 움찔하지도 않는다. 더욱 확신에 찬 그는 궁극의 단어를 생각한다. 그가 딱 한번 들어봤고, 그가 있던 자리에서 이 단어가 나오자 어른들이 매우 당황하는 모습을 목격했던, 단 한번도 소리 내어 말해본 적 없는 단어. 그녀의 부드러운 갈비뼈를 콕콕 찌르는 손가락질처럼 그 단어로 엄마의 등을 가상적으로 거세게 찔러보지만, 엄마는 여전히 뒤돌아보지 않는다. 그 대신 엄마는 창밖을 내다보며 주방 서랍에서 꺼낸 도구로 감자를 으깬다. 그는 엄마가 조용히 울고 있다고 생각한다. 엄마가 알아낸 걸까? 도대체 무엇을?

그는 여전히 텔레비전에 나오는 뉴스 진행자가 자신을 볼 수 있는지 없는지 알지 못한다. 그래서 잠자리에 들려고 잠옷으로 갈아입을 때 뉴스 진행자가 혹시 자기를 볼까 봐 소파 뒤로 숨는다. 본인이 어디론가 사라져버린 존재가 된다는 생각은 한번도 해본 적 없는데, 이런 생각을 하니 끔찍하기도 하고 흥분되기도 한다. 그는 나쁜 말을 했는데도 (또는 생각했는데도) 별 문제가 발생하지 않았으니, 자기 머릿속에서 일어나는 일들이 아마도 지극히 비밀스러워서 아무도 알아차리지 못할 것임을 깨달았다. 그는 자기가 매우 자유롭다는 생각에 사로잡혔지만, 그것이 외로움인지 아니면 혹시 두려움인지 헷갈렸다. (그가 벌써 두려움이 즐거움이라는 것을 알게 된 것일까? 아마 아직은 아닐 것이다.) 엄마한테 가서 뒤에서 엄마를 껴안고 싶었지만 그렇게 하지 않기로 한다. 이 새로운 생각은 시도해보기에는 너무 거창하다. 때를 더 기다려야 달콤한 열매가 맛있게 익을 수 있다.

그는 자기 생각을 들키고 싶지 않아 창밖을 바라보며 천천히 멍해진다. 그러다가 소시지를 튀길 때 나는 기름

튀는 소리와 그 냄새와 집 안에서 일어나는 부산스런 일들로 인해 제정신이 돌아온다. 얼굴이 벌겋게 된 엄마가 그에게 접시, 나이프, 포크, 완두콩 그릇, 토마토케첩을 식탁에 놓으라고 말한다. 그는 자기가 어디론가 사라져버리는 존재가 된다는 이 새로운 생각이, 자기 자신과 살아 있는 다른 존재들 사이에 장막을 칠 수 있을 거라고 생각한다. 그는 느리고 얼이 빠진 것 같고 태만하고 부주의하지만, 엄마가 시키는 일은 큰 문제 없이 그럭저럭 잘 처리한다. 오늘 바쁜 하루를 보낸 탓에 피곤을 느낀 그는 자기 생각을 숨긴 채 엄마와 아빠 사이에 혼자 앉아 으깬 감자와 완두콩과 케첩을 먹으며 소시지 대신 무엇을 먹으면 좋을지 생각한다. 그릇을 모두 비우고 식사가 끝나자, 그는 자유로워진 몸으로 정원을 가로질러 자기만의 섬으로 가서 프로스페로Prospero*라도 된 것처럼 마법의 책들에 빠져든다.

　　　벽 아래쪽 볕이 잘 드는 작업대 위에 펼쳐놓은 투구꽃에 관한 책을 넘기면서 수도사의 쓰개처럼 생긴 아름다운 보라색 꽃들을 관찰한다. 까치 두 녀석이 나무에서 재잘거린다. 그는 '까악 까악' 소리를 내며 화답한다. 책에서 까치에 관

---

*　세익스피어의 희곡 『템페스트』의 주인공. 동생의 모략으로 추방된 밀라노의 공작이며, 무인도에 정착하여 마법을 터득했다.

한 내용을 찾아 읽으며, 까치가 영리하고 술수가 뛰어나며 빛나는 물건을 훔쳐 숨기는 약탈자라는 사실을 알게 된다. 까치는 까마귀와 밀접한 관계이며 사람의 말을 흉내 내는 법을 배울 줄 안다. 그는 '우리 집에 사는 미친개하고 똑같네,' 라고 생각하며 아빠가 까치의 평균적인 지적 능력과 비슷한 수준이라는 생각에 웃음 짓는다. 까치에 관한 내용을 읽는 도중, '마법magic'이라는 단어를 찾아서 그 뜻이 '자연의 주술적인 힘'과 '누군가의 요청을 수행하기 위해 소환'될 수 있는 '죽은 자의 영혼'이라는 사실을 배운다. 맨 섬Isle of Man 출신인 그의 할머니는 귀신과 악령을 무서워한다. 할머니는 까치는 변장하고 있는 마녀라고 생각했고, 길을 갈 때 당신 위로 날아가는 까치 떼에 인사를 건네곤 했다. 또한 그녀는 점도 치고 손금도 본다. 그는 '주술Occult'이라는 단어를 찾아봤지만, 책 어디에서도 그 단어의 뜻을 찾을 수는 없었다.

"엄마, 주술이 뭐예요?" 노련하고 빈틈 없는 여자한테 배우고 자란, 행주를 널고 있는 엄마에게 묻는다.

"물어보는 이유가 뭐지?" 그녀가 예리하게 되묻는다. "왜 그 말뜻을 알고 싶어 하는지 궁금한데? 누가 우리 아들에게 그런 말을 해줬을까?" 엄마는 크게 놀란 사람처럼 말한다.

"책에서 읽었어요, 엄마. 그런데 뜻을 모르겠어요."

"어디서? 어떤 책에서?" 그는 엄마의 반응을 보며 그 말이 위험하거나 영향력 있는 말이라서 알아서는 안 되는 비밀의 단어라는 것을 알아차린다.

"백과사전에서 읽었어요. 까치에 관한 내용을 읽던 중이었어요." 그가 대답한다.

"세상에." 그녀는 이렇게 말하며 안도하는 눈치였다. "까치가 마녀라고 믿는 네 할머니처럼 아직도 까치가 마법이라고 생각하는 어리석은 사람들이 있구나. 주술은 마법과 비슷한 말이지. 그런 말은 말도 안 되는 헛소리란다."

"아, 알겠어요." 그는 할아버지가 몰래 주신, 낡은 뿔 손잡이가 달린 주머니칼로 막대기를 깎던 계단으로 돌아간다. 막대기를 다듬을 때 하늘에 있는 마녀의 선물 같은 깃털이 소년의 주변으로 떨어진다. 그는 하늘을 올려다 보며 "고마워요"라고 말하고는 깃털을 자기 머리카락 속으로 집어넣는다. 북미 토착민 전사들이 두려움을 없애기 위해 깃털로 만든 옷을 입었다는 내용을 책에서 읽었기 때문에, 깃털을 머리카락에 채운 이상 그는 더 이상 미친개가 두렵지 않다. 그는 이런 생각을 가슴에 깊이 새긴다. '나는 작고 그는 강하지만, 언젠가 그는 늙고 약해질 것이고 나는 여전히 젊고 힘이 셀거야. 그때는 내가 어떤 사람인지 그도 알게 되겠지.' 그 생각

은 그의 머릿속에서 하나의 성가가 된다. 그는 곧 그 성가를
조용히 반복해서 부른다.

나는 작고 그는 강해요
언젠가 그는 늙고 약해질 거예요
그래도 나는 여전히 젊고 강할 거예요.

나는 작고 그는 강해요
언젠가 그는 늙고 약해질 거예요
그래도 나는 여전히 젊고 강할 거예요.

그러자 자연의 주술적인 힘이 그에게 두 번째 소절
을 선물한다. 마치 돌을 떨어뜨리듯이 머릿속에 뭔가를 떨어
뜨려준 것 같은 느낌이다. 그의 얼굴에 미소가 번진다. 그는
거의 깔깔 웃을 지경이고, 자기에게 필요한 모든 힘이 자기에
게 있으며, 이 세상은 생기 넘치고 경이로우며 아름답고 마법
적인 것이라고 느낀다. 하늘을 올려다 보며 "고마워요, 마녀
님"이라고 인사하고는 막대기를 깎으며 계단 위에서 자신만
의 주문을 조심스럽게 되풀이한다.

나는 작고 그는 강해요

언젠가 그는 늙고 약해질 거예요
그래도 나는 여전히 젊고 강할 거예요.

오, 지저귀는 혀를 가진 까치여
반짝이는 것을 쪼아 먹기 좋아하네요
땅으로 내려와서 그의 눈알을 파버리세요.

헛간 바깥쪽은 그 주위를 벽돌 세 장 정도 높이의 벽이 둘러싸고 있는 땅 한 조각이다. 이곳의 맨 끝에는 그가 여기 왔을 때부터 있었던 잔가지들이 땅에 한 줄로 떨어져 있다. 완두콩은 이 잔가지들을 휘감으며 기어오르는데, 섬세한 솜털 같은 덩굴손이 기어오르는 역할과 잔가지들에 들러붙어 있는 역할을 한다. 그 잔가지들은 아마도 예전의 작물에서 떨어져 나왔을 것인데, 그 작물은 그 이전에 정원사들이 심은 것이리라. 그 틈으로 소리쟁이와 민들레와 결코 그 작은 노란 꽃이 피지 않을 것 같은 개쑥갓이 자라고 있다.

엄마가 그에게 완두콩은 네가 심은 것이냐고 웃으며 물었다. 엄마의 작은 미소를 바라보며 헛간 안에 있는 씨앗을 생각했다. 엄마가 좋아하는 것이니 완두콩을 더 많이 심고 싶기 때문이다. 그래서 그는 무릎을 꿇고 완두콩을 제외한 다른 것들을 모두 포크삽으로 파내며 흙이 부드러워지도록 땅을 헤집는다. 그는 식물을 재배해본 적이 없다. 하지만 씨앗 꾸러미에 설명이 적혀 있어서, 그 문구를 따라 한 줄로 무를 심고 다른 줄로 상추와 케일을 심는다. 그는 씨앗 심은 자리에 물을 주며, 수확물을 엄마에게 보여드릴 때 엄마가 미소를 짓는 모습과 가족 모두 그것들을 맛있게 먹는 장면을 떠올려본다.

10

새로운 에덴동산,
야생에 대한 경외

정원이 내게 자신을 이런 모습으로 바꾸라고, 슬픔으로 인해 미친 오필리어Ophelia*처럼 조용히 속삭인다.

쉬이, 이것 봐! 여기 매발톱꽃이 있네. 벌들이 찾아오도록 라일락 그늘에는 디기탈리스를 심어. 여기에는 끝이 말려 올라간 어린잎과 길게 갈라진 여름잎이 돋아나는 고사리를 심고, 바람에 흔들리는 아네모네도 심고, 우윳빛 씨앗이 맺히고 새들이 좋아하는 안젤리카와 회향풀도 심고, 또 여기에는 순수와 망각과 단순한 사랑을 상징하는 데이지와 물망초도 심으라고.

정원은 내 감성이 충족되기를 원한다. 그것은 자유롭고 구속 없는 상태에 있기를 원한다. 자기를 바라보는 모든 이들이 집착 없는 자유로움을 느끼기를 원한다. 그리하여 두려움이나 나쁜 기억이나 걱정을 안고 있는 사람들도 이곳에 오면 그런 기분들이 사라지도록─그런 기분들은 가을철 낙엽

---

* 셰익스피어의 희곡『햄릿』에 나오는 여주인공. 연인 햄릿이 자신의 아버지를 죽인 사실을 알고 절망에 빠져 강물에 몸을 던져 자살하는 비극의 여인이다.

처럼 미끄러지고, 떨어지고, 그들의 발 언저리에서 구겨져 썩고, 바래고, 깨끗해지고, 씻겨 먼지가 되어 자연의 야생과 마법에 흡수되고 흡입될 것이다.

　　경험 많은 도보 여행자나 시골 사람이라면 누구나, 우리가 우리 자신을 고요하게 할 때 자연이 드러내는 힘이 어떤 느낌인지 안다. 사람의 무리나 전화기 신호를 떠나 3일 밤낮 정도 되는 꽤 긴 시간 동안 홀로 자연에 들어가보라. 그리고 자연의 힘은 모면하기 어렵고, 회피할 수 없고, 무시할 수도 없다는 사실을 느껴보라. 자연은 누군가의 생각을 지배하고 통제할 수도 있고, 감각을 고조시켜 그 사람의 피부와 머리카락으로 자연을 느끼게 할 수도 있고, 그 사람의 마음을 완전히 매료시켜 자연에 동화시킬 수도 있다. 아주 작은 소리와 냄새와 감각도 주저하는 육체를 붙잡아 어딘가로 몰아붙이며 당신에게 당신이 어떤 사람인지 가르쳐줄 것이다. 사실 이것은 무서운 일이어서 홀로 하는 도보 여행을 좋아하는 사람은 많지 않다. 여러 사람과 함께 걸으며 대화를 나눈다면 그 소음으로 인해 자연의 소리를 들을 수 없겠지만, 홀로 걷는다면 흐르는 물과 살아 있는 세포와 바위의 모든 분자에서 분출하여 진동하는 에너지를 느끼지 않을 수 없다. 황야와 산과 계곡에는 마법이 있고, 침묵을 지키는 사람은 그 마법의 힘을 느끼게 될 것이다.

　　　　내가 자주 산책했던 장소가 있다. 그리 인기 있는 곳은 아니어서 심지어 무리지어 산책하는 이들조차도 불쾌하고, 칙칙하고, 너무 오래된 곳이라고 느낄 만한 곳이었다. 왁자지껄하던 단체 도보 여행자들도, 산에 사는 조랑말들이 툭 불거져 나온 지구의 흰 뼈처럼 생긴 곳을 배경으로 풀을 뜯으며 휴식을 취하는 험난한 그 산등성이에 이르면 조용해진다. 그 바위투성이 산등성이는 산속에 잠들어 있는 용처럼 구부러지고 비틀어져 있으며, 잔디와 가시금작화 덤불로 덮인 둔덕의 얇고 축축한 표면을 따라 돌출해 있다. 이곳은 늑대 가죽으로 만든 옷을 입고, 얼굴을 색칠하고 진흙이나 동물 내장을 몸에 바른 켈트족이 날이 어두워질 때쯤 불을 피우고 거대한 고깃덩어리들을 굽는, 그래서 고기의 육즙이 이글거리는 불에 뚝뚝 떨어져 작열하는 불꽃이 검은 하늘 높이 날아가는 장면을 쉽게 상상해볼 만한 곳이다. 아니면 화형에 처해진 마녀들이 목이 매달린 채 소리를 지르고 있는 곳이라든가 살아 있는 생물을 때려 죽이고 갈가리 찢으며 울부짖고 몸부림치는 그 피부와 털을 희생 제물로 바치는 곳이라고 생각할 만한 곳이다. 아마 바람에서 지방질 냄새가 나고 피부에는 기름기가 느껴질 것이다. 긴장감을 즐기는 조금 유별난 한두 사람을 제외하고는 평소처럼 길을 가는 사람들과 동네 사람들도 이곳을 피하려고 다른 길로 돌아갔고, 서로 거리를 유지한 채 눈을 마주치지 않았다. 이곳에 철기 시대의 왕들이 묻혀 있다는 말도 있고, 혁명기의 검은 군단Légion noire* 소속 프랑스 군인들이 묻혀 있다는 말도 있다. 심지어는 이 땅의 소유주인 농부조차 이곳에는 잘 가지 않았다.

누군가는 거기서 살다가 죽은 유령들과 수백 만의 영혼들이 도시 곳곳에 출몰할지도 모른다고 생각할 수 있겠지만, 그들의 미묘한 존재를 감지하기에는 도시에 너무 많은 소음과 에너지와 끊임없는 분주함이 있다. 하지만 이 산등성이나 숲속 골짜기에서 자라고 있는 나무 곁에서 한두 시간 정도 혼자 있어 보면 절대로 잊지 못할 생명력의 실존을 느낄 것이다. 그 실존이 뼈와 근육과 신경의 끝에서 느껴질 것이다. 어떤 사람들은 두려워할 것이고, 다른 어떤 사람들은 마음을 열고 그것을 받아들일 것이다. 요정과 트롤, 도깨비와 악마의 이야기는 이러한 실제의 인간 감정에서 나왔다. 이야

* 프랑스 혁명군에 속한 부대로서 아일랜드와 영국을 공격하는 임무를 위해 창설되었다. 1797년에 웨일즈에 상륙하여 영국 땅을 밟은 마지막 외국 군대가 되었으나 영국군에 항복하였고, 이후 항복한 검은 군단 군인들은 프랑스로 송환되었다.

기는 우리의 감정을 활성화하고, 감정은 우리를 활기차게 한다. 그것이 우리가 이야기를 좋아하는 까닭이다.

페기는 인근의 음산한 기운에 흠뻑 휩싸인 채 그 산 옆에서 자란 한 작은 소녀였다. 페기는 공포와 두려움과 사랑과 상실로 가득 찬 이야기들을 쓰기 시작했고, 지금은 우리 집 제일 높은 곳인 3층에 앉아 여전히 그 이야기들을 쓰고 있다. 그녀는 그렇게 하지 않고는 배기지 못한다. 우리의 상상력이 활기로 가득했던 거의 40년 전, 나는 미술대학에서 그녀를 만났고, 그녀의 마법과 깊은 사랑에 빠졌다.

무질서하다는 이유로 지상의 지옥을 못마땅하게 생각하며 조경과 관상에만 집착하는 정원사들은 자연의 거친 어수선함을 길들이려고 했고, 잘 조직된 정확한 설계로 그 어수선함을 완전히 근절하려고 했다. 그에 더해 강렬한 인상을 남기려는 목적으로 이국풍의 초목 전시관들을 정원에 건설해왔다. 마녀 또는 드루이드druid*이자 땅에 무릎 꿇고 지구를 숭배하는 사람인 동시에, 손톱과 지저분한 무릎 아래에 흙을 묻혀가면서 마음 깊은 곳에 평화를 간직한 채 소박하게 땅을 일구며 노동하는 대다수의 나 같은 정원사들은, 자신들이

* 고대 켈트족의 드루이드교의 사제로서 예언자, 시인, 재판관, 마법사의 역할도 수행했다.

흙의 자식이라는 것과 지구의 소산이라는 것과 하나의 떨림이라는 것을 잘 알고 있다. 그런 정원사들은 일상처럼 단순한 그 사실을 보고 느끼고 알게 되는 것이 너무도 익숙하다. 다른 사람들은 그것을 알지 못한다. 손톱이 깨끗한 사람들은 발에 진흙을 잔뜩 묻히고 일하는 저 괴짜들을 이해하지 못하며, 심지어는 그런 괴짜들을 조롱할지도 모른다. 활기 넘치는 땅 가까이 뿌리 내리고 있는 우리는 안타이오스처럼 강하고, 우리가 아는 모든 것은 땅에서 조용히 솟아오른다. 우리 각자가 자연이 부르는 살아 있는 노래이기는 하지만, 아무리 노력한다고 해도 영원한 힘을 보유할 수 없는 우리는 오래 지속될 수 없을 것이고 자연은 자신만의 끝나지 않는 노래를 찾아 부를 것이다. 자연의 노래를 들을 줄 아는 고독한 아이들은 정원 밑바닥에 있다고 믿는 요정들을 영원히 갈망할 것이고, 무언가가 부글부글 끓고 썩는, 오래된 나무 그루터기 속의 어둡고 텅 빈 공간을 경외할 줄 안다. 왜냐하면 자연이 귀에 대고 속삭이는 끔찍한 일들과, 자연이 손끝과 코 주위에서 풍기는 끈질기게 달라붙는 냄새를 이해하기 위해서, 그 아이들의 두려움에 찬 상상력은 모종의 이야기를 지어낼 수밖에 없기 때문이다.

　　나는 오래된 산림지에 내 집을 지었다. 모든 집들 사

이에 나무가 있었지만, 해마다 더 많은 집들이 솟아올랐다. 노란 기계들이 제 갈퀴로 땅을 긁고, 전기톱은 나무들을 베고, 잔디를 심은 정원과 데크가 딸린 정부 공문서함 같이 생긴 주택 단지들이 버섯처럼 솟아올라 살아 있는 땅을 덮는다. 우리는 모두 어딘가에서는 살아야 하고, 나는 여기에서 산다. 그렇다면 나의 새로운 정원에 그 지하 세계를 볼 수 있는 창문을 내고, 장막을 갈라 좁고 기다란 틈을 만들어 땅에 묻혀 있는 힘이 이 고대의 장소에 다시 나타나도록 할 것이다. 나는 살아 있는 곤충들이 기어 다니고, 하늘을 날고, 알을 낳아 그 알이 성충이 되고, 둥지를 튼 새들이 그들을 잡아먹는 풍경을 보고 싶다. 생물들이 천지간에 번성하고 투쟁하는 것을 나는 보고 느끼고 싶으며, 그렇게 되면 땅과 하늘의 모든 조각들은, 마치 고대 생물이 먼지가 잔뜩 낀 침대 시트 아래에서 숨 쉬고 있는 것처럼 진동하게 될 것이다. 벌과 꽃등에를 당황하게 하는 불모의 잔디밭도, 살아 있는 땅을 무덤 속에 묻어버리는 콘크리트 길도, 녹지를 말려 죽이고 더러운 액체를 고이게 하는 불쾌하고 냄새 나는 나무 데크도 없을 것이다. 좁은 벽돌 길 하나면 족하고, 쓸데없이 넓을 필요도 없다. 빗물이 흐르고 딱정벌레들이 지나다니면 그만이다. 의자 한두 개 놓을 공간과 도구들을 보관할 헛간 하나만 더 있으면 된다. 나머지는 새와 버섯, 썩어가는 나무 그루터기, 물, 식물과 그들이 만들어내는 그늘이 어우러져 생명이 숨 쉬는 곳이 될 것이다.

비 냄새, 수목 냄새, 돌가루 냄새가 안으로 들어오고 있고, 나는 내 작은 땅 한 조각을 내다본다. 수선화는 만개하고, 빗방울은 벽돌과 고사리와 세이지를 가볍게 두드리며 기름진 박하 향을 퍼뜨린다. 박하 향은 내가 들판에서 히피들과 같이 자던 1972년에 지어진 높고 작은 집들이 늘어선 골목 끝까지, 그 골목의 끝에 있는 높고 작은 내 집 바로 앞까지, 작은 뒷마당들이 많은 이 오래된 동네의 숱한 뒷마당 중 하나인 내 작은 뒷마당까지, 그 작은 뒷마당으로 난 뒷문 옆 내가 앉아 있는 곳까지 퍼진다. 정원의 크기는 뒷문에서 제일 안쪽에 있는 울타리까지 열여섯 걸음이고, 다른 쪽 울타리들 사이의 거리는 일곱 걸음이다. 내 키가 188㎝임을 감안하면 제일 안쪽 울타리의 높이는 내 키의 2배이고, 다른 것들의 높이는 그 울타리의 절반 정도다. 다른 집 정원들이 우리 집 울타리를 둘러싸고 있는 형국이다.

근처에 있는 큰 소나무들이 햇빛을 가려 내 정원의 많은 부분을 그늘지게 한다. 이 소나무의 품종은 룩우드Rookwood로, 몇 그루 남지 않은 고대의 나무들이다. 자기네 것이 아닌 목숨은 등한시하는 사람들 때문에 매년 한두 그루씩 소실되고 있다. 뒷집에 사는 남자가 오래된 너도밤나무를 잘라냈고, 올빼미와 박쥐 그리고 숱한 자그마한 이들을 쫓아냈다. 자기네 정원에 있는 온수 욕조에 낙엽이 떨어지는 것이 싫다는 이유에서였다. 그 나무에는 수목 보존 명령서가 붙어 있었지만, 여기서는 그런 문서가 별 효력이 없다. 온수 욕조는 2년이 채 지나지 않아 낡고, 갈라지고, 물까지 새기 시작해서 결국 데크로 교체되었다. 이 땅은 산림지가 되고 싶어 한다. 그러려고 애를 쓰지만, 고대의 숲에서 만들어진 연료로 가동되는 기계를 쓰는 이들의 손에 잘려 나가고 있다. 나는 이 작은 땅을 다시 자유롭게 만들 것이고, 정령들이 찾아와 제집처럼 편안히 여길 장소를 조형할 것이다─그러니까 하나의 입구를.

여기서 키가 제일 큰 녀석은 라일락이다. 25년 전에 꺾꽂이를 했는데, 내 아이들이 이 작은 가지가 성장하는 것을 지켜보는 세월을 거치며 지금은 다 자란 성목이 되었다. 이곳은 다른 나무들이 자라기에 적합한 곳이지만, 달리아에게는 예외다. 라일락은 자신의 뒤틀린 외양으로 천연의 야생성을 드러내고 있다. 라일락은 어떤 공간을 제집으로 삼을 때 바람은 피하고 햇빛은 향한다. 라일락은 햇빛을 향하는 습성 때문에 성장 과정에서 자연스레 뒤틀린 모양이 된다. 우리 인간의 외양과 성격이 우리의 이야기를 말해주듯, 그 생물의 외양이 자기 이야기를 말해준다. 이곳은 라일락이 살기에 적합하기는 하지만, 그들의 조상은 동유럽의 온화한 미풍이 부는 언덕에서 살았던 덕에 수명이 백 년이 넘기도 했다. 꽃이 피는 맑은 봄날에는 꽃향기가 주방까지 들어온다. 작년에 라일락꽃으로 담근 와인을 올 봄에 마실 생각이었지만, 맛이 정말 형편없어서 싱크대에 모두 쏟아버렸다.

정원을 꾸밀 때는 장소의 본성을 고려해야 한다. 그 장소는 수많은 가능성의 요소들이 뒤섞여 있는, 과학적인 것과 낭만적인 것의 복합체이다. 나는 라벤더 키우기를 좋아한다. 일 년 내내 잎이 푸르며, 손으로 문지르거나 걸어 다니다가 다리가 스칠 때 사람을 기분 좋게 하는 향이 난다. 거품벌레는 라벤더 가지에서 침방울을 뿜어내고, 꽃에서 꿀을 뽑아낸 벌들은 집으로 돌아가는 길에 사람 위에 앉아 잠시 휴식을 취할 것이다. 꽃 몇 송이를 잘라 꽃다발을 만들어 집 안으로 가지고 들어갈 때, 벌 두셋이 한꺼번에 내 손 위에 올라 앉았던 적도 있다. 라벤더는 지중해 인근의 뜨겁고 건조하고 돌투성이의 토양에서 야생적으로 자란다. 하지만 만약 누군가

축축한 퇴비가 많은 그늘에 라벤더를 심는다면, 라벤더는 아마 죽을 것이다. 반면, 원산지가 히말라야 산맥인 진달래와 그 다양한 품종들은, 바늘 같은 잎이 땅에 떨어져 흙을 산성으로 변화시키고 습하게 만드는 침엽수림에서 자란다. 따라서 만약 누군가 토양이 알칼리성이며 햇볕이 충만하게 드는 곳에 진달래를 심으면 잎이 누렇게 마르고 이내 죽을 것이다.

모든 살아 있는 것들은 삶이 행복한 곳에서는 성장하고 번성하지만, 그렇지 못한 곳에서는 죽지 않기 위해 힘든 투쟁을 벌여야 하고, 만일 자기들의 특수한 필요에 적대적인 환경에 적응하지 못하면 소멸하게 된다. 몇몇 종은 다른 종보다 적응력이 더 강하다. 인간은 때로 주변세계를 조각조각 박살내기도 했고, 먼지처럼 작고 쓸모 없는 것들을 모아 예전에는 없던 새로운 존재를 만들기도 했다. 하지만 적응력이 약한 새, 호랑이, 듀공dugong, 개구리 같은 몇몇 종들은 이러한 과정에서 멸종한다. 어느 개인의 창의적인 정신이라는 것도 실은 적절한 주변세계를 필요로 하는 일종의 생명체이다.

이 지역 기후에 잘 맞는 정원을 가꾸려 한다. 그늘이 많아 땅은 축축할 것이다. 타고난 산림지 습성을 보유한 생명력 강한 식물들과 고사리와 바람의 소리를 담을 줄 아는 활엽수를 심을 것이다. 울타리를 타고 오르는 담쟁이덩굴이 가을에 벌들을 먹일 것이다. 소박한 홑꽃들은 자기들이 좋아하는 곳에서 피어날 것이고, 새벽과 황혼을 알리는 풀벌레와 새소리, 그리고 따스함을 찾는 벌들의 윙윙거리는 소리를 불러 모을 것이다. 어느 요가 수행자가 바깥세상과 맞서고 있는 것처럼, 나는 완벽하지 않은 것들에 대한 사랑 그리고 평정심으로 내 정원을 가꾸어갈 것이다.

내가 일단 정원을 만들고 나면, 정원이 스스로를 돌볼 것이므로 나의 흔적은 거의 남지 않을 것이다. 힘센 식물들이 약한 식물들을 짓누르고 우위를 점하려고 할 때 그들 사이의 균형을 잡아주기 위해 때로 김매기나 가지치기 같은 소소한 일이야 하겠지만, 힘겨운 일이나 짜증나는 일은 없을 것이다. 낙엽은 길 위에 떨어질 것이고, 그들이 원래 속해 있던 땅 위에 누울 것이다. 씨앗으로 가득 찬 꽃대의 끝은 끝까지 쓰러지지 않다가 겨울에 얼어서 푸른박새의 먹이가 될 것이며, 먼지처럼 변해 뭉쳐 있다가 자기들만의 작은 서식지를 만들기 위해 사방으로 퍼져나갈 것이다. 우리가 정원 바깥의 세상을 바꾸는 동안 정원을 방치하고 잊어버리기라도 한 것처럼 정원은 자연 그대로의 모습일 것이고, 처음 만들어졌던 그 모습대로 변함없이 존재할 것이다.

개밋둑, 두더지가 쌓은 흙 두둑,
땋은 머리

나는 작고 그는 강해요

언젠가 그는 늙고 약해질 거예요

그래도 나는 여전히 젊고 강할 거예요.

오, 지저귀는 혀를 가진 까치여

반짝이는 것을 쪼아 먹기 좋아하네요

땅으로 내려와서 그의 눈알을 파버리세요.

개미는 집 근처 보도블록 사이의 틈에 고운 모래 같은 흙을 쌓아 작은 언덕을 만든다. 미친개가 그 위로 끓는 물 한 주전자를 붓는다. 소년은 아빠에게 자신은 개미들을 사랑한다고, 개미들은 인간에게 전혀 해를 끼치지 않는다고 말하지만, 미친개는 그런 멍청한 소리 하지 말라며 개미들은 인간을 무는 곤충이고 집으로 기어들어 와서 설탕통에 산다고 말한다. 소년은, 본인은 권력자이고 알아야 할 것은 죄다 알고 있다고 생각하는 이에게 무언가를 설명하려 했던 자신에게 좌절한다. 권력은 이성적이고 이해력이 있는 경우는 거의 없어서 대부분 이기적이고 다른 사람의 사정에 무감각하며, 억압과 착취를 통해서 획득되고 유지된다. 조용하고 더 희소하고 더 위엄 있는 약간 성격이 다른 권력도 있지만, 그런 권력은 대개 잘 드러나지 않고 잔인한 소음 속에 숨어 있으며 조용함과 평온함으로 가득 차 있다. 소년은 그런 성격의 권력을 느낄 수 있고, 그것이 실제로 살아 움직인다는 것을 알고 있고, 본인의 몸속에서 그것을 직접 느낀다. 하지만 아직 그 권력이 어떤 것인지는 정확히 알지 못한다.

타자기를 연상케 하는 비가 내려 작은 웅덩이에 빗물이 고이는데, 마치 셀 수 없이 많은 원숭이들이 말도 안 되는 내용을 쓰기 위해 타자기 자판을 두드리는 것 같다. 비는 부드러운 연필로 음영을 주어 그린 듯한 하늘에서 수직으로 낙하하고, 앙상한 나뭇가지들과 잿빛 하늘을 반사하는 얕은 호수를 만든다. 정원 아래쪽에 있는 오래된 자두나무 아래로, 몇 주 전부터 검고 무른 흙으로 쌓아 올린 한 줄로 늘어선 흙더미들이 보인다. 학교에서 돌아와 비를 맞으며 자신의 헛간으로 달려가던 소년은 생각한다. '저 바보 같은 미친개는 바꽃이 뭔지 모르겠지. 내가 바꽃을 제 밥그릇에 놓으면 그걸 먹을 수도 있을 텐데 말이야!' 아빠의 두 눈이 튀어나오고 아빠가 양손으로 목을 움켜쥐며 거품을 물고 땅에서 뒹구는 장면을 장난스럽게 상상하고 있는데, 이제 막 만들어진 흙더미가 움직여 그는 놀란다. 분명히 아래에서부터 흙더미가 순식간에 쌓아 올려지고 있었는데 그가 흙더미를 보자마자 움직임이 멈춘다. 무슨 일이 일어나고 있는지 알아보기 위해 좀 더 가까이 다가가서 엉덩이를 바닥에 깔고 쪼그리고 앉는다. 쪼그려 앉은 채 한동안 움직이지 않는다.

어린 소년 누구에게나 시간은 물과 같아서 좁은 골에서는 빠르게 흐르고, 넓고 깊은 곳에서는 느리게 흐르며, 때로 소용돌이를 만나면 빙그르르 돌며 멈추기도 한다. 얼마나 재미있는지, 얼마나 넓고 깊은지에 따라서 같은 장소라고 해도 무언가가 몇 초 동안 머무를 수도 있고 며칠 동안 머무를 수도 있다. 그는 셔츠가 흠뻑 젖을 만큼 그곳에 오래 머문다. 엄마가 주방 창문을 통해 당신의 바보 같은 아들을 바라보며, 애가 도대체 무슨 짓을 하고 있는 건지, 궁금해한다. 비를 맞은 탓에, 그의 머리카락이 은빛 땋은 머리처럼 되어 교복 셔츠 깃에 닿을 듯하다. 셔츠는 등에 들러붙은 채 투명하게 되어서 그의 흰 살결과 뾰족한 어깨뼈를 훤히 드러낸다.

그는 쪼그리고 앉아 땅에 생긴 작은 둔덕을 바라본다. 도대체 무엇이 흙을 위로 밀어 올렸을까? 마치 미친개가 다가오는 소리를 들을 때 그가 그렇게 하듯, 그가 가까이 오는 소리를 듣고 그것은 움직임을 멈추고 조용해졌다. 폭발 위험성이 있는 가스 파이프 누출일까? 아니면 지하수가 흐르는 것이거나 어떤 식물의 뿌리일까? 그것이 틀림없이 동물이라는 것까지는 알겠는데, 머릿속에 떠오르는 동물은 쥐뿐이다. 모종삽을 가지고 와서 파보고 싶지만, 뛰어오를 준비를 하고 있던 쥐가 더러운 거대한 발톱을 써서 그의 몸을 타고 다니며 누런 송곳니로 그를 물어뜯고 도망갈 길을 만들어줄 수도 있다. 쥐를 궁지에 몰아붙이면 그런 일이 일어날지도 모른다고 학교 친구가 조언해줬던 기억이 난다. 그래서 그는 쥐에게 도망갈 여지를 넉넉하게 주자고 마음먹는다. 하지만 쪼그리고 앉아 계속 쳐다봐도 아무 일도 일어나지 않는다. 그는 일어나서 작은 둔덕을 발로 차고 헛간으로 뛰어간 다음, 만일 쥐가 밖으로 기어 나오면 녀석이 멀리 도망갈 때까지 문을 걸어 닫을 시간이 충분하다고 생각하면서 출입구를 통해 밖을 내다본다.

　　　그가 헛간으로 들어갈 때 점박이 고양이 하나가 뒤틀린 나무 문의 틈을 밀고 뒤도 안 돌아보며 빗속으로 재빨리 걸어 나간다. 녀석은 수풀 아래에서 방향을 바꾸어 엉덩이를 땅에 대고 앉아 뒷다리를 우아하게 뻗어 발가락 사이에 혀를 정확히 밀어 넣으며 발을 핥는다. 갈색과 오렌지색 무늬가 섞인 이 고양이는 정원 아래쪽 수풀에서 종종 눈에 띈다. 그가 녀석에게 접근하려고 하면 녀석은 일어나서 주위를 배회하는데, 언제나 서두르지 않으며 우아한 자태를 유지한다. 한번도 뛰어서 도망간 적은 없지만, 항상 그보다 훨씬 빠르다. 누군가가 자기를 귀찮게 하지 않으면, 녀석은 때로 웅크린 자세로 앉아 잠을 청한다. 고양이는 그가 근처에 있는 것은 신경 쓰지 않지만, 그가 자기에게 관심을 보이는 것은 원하지 않는다.

완두콩은 원숭이 손가락처럼 생긴 기관을 활용해 땅에 박혀 있는 나뭇가지를 휘감아 오르며 더욱더 키가 커지고 잎이 무성해진다. 그 땅에 몇몇 초록 새싹이 솟았고, 그는 처음에는 그것이 무가 아닐까 하고 생각했지만, 주위로 점점 퍼지고 그가 심은 줄을 벗어나서 자라는 것으로 보아 필시 잡초임이 틀림없는 것 같다. 서양자두의 꽃봉오리는 이미 벌어질 준비가 다 되어 속살을 드러낼 참이다. 세상이 잠에서 깨어 무럭무럭 자라는 느낌이랄까. 셔츠가 젖어 추위를 느낀 그는 집으로 달려 들어가 젖은 옷은 자기 방 옷걸이에 걸어두고 티셔츠와 재킷과 코트를 꺼내 들고 헛간으로 다시 나간다. 헛간에는 검사를 받기라도 하듯 작업대 위에 줄지어 놓은 그의 책들이 그를 기다리고 있다.

끈의 길이,
파란색 외바퀴 손수레

A NEW SHED AND PATH

나는 끈 한 줄로 둘 사이를 팽팽한 직선으로 엮은 나뭇가지 두 개를 진입로의 끝부분이 될 지점에 박았다. 이 주 위에 식물들이 자라면 진입로 위로 가지와 잎을 드리워 진입로의 삭막함을 부드럽게 완화해줄 것이다. 진입로는 직선이어야 하는데, 왜냐하면 이 공간이 넓지 못할 뿐만 아니라 빨랫줄을 설치해야 하기 때문이다. 나는 벽돌 길의 기초를 만들기 위해 자루에서 모래를 쏟아내며 옆에 있는 사과나무까지 기어가고 있다. 손톱 밑에 다시 때가 껴서 기분이 좋다. 모래가 평평하고 단단해지도록 망치와 널빤지로 모래를 다져 넣고, 그 위로 끈에 닿을 정도의 높이로 왼쪽 방향으로 벽돌을 쌓아가며 내 지팡이와 재질이 비슷한 히코리hickory 나무로 된 망치의 충격 흡수 손잡이를 활용해서 벽돌들이 제 위치에 자리하도록 툭툭 친다. 물결이 흐르는 듯한 유연한 동작이지만 고된 일이 아닐 수 없다. 민달팽이처럼 사과나무와 세이지 덤불을 지나 고사리 옆에 있는 라일락 아래를 기어 다니며, 하루에 60㎝ 정도씩 어렵사리 벽돌을 쌓고 있다.

여기서 이렇게 천천히 작업하고 있지만, 정원은 훨씬 더 커진 것 같다. 툭툭 치는 동작을 잠시 멈추고, 계단에 앉아 차를 한 잔 마시거나 바람에 흩날리는 나뭇잎과 새들을 보면서 지친 무릎을 쉬게 한다. 거기에 꽤 오랜 시간에 걸쳐 쌓여 있던 벽돌 더미에서 벽돌 한 장을 들어 올릴 때 지네 새끼 떼가 황급히 흩어진다. 쥐며느리와 민달팽이는 그곳을 이미 은신처로 삼았고, 울새는 근처에서 기회를 노린다. 육체노동은 평화로 가득 차 있다. 단순 작업 하나를 끝내고 다음 작업으로 넘어가기만 하면 되는 것이다. 내 뒤로 뻗어가는 진입로를 따라 천천히 기어가면서, 이음매를 여기에 두 개 바르고 저기에 두 개 바르며 나무바구니 패턴으로 벽돌을 쌓는다. 정원 가꾸는 일의 많은 다른 부분처럼 이 일은 단순 반복 작업이고 무릎에 무리를 많이 주는 작업이라서, 비정기적으로 휴일을 정해 산책하고 근육을 풀고 휴식을 취한다. 2주 후에는 진입로 끝, 그늘진 울타리 아랫부분까지 도달했고, 거기에서 나는 분홍색 진달래 화분에 물을 주고, 그 흙에 구멍을 내고 그 구멍에 물을 채운다. 나는 항상 한바퀴 도는 식으로 이 작업을 해왔다. 즉, 화분에 물을 뿌리고, 구멍을 파고, 구멍에 물을 채우고, 나무를 그 구멍에 심고, 흙을 채우는 순서로.

얼마나 빨리 일하고 빨리 자원을 획득할 수 있는가에 따라 인간의 조직적 활동은 빠르게 진행될 수 있다. 하지만 대부분의 일은 자연의 주기적인 속도에 맞춰 진행된다. 최근에는 나도 자연의 속도에 따라 일을 진행한 것 같은데, 만약 내가 무리를 해서 일을 좀 더 많이 했으면 어땠을까 궁금하다. 이제는 지팡이를 더 자주 짚어야 하고, 이번 주에만 벌써 두 번이나 책 읽는 도중에 의자에서 잠이 들었다. 며칠 쉬기로 마음먹었다. 하지만 일이 끝나려면 아직 멀었고, 그래서 쉬고 싶다는 생각보다 어서 서둘러야 한다는 생각과, 여느 때와 다를 바 없는 익숙한 긴장감이 지속적으로 고조된다. 셋째 날, 나는 내 파란색 외바퀴 손수레에 자갈 5톤을 싣고 집을 지나 새로 만든 진입로까지 뒤뚱거리며 이동한 후, 헛간의 새 기초를 만들 목적으로 왼쪽에 쏟아부었다. 그리고 그렇게 손수레를 미는 동안 나는 나만의 하이쿠로 된 손수레 찬가를 그 시간에 곁들인다.

파란색 외바퀴 손수레
지금은 비어 있지만 이내 다시 꽉 차고
불만이 많아 끽끽거리는 소리를 내는구나.

작업 후, 몹시 지친 몸으로 새 헛간을 고르기 위해 3일간 인터넷을 검색했다. 나는 내가 원하는 헛간의 모양과 크기를 정확하게 알고 있지만, 그것을 정확히 찾기는 쉽지 않고 상세한 사항들을 제대로 결정하려면 시간도 부족하다. 헛간 크기는 작아야 하고 네모난 창을 통해 집을 바라볼 수 있어야 한다. 제작 비용이 만만치 않고 잔고 상황도 좋지 않은 탓에 망설이게 되지만, 중간에 멈추기에는 이미 너무 많은 것을 투자했다. 서류 양식을 채워 온라인으로 제출하니 일주일쯤 후에 도착할 것이라는 이메일이 날아온다. 이 거래에 관여한 사람은 없었고, 눈을 마주칠 일도 없었고, 살을 맞댈 일도 없었고, 목소리를 듣는다거나 말을 섞을 일도 없었고, 손으로 현금을 주고받는 일도 없었으며, 여느 때와 마찬가지로 내 계좌에 있던 돈만 사라졌을 뿐이다.

페기와 나는 저녁에 만나 함께 차를 끓인다. 우리는 뒷문을 열어둔 채 원형 주방탁자에 앉아, 산비둘기들이 울타리 위에 앉아 사랑스럽고 천진난만한 얼굴로 우리를 바라보는 동안 하루 일과에 관해 대화를 나누고 각자의 이야기를 들어준다. 우리는 페기가 믹서로 갈아 만든 태국식 그린 소스를 뿌린 면과 두부를 먹는다. 채식주의자인 나 때문에 그녀도 채소를 많이 먹는다. 음식과 사랑뿐이다. 다른 모든 것은 이 둘을 지탱하는 구조물일 뿐이다—정원 일도 사랑이고, 글쓰기도 사랑이다. 우리가 함께 꾸리는 삶도, 우리가 공유하는 각자의 개별적인 삶도 우리는 모두 사랑한다. 모든 것이 정말이지 단순하다.

그녀는 웨일즈의 어느 산속에서 자랐다. 그녀의 집은 책이 가득 찬 낡고 외딴 집이었는데, 밤에는 등대의 불빛이 그녀의 방으로 스며들었고 안개가 짙은 날에는 안개를 주의하라는 고동 소리가 들려왔다. 우리 둘에게는 잠들어 있는 시간과 깨어 있는 시간이 뒤섞여 있다. 우리는 고독이 무엇인지 잘 알고 고독을 사랑한다. 우리는 웃는다. 우리는 우리를 향한 타인들의 뜻하지 않은 가해를 이해하고 용서한다. 그녀도 나도 완벽하지 않으며, 우리에게 완벽한 것은 오직 우리가 완벽하지 않다는 사실뿐이다. 그녀는 관계, 아이들, 사랑에 관한 신비로운 이야기들을 쓴다. 나는 언어, 이미지, 지구 안에 정원을 짓는다. 우리는 서로의 작업을 돕는다. 우리는 둘 다 여리고 연약한 존재들이라서 창작열이 억눌린다는 것은 우리의 일부가 죽는다는 것을 의미한다. 그래서 서로를 보듬고 돌본다. 우리는 함께 기대고 있는 꽃송이들이다. 저녁 식사를 하며 페기가 그녀의 작품에 등장해야 할 것 같은 한 인물에 대해 이야기하는데, 왜냐하면 그녀는 어디로든 방향을 미리 정해놓고 자기 이야기를 끌고 가지 않기 때문이다. 그녀가 내게 조언을 구할 때는 내가 다른 관점을 제시하고, 내가 그녀에게 조언을 구할 때는 그녀도 그렇게 한다.

　　정원 일을 하던 초창기 시절, 나는 터틀넥 셔츠를 입

었고 밝은 노란색 자수로 내 이름과 전화번호를 새긴 모자를 썼다. 페기에게도 비슷한 모자를 하나 만들어주었고, 그녀는 나와 함께 며칠 동안 밖으로 나가 휘발유를 넣어 작동시키는 커다란 잔디깎이를 운전하며 잔디밭에 줄을 만들거나 내 옆에서 김을 맸다. 그때 우리는, 페기가 '밥Bob'이라는 이름을 가진 나의 수습생이라고 가장하곤 했다. 지금 그녀는 날아다니는 갈매기를 보며 우리 집 꼭대기 층에서 글을 쓰고, 나는 정원 근처 맨 아래층에서 시를 쓴다. 그녀에게 내 시를 읽어주고, 함께 차를 마시며 벚나무에서 꽃이 피기를 기다린다. 가끔 우리는 프랑스에 사는 아들네 집과 우리 동네에 사는 딸네 집을 방문해서는 함께 오페라나 영화를 보러 가기도 하고, 인근의 인도 음식점이나 펍을 찾기도 한다. 우리는 둘 다 천연 소재로 만든 고급스런 신발과 옷, 신선한 채소, 좋은 치즈를 사랑하고, 예전에 가본 적 없는 곳을 구경하는 것을 즐기며, 끊임없이 수다를 떤다. 페기가 옷을 고르는 동안 나는 옷가게에 있는 긴 의자에 몇 시간을 앉아 있기도 한다. 우리는 걸을 때나 침대에 누워 있을 때 손을 잡으며, 나는 그녀의 구두를 닦아주고 그녀에게 노래를 불러준다. 우리는 조용한 환경에서 창의성이 샘솟기 때문에 각자 고독하게 자기 일을 한다. 하지만 하루 일과가 끝나면, 함께 와자지껄하게 수다를 떨고 식사를 한다. 우리 머릿속은 아직 우리가 쓰고 있는 이야기에 등장하는 인물들이 말하는 내용으로 가득 차 있지만, 그 인물들에 관한 생각이 잦아들고 잠들면 그때 조용히 대화를 나누기 시작한다. 일과 삶을 함께하는 것, 이것이 우리의 삶의 전부다. 정원, 글쓰기, 요리, 식사, 그리고 산책. 우리는 각자의 약점을 알고 있다. 그녀는 나의 부족한 면을 알고 있고, 그것을 돌봐주고 보호해준다. 내가 그녀에게 그렇게 하듯이. 때로 뭔가 맞지 않고 신경을 거스르고 논쟁을 벌이고 화를 내기도 하지만, 이내 서로를 용서한다. 우리는 각자 강렬한 내면의 삶을 보유한 이들이고, 서로를 과도하게 필요로 하지 않는 이들이어서 서로를 자유롭게, 두려움 없이 사랑할 수 있다.

13

봄비

깡통 무전기,
민달팽이 느림보

소년은 지금 빈 강낭콩 깡통 두 개, 못 하나, 정원에서 쓰이는 줄 몇 가닥을 가지고 자기 헛간에 있다. 물로 씻고 상표를 벗겨내니 깡통이 깨끗해졌다. 이제 그는 깡통의 둥근 밑바닥 가운데에 망치질로 구멍을 하나 낸다. 깡통의 바깥쪽부터 안쪽으로 공들여 줄을 꿰고, 줄이 깡통 안에 단단히 붙어있도록 매듭을 묶는다. 같은 방식으로 나머지 깡통에도 줄을 꿴 후 한쪽 깡통을 들고 실내로 뛰어 들어가 엄마에게 건넨다.

"줄을 팽팽하게 잡고 계셔요, 엄마, 그리고 이게 잘 되는지 소리를 들어보세요." 그는 의기양양한 모습으로 정원으로 다시 나가서 깡통 무전기에 대고 말을 한다. 식탁을 행주로 닦고 있느라 엄마는 줄을 느슨하게 잡고 계신다. "엄마, 팽팽하게 잡고 제 말을 들어보세요!" 그가 외치자 엄마는 잠깐 깡통을 귀에 가깝게 대지만, 그가 줄을 팽팽하게 당기자 엄마의 깡통은 귀에서 멀어진다. "귀에! 바짝! 붙이고! 계시라고요!" 그가 정원에서 한쪽 깡통에 대고 천천히 또박또박 소리를 지른다. 엄마는 줄이 팽팽해지도록 깡통을 귀에 가까이 가져가고 그는 말하기 시작한다. 하지만 엄마가 걸음을 옮기며 빠른 속도로 이동하자 줄이 더욱 팽팽해지다가 문틀에 걸려 꺾이게 된다. "엄마! 줄에 뭐가 걸리면 소리가 안 들릴 거예요!" 그가 외친다.

"미안해, 아가야. 엄마가 지금 바쁘거든." 엄마는 단호하되 상냥하게 말씀해주시지만, 엄마는 그가 당신에게 원하는 것이 무엇인지 전혀 알지 못한다. 그는 여기저기 떠돌아다니고, TV 화면에서 그림자처럼 등장하고, 이 세상과는 전혀 관련이 없는 유령에게 말을 걸고 있는 듯한 느낌이다. 소년은 두 번이나 소리쳤지만 엄마에게서 듣고 싶은 대답은 듣지 못한다. 그는 "이 놀이는 그만 할래요"라고 말하고, 엄마는 "아가야, 미안해"라고 대답한다. "엄마가 할 일이 엄청 많거든. 혹시 나중에 해도 괜찮겠지, 응? 그리고 동생들한테 한번 부탁하는 것도 좋을 것 같구나."

그는 잠시 그렇게 할지 말지 고민한다. 하지만 거리에서 공을 차거나 총싸움 놀이를 하며 뛰어노는 것을 더 좋아하는 두 동생 모두 자신의 실험을 대수롭지 않게 여기며 일을 엉망으로 만들어놓든가, 아니면 자기들 마음대로 하려고 할 것임을 그는 잘 알고 있다. 그래서 그는 소리를 전달하지 못하는 이 조용한 깡통을 끈으로 묶어 다시 헛간으로 가져간다. 그도 가끔씩 죽는 시늉을 하며 동생들과 함께 놀기를 좋아하지만, 그런 놀이를 하루 종일 하기란 아무래도 따분하다. 솔직히 말하면, 동생들은 놀이가 자기들 방식대로 진행되지 않으면 억지를 부리는 경향이 있어서 그는 동생들과 하던 놀이를 멈추고 자기가 하던 일을 계속하곤 한다.

진입로에 은빛 자취가 한 줄 생겼다. 그 끝을 보니 5㎝ 정도 길이의 갈색 민달팽이 하나가 있다. 민달팽이의 옆 구멍에서 점액 방울이 부풀어 올라 터지는 모습을 보고, 그는 구멍 안쪽으로 풀잎을 반복적으로 밀어 넣어본다. 세 번째 시도에 민달팽이가 작고 단단한 덩어리가 되도록 제 몸을 말아 밑부분에서 점액 방울을 쏟아낸다. 소년이 민달팽이를 들어 올린다. 삿갓조개처럼 단단히 웅크려 땅바닥에 들러붙어 있기 때문에, 그는 민달팽이의 주름 많은 끝부분 아래를 손가락으로 세게 파내어 민달팽이를 떼어낸다. 민달팽이는 뭉친 근육처럼 좀 더 단단하게 제 몸을 웅크린다. 차갑고, 축축하고, 끈적끈적하고, 덜 익은 자두처럼 딱딱하고, 번들거리고, 물기 많은 이 민달팽이는 그의 손 안에서 쉽게 상처 받을 수 있을 만큼 연약하기만 하다. 그가 민달팽이를 손바닥 안으로 옮기자 민달팽이는 웅크렸던 제 몸을 천천히 펼치며 좀 더 길게 뻗는다. 뿔이 솟아나와 이리저리 움직인다. 끝에 있는 눈 달린 큰 뿔의 시선이 그의 시선과 마주친다. 작은 뿔은 촉수처럼 아래를 향하고 있는데, 그 아래에는 입 역할을 하는 구멍이 있다. 잠시 후 그의 손에서 뭔가 쓴 맛을 보기라도 한 것처럼 민달팽이가 그의 손을 거칠게 문지른다. 민달팽이의 입 힘이 센 탓에, 소년은 확실히 자신의 피부가 긁히는 느낌을 받는다. 민달팽이를 풀밭 위에 내려놓고 집으로 뛰어간 그는 주방 폐기물 통에서 피클 병을 하나 찾아 물로 씻는다. 진입로로 돌아와 보니, 그 사이 민달팽이가 젖은 풀밭 안쪽으로 두 걸음 정도 이동했다.

"너 참 느리구나. 그렇지 않아, 꼬마 친구?" 그가 이렇게 말하며 민달팽이를 집어 올린다. "힘내, 느림보야"라고 말하고는 민달팽이를 병 안에 불쑥 집어넣는다. 그는 손가락을 풀잎에 비벼 점액을 닦아내려고 하지만 조금도 닦아지지 않는다. 손가락을 다시 풀잎에 세차게 긁어보지만 별로 달라지는 것은 없다. '풀칠을 해야할 때 민달팽이를 쓰면 되겠네'라고 생각하며 괜스레 손을 바지에 닦는다. 끈적끈적함은 조금도 나아지지 않고 오히려 여기저기 퍼지기만 한다. 그는 풀잎 몇 개와 찢어진 민들레 잎 몇 조각을 병 안에 넣고 병뚜껑을 작업대 위에 올려놓은 다음, 민달팽이가 숨을 쉴 수 있도록 못과 망치로 병뚜껑에 삐죽삐죽한 구멍 두 개를 뚫는다.

'느림보'는 이제 작업대 위에 놓인 병에서 산다. 소년은 책에서 '민달팽이'에 관한 내용을 찾아보고 민달팽이의 몸

옆면에 있는 숨구멍이 그의 폐로 통하는 유일한 출입문이라는 것과, 등에 있는 은폐물, 즉 망토 아래에 민달팽이의 진화적 조상인 달팽이의 흔적이자 껍데기의 잔류물이 있다는 것을 알게 된다. 책을 읽으며 그가 또 알게 된 사실은, 민달팽이가 제 몸 길이의 절반 정도나 되는 거대한 나선형 음경을 갖고 있다는 것과, 천사처럼 남성이기도 하면서 동시에 여성이기도 하다는 것이다. 책에서 읽은 바에 의하면, 민달팽이는 종류에 따라 푸른 잎이나 벌레 또는 이끼를 먹는데, 축축하게 젖은 페이지에 삽입된 판화 사진 속 오래된 어떤 한 종은 그 정체를 도무지 알 수가 없다. 그는 민달팽이가 고래처럼 숨구멍으로 숨을 쉬고 있는 모습과, 녀석이 유리병의 벽 주위를 기어오를 때 그 발을 따라 파문처럼 퍼지는 물결 문양을 바라본다.

며칠이 지나 느림보의 몸 상태가 좋지 않은 것 같고 무기력해 보인다. 풀잎도 민들레 잎도 건드리지 않았고, 대신 병 주변에 검은 똥 줄기를 싸놓았다. 사실 느림보의 몸에서 냄새도 조금 나는 것 같은데, 며칠이 더 지나자 냄새가 더욱 고약해진다. 소년은 민달팽이가 필요로 하는 것보다 자신이 원하는 것을 더 중시했다는 사실과, 느림보가 죽어가고 있고 죄수처럼 갇혀 있기를 원하지 않을 것이라는 사실을 깨닫고는 죄책감을 느낀다. 안타이오스처럼 민달팽이는 땅과의 연결이 끊겼고 힘이 빠지고 있다. 나중에 어떻게 되느냐에 관계없이 민달팽이는 일단 자유로운 존재가 되어야 한다. 소년이 다른 음식을 건네보지만 소용없다. 일주일 후 그는 땅에 엎드려 나무 아래 잔디밭에 있는 무기력한 민달팽이를 흔들고 녀석이 몸을 펼치기를 기다려본다. 느림보는 더 좁고 메마르고 느린 야생으로 돌아간다. 소년이 땅에 엎드려 느림보가 자기만의 방식으로 자기만의 삶을 지속하기 위해 천천히 몸을 펼쳐 이동하는 모습을 살펴보는 동안, 풀밭에는 개미들이 있고 검은 딱정벌레 하나가 얇은 다리로 울퉁불퉁한 땅 이곳저곳을 버둥거리며 돌아다니고 있다.

14

정원사

꽃들이 늘어선 길 걷기,
개, 유령,
녹색 남자

잠시 휴식이 필요하다. 정원이라는 것은 계획대로 정교하게 작동하는 기계를 설계하는 것이라기보다는, 회화와 비슷한 끊임없는 대화이기 때문에 계속 진화해야 한다. 살아 있는 것들은 동요하는 존재라서 정원의 한 생명체가 주위의 전부를 변화시킨다. 식물의 줄기, 잎, 꽃이 무기력하다고 말할 수 없다. 누군가 심은 식물은 그늘을 만들고, 비를 막아 그 아래의 땅이 젖지 않게 하고, 빗방울이 잎을 타고 흘러내려 떨어지는 곳 주변에 원형의 샘을 만든다. 더욱 복잡한 것은 잎사귀 같은 것, 줄기 같은 것, 꽃 같은 것, 그리고 키가 크고 얇은 것 또는 키가 작고 납작한 것 사이에서 볼 수 있는 역학으로서, 불과 몇 달이 지나면 그들은 완전히 다른 모습으로 변할 것이라는 사실이다.

나는 헛간이 완성되기를 기다리며 며칠을 쉬면서, 졸리면 자고 눈이 떠지면 일어나는 생활을 통해 내 일상을 새벽녘과 해질녘에 맞춘다. 지빠귀와 울새에 이어 참새들이 노래하고 쩍쩍거리기 시작하고, 집 앞 가로수 사이로 붉은 태양이 떠올라 잠시 동안 하늘이 핑크빛으로 물든다. 까마귀들이 재잘거리는 소리가 들려오고, 나는 깔개 위에 한 시간 동안 앉아 있다. 내 하루는 이런 식으로 시작된다. 뒤쪽에 있는 집 지붕 너머로 해가 져서 하루가 끝나면, 나는 집 안으로 들어가 아내와 함께 요리하고, 대화하고, 웃고, 먹는다. 그러고 나서 난로에 불을 지피고는 중고품 가게에서 산 싸구려 의자에 앉아 책을 읽는다.

　　　식탁에 놓을 꽃을 사러 가기 위해 재킷을 입고 자리에서 일어나서 잠시 걸어본다. 오랜 세월 정원사로 일했던 마을 주변을 산책하노라면 돌아가신 분들, 이사 온 분들, 이제막 노년에 접어드신 분들의 집에 딸린 작은 앞마당에 심었던 꽃들을 보게 된다. 그리고 내가 그 앞마당에 사랑을 더해 드렸다는 느낌을 받는다. 꽃들을 유심히 살펴보는 사람들은 거의 없겠지만, 아마도 꽃을 본 사람들의 하루는 더 행복했을 것이다. 나는 심어야 할 때 심었고, 가지를 쳐야 할 때 가지를 쳤고, 풀을 베야할 때 풀을 벴으며, 이러한 일들로써 일상 세계에 아름다움과 우아함과 명료함을 보탰다. 장미는 어린이의 움켜쥐는 미약한 손을 닮은 붉은 새 줄기와 함께 높이 자라 오르고, 나무들은 눈을 틔우고 있고, 튤립은 땅에서 솟은 붉은 코를 살짝 내비치고 있고, 활짝 핀 수선화는 햇빛을 흠뻑 빨아들이고 있다. 나는 길을 따라 걸으며 사과나무와 목련과 장미와 봄 알뿌리를 바라보고 '저것도 내가 심었고, 저것도 내가 심었고, 저것도 내가 심었네'라고 생각하며 내가 참 좋은 일을 했다고 느낀다.

사실 나는 내가 심은 것들보다 그 자리에 스스로 무정부적으로 존재하는 야생의 식물들을 더 사랑한다. 별봄맞이꽃, 물망초, 냉이 같은 야생 식물들이, 개미가 모래를 뚫고 밖으로 나오는 벽 아래 보도에서 먼지를 뒤집어쓴 채 자라고 있다. 나는 도로 끝 배수로에서 돋아난 이끼, 자갈로 된 오솔길을 덮은 지의류, 그리고 성직자와 신도들, 장 보러 가는 이들과 학생들, 지팡이와 휠체어에 의지해 외출한 어르신들이 매일 밟는 자갈 사이의 틈에 피어난 민들레를 사랑한다. 그들은 여전히 모두 함께 잘 자라고 있다. 나는 그들을 무척이나 사랑한다. 그들은 굳세고 드세다. '도대체 무슨 소리야? 나는 내가 좋아하는 곳에서 내 기분 내킬 때 내가 해야 할 일을 아주 정확하게 하고 있단 말이야!'라고 말하는 나처럼, 그들도 삐딱한 반항아라고 나는 생각한다. 그들에게는 아무것도, 아무도 필요하지 않다. 그들에게 필요한 건 가끔씩 찾아오는 벌들뿐이다. 햇빛에 그 운모 결정체가 반짝이는 따뜻한 황금빛 돌멩이와 대비되어 빛을 발하는 녀석들 말이다.

공기가 정말 상쾌해서 교회 근처 개를 산책시키는 공터에서 씨앗들을 주워볼 요량으로 조금 돌아가는 길을 선택했다. 교회는 바이킹이 침입해도 발견되지 않을 만큼 낮은 경사지 쪽으로 깊숙이 들어간 곳에 자리 잡고 있다. 날개 달린 죽은 병사의 석상이 탑 위에서 나를 내려다 본다. 칼을 찬 전사의 수호신이다. 허리 높이 정도 되는 녹슨 철제 난간은 나무에서 뻗어 나오는 구불구불한 용처럼 기울어지고 비틀어져 있다. 나는 그 뒤쪽에서 두 눈동자 사이의 거리 정도로 떨어져 있는 녹슨 대못들을 발견했다. 그 광경을 보고 살짝 무서운 생각이 들어서, 난간이 공터의 특별하고 성스러운 영역인 성직자들의 묘지를 지나 구부러지기 시작하는 곳으로는 가까이 가지 않는다. 나무들에 가려진 메마른 수로 위를 건너는 작은 석재 아치형 다리 너머에는, 강이 뿜어내는 옅은 안개에 씻겨 깨끗해진 돌들 아래에서 '영면하는' 사람들의 들판이 펼쳐져 있다. 마치 자유로운 몸이 되어 자신들의 노란 태양을 하늘에 놓아주려는 것처럼, 수없이 늘어선 푸른 별들 같은 물망초들은 녹색 앞줄에서부터 안간힘을 쓰고 있다. 오랜 세월을 살아온 거대한 주목의 뿌리들은 여러 용처럼 뭉우리 돌들로 만들어진 돌담을 휘감으며 불쑥불쑥 뻗어나가 결국 돌담을 거의 다 휘감고 있다.

퇴비가 되어가고 있는, 약간 기울어진 지의류 낀 돌들을 뒤로 하고 조용히 지팡이를 짚는다. 그 돌멩이들은 울새와 개똥지빠귀와 찌르레기가 앉아 있다가 내가 저희 근처로 가면 가시나무 숲으로 휙 날아가 버리는 곳이다. 묘지 사이에서 개 짖는 소리가 들린다. 개 하나가 내 쪽으로 달려와 멈추고는 상체를 살짝 뒤로 젖히며 이를 드러내고 짖는다. 개 주인이 용처럼 생긴 주목 숲에서 나와 '흰둥아!Snowy' 인지 '클로이!Chloe' 인지 아니면 소음 때문에 내가 알아듣기 힘든 어떤 단어를 외치며 걸음을 재촉한다. 하지만 그 개는 주인에게 돌아갈 기미를 보이지 않는다. 여전히 상체를 뒤로 젖히고 이를 드러낸 채, 사지에 힘을 주고 짖으며 상대를 공격할 자세를 취한다. 어떤 이유 탓인지 개가 두려움을 느낀 것 같다. (아마도 나와 예상치 못하게 갑자기 조우하게 된 것이 그 이유일지도 모른다.) 우리가 잘 알고 있듯이, 이기심이나 탐욕처럼 두려움은 왕왕 폭력으로 귀결된다.

순식간에 나의 모든 근육이 긴장되지만, 곧 마음의 안정을 찾으며 '쉬'라고 속삭여본다. 시간이 흐르며 머릿속에는 수많은 행동 계획들이 펼쳐진다. 나는 두려움을 느낄 시간조차 없다. 나무처럼 뻣뻣하게 선 채 개가 공격해오기를 기다린다. 개는 나보다 빠를 테고, 녀석의 이빨이 내 등 뒤를 향한다면 나는 아마도 속수무책으로 당할 것이니 도망쳐봐야 소용없다. 나는 개가 달려들 때까지 기다리다가 자동적으로 준비하고 있던 무거운 지팡이로 개의 머리통을 있는 힘을 다해 후려칠 것인지, 아니면 내가 다른 행동을 하는 동안 개가 나

대신 내 지팡이를 물도록 유인할 것인지 고민한다. 그런데 내가 어떤 행동을 해야 개가 지팡이를 물게 될까? 나는 결국 개가 뒷다리를 박차고 뛰어오를 때 내가 할 수 있는 최선의 일은 녀석의 시선을 숲 쪽으로 돌리게 만드는 것이라고 결론 내린다. 내가 이러한 일생일대의 전투를 준비하고 있을 때, 개 주인이 개줄을 바투 쥐고는 "죄송합니다, 정말 죄송해요"라는 말과 "우리 아이는 파리 하나 어쩌지 못하는 아이에요"라는 말을 끝도 없이 늘어놓는다.

그들이 떠날 때 아드레날린이 분비되고 약간의 위기가 찾아온다. 내 심장은 간헐적으로 가슴이 두근거리는 문제가 발생한다. 매일 아침과 저녁 하루 두 번, 나는 안정적인 심장 박동 그리고 나를 죽음이나 혼수상태에 가까운 뇌졸중에 이르게 할 수도 있는 심실 혈전 발생의 방지를 위해 한 움큼의 약을 먹는다. 아드레날린은 본연의 역할에 맞게 자연스럽게 심박수를 높였지만, 과부하가 걸린 순회로에서 문제가 발생하여 내 심장은 뛰지 않고 있고, 그 대신 1분에 250번 이상 떨린다. 내 심장은 리듬을 상실했고 혼란에 빠졌다. 지팡이를 짚으며 벤치로 걸어가 벤치 뒤쪽에 지팡이를 걸어놓고 가슴의 통증이 어느 정도인지 살펴보기 위해 자리에 앉는다. 심장이 심하게 쿵쾅거리고 있어서 피부, 목, 관자놀이, 넓적다리, 팔, 귀,

심지어 눈에서도 그 박동이 느껴질 지경이다. 나는 지금 이곳에 홀로 앉아 있다. 큰 길까지 가려면 15분은 족히 걸릴 테고, 게다가 위쪽으로는 매우 가파른 언덕이 있다. 나는 근육을 이완시키고, 시선을 아래로 내리고, 머리를 들어 목과 균형을 맞추고, 허리를 뒤로 젖혀 귀가 어깨 위에 오고 어깨는 엉덩이 위에 오는 명상 자세를 취한다. 나는 나무가 되고 바위가 되며 강물이 된다. 나는 손을 무릎 위에 놓는다. 왼손을 오른쪽 무릎 위에 놓으면 하나의 우묵한 그릇을 만들 수 있다. 나는 두려운 것이 없으며 그래서 집착이 없다. 나는 감정을 내려놓고, 사물이 달라지기를 바라는 욕망도 포기하고, 마음을 진정시키며 내 숨결이 어떤지 살핀다. 통증이 있지만 당연한 통증일 뿐이다. 심장이 두근거리지만 평범한 두근거림일 뿐이다. 한 방향으로 갔다가 다른 방향으로 오는 평온한 숨을 쉴 때까지, 숨을 들이쉬고 내쉰다. 새들이 노래하고 산들바람이 불고 나뭇잎이 바스락거리는 소리처럼 이 세상 어딘가에서 들려오는 자연의 먼 맥박 소리를 빼고는 나는 완전히 고요하다.

　　　　나는 조급함을 내려놓고 여유를 찾으며 심장이 천천히 뛰도록 노력한다. 여기까지는 할 수 있지만, 심장이 뛰는 주기에 대해서는 할 수 있는 것이 없다. 심장이 스스로 안정화되는 시간을 기다릴 수밖에 없고, 그렇게 되기까지 밤을 새

위야 할 때도 있다. 이제 나는 내 심장과 심장이 뛰는 여러 가지 방식에 퍽 익숙하다.

내 시선의 한구석에 검은 옷을 입은 한 남자가 보인다. 의심의 여지 없이 그 남자가 실제로 존재하는 사람이 아니라는 것을 잘 알고 있다. 이곳에 살았던 거의 대부분의 사람은 이미 죽었고 그들의 꿈은 끝났지만, 현재를 살아가는 우리는 여전히 꿈을 꾼다. 나는 그 남자를 제대로 보려고 몸을 돌렸지만 그는 이미 그 자리에 없다. 나는 내가 유령을 봤는지, 내 죽음이 임박했는지, 단지 사람의 모습을 상상했던 것인지, 아니면 그 남자가 단순히 숲으로 걸어 들어가던 노숙자였는지 확신할 수 없다.

페기는 내가 유령에 너무 민감하다고 한다. 가끔 나는 어떤 그림자가 휙 지나가는 것을 보고 그 그림자가 어디로 갔는지 찾는데, 그녀는 내게 무엇을 보고 있냐고 물으며 아무것도 지나가지 않았다고 말한다. 나는 그들의 모자나 어두운 색깔의 옷을 언급하며 누군가 지나갔다고 하고, 페기는 맹세컨대 거기에 아무도 없었다고 한 경우가 몇 번 있었다. 나는 그녀가 그 사람들을 단지 알아보지 못한 것뿐이라고 말한다. 나는 그 사람들에 대해 설명하지는 않는다. 심지어 그것이 다른 어떤 것만큼 확실하다 해도, 나는 내 옆에서 자라고 있는 개나리에 대해서도 설명하지 않는다. 생물은 특정 형태로 확장하는 존재로서 자신을 드러내고 이후 혼돈 속으로 사그라진다. 벤치에서 일어나 그를 언뜻 본 곳을 향해 걸어가서 새로 조성된 무덤 옆에 선다. 무덤가의 꽃은 시들었지만 빛깔만큼은 여전하다. 묘비는 아직 세워지지 않았다. 내 심장은 여전히 불규칙적이다. 심장이 뛰기도 하고 뛰지 않기도 하지만, 뛰는 속도는 점차 느려지고 있다.

무덤을 벗어나, 나이 들었고 여기저기 부러진 곳이 많지만 여전히 성장하고 꽃을 피우며 씨앗을 맺는 나무들 사이를 걷는다. 오래된 뿌리들 사이에 자연스레 웅덩이가 생겼고, 그곳에서는 새들과 벌레들이 물을 마시고 있고 디기탈리스가 떡 하니 입을 벌리고 있고 고사리가 제 몸을 활짝 펴고 있다. 개를 산책시키기에 좋은, 작은 애기똥풀과 숨어 있는 한 줌의 난초들에 둘러싸인 잔디, 사초, 미나리아재비, 전호, 쐐기풀, 토끼풀이 깔린 들판을 지나, 물이 떨어지며 반짝이는 강가에서 햇볕을 쬐고 있는 바위를 향해 내려간다. 강둑 위 풀밭과 거의 구분이 안 되는 잿빛 왜가리 하나가 유량을 줄이고 흰 거품이 날 만큼 유속을 빠르게 하는 바위들 사이로 제 작살을 던질 태세를 취하고 서 있다.

나는 마음에 우울함을 안고 꽃들이 늘어선 길을 지

나 죽은 이들의 다리를 건너 원래 출발했던 곳으로 돌아온다. 횡단보도에서 신호등이 녹색으로 바뀌기를 기다리는 도중에 양털 스웨터와 운동복 바지를 입고 다른 길을 가고 있던 어느 할머니 한 분과 미소를 띤 채 "안녕하세요, 좋은 아침이군요"라는 인사를 나누기까지, 나는 내내 혼자였다. 신호등 녹색 조명이 번쩍이며 경적 소리를 울리고 할머니와 나는 길을 건넌다. 그리고 서로를 등진 채 각자의 길을 간다. 아주 잠깐 나의 고립이 해제되었던 것이다. 이러한 작은 연결들이 중요하다는 생각이 그 해제의 순간에 찾아오고, 나는 내가 더 많은 연결을 원하고 있다는 것을 깨닫는다. 사실 나는 그러한 연결들에 익숙하지 못했다. 나는 사교성이 부족한 사람이다. 그래서 다른 사람들이 내게 옳은 일이라고 권유하는 것을 해보려고 항상 노력해왔다. 이를테면 다양한 사회 관계를 맺어야 하는 이 세상에서 남들과 비슷한 평범한 인간이 되는 것, 이웃 사람들과 정치와 옳은 것과 그른 것에 대해 사람들과 더 많이 대화하는 것, 그리고 갈매기나 청소부나 인터넷에 대해 불평을 제기하는 것 등. 그런 사람이 되어보려고 노력했지만, 나는 결국 단지 뭔가를 이야기해야 한다는 압박감에 바보 같은 이야기를 했고 다른 사람의 비위를 맞춰야 한다는 생각에 거짓된 이야기를 했다. 사람들은 나를 '외톨이'나 '독불장군'이나

'부적응자'라고 부른다. 결론은 이 사안에 관해 이야기하는 것에서, 심지어 생각하는 것에서조차 내가 아무런 가치를 느끼지 못했다는 것이다. '자아'란 한낱 허상에 불과하며 무언가와 완전히 동떨어져 있는 '자아'라는 것은 없고 오직 흐름과 연속이 있을 뿐이라는 것을 알았을 때, 비로소 나는 참된 나를 발견했다. 이 자아 개념이 에고Ego를 만드는데, 이것이 우리를 비인간 동물과 구별짓고, 그래서 이 세상을 파괴하게 된다. 우리가 비인간 동물과 구별되는 존재라는 생각은 결코 좋은 생각이 아니다.

나의 짧은 여행은 끝났고, 몸도 피로하고, 마음은 무겁고 평탄치 못하다. 배고픔과 비슷한 텅 빈 기분을 느낀다. 먹고 싶다. 먹을 수 있는 것은 다 먹을 것 같은 기분이다. 골목을 돌아 집으로 가는 길로 들어선다. 집 앞에 커다란 화물 트럭이 한 대 서 있고, 한 사람이 크레인으로 나의 새 헛간을 길에 내리고 있다. 내가 거기에 도착하기 전에 그는 차를 몰아 떠나고, 나는 감사의 인사로 그에게 손을 흔들어줄까 하고 생각해본다. 하지만 그는 내가 누군지 알 리가 없어서, 아마도 나를 낯선 이들에게 손 인사를 건네는 약간 산만한 노인네들 중의 하나로 생각할 것이다.

집에 들어와서 내가 두더지 사냥꾼 시절부터 입었던

닳아 해진 낡은 갈색 코듀로이 재킷을 벗는다. 나는 이 옷을 무척 좋아해서 이 옷을 입으면 내가 두더지 선생Mr. Mole처럼 보일 것이라고 생각한다. 내게는 재킷과 색깔이 잘 어울리는 갈색 코듀로이 바지도 있는데, 바지에는 멜빵도 있고 깃에 금색 두더지 배지도 달려 있다. 차를 한 주전자 끓이고, 몸을 낮추어 의자에 앉고, 무릎 위에 담요를 덮으며 꽃을 사러 나갔던 일을 추억한다. 내 심장은 때로는 많이 뛰다가 때로는 안 뛰다가 하며 불규칙적으로 느리게 움직이지만, 저녁이 되어 페기와 이야기를 나눌 때가 되니 다시 정상을 회복한다. 내가 이런 이야기를 하면, 페기는 웃으며 "좋군요"라고 대답한다. 페기는 내 증상이 언제 발생하는지 잘 안다. 그녀는 내 눈 주위가 시커멓게 변하는 때가 그때라고, 때로는 조용히 넘어가려고 하는 내 의도와는 무관하게 나의 가쁜 숨소리가 들리기도 한다고 말한다. 나는 전략을 바꾸어 입을 크게 벌리고 얼굴을 돌린다. 이 전략 덕분에 그녀는 이제 내 증상을 알아차리지 못한다.

장군풀 잎과 투구꽃,
할머니의 젖소와 수맥 찾기

정원 반대쪽에 크고 오래된 덤불이 있는데, 우리 가족은 아무도 거기서 자라는 장군풀을 먹지 않는다. 엄마는 당신이 어렸을 때 장군풀 줄기를 설탕에 찍어 먹었었다고 하면서 정원으로 가져갈 사발 하나를 그에게 쥐어준다. 그러면서 엄마는 "하지만 잎을 먹으면 안 돼. 잎에는 독성이 있기 때문이야."라고 설명해준다. 소년은 계단에 앉아 잎들을 잘라낸 후, 짙은 분홍빛 줄기를 설탕에 찍어 조금씩 뜯어 먹는다. 즙이 풍부하고 톡 쏘는 맛이다. 잎을 잘라내는 주머니칼의 경첩 부위에 윤활유를 발라 놓은 탓에 줄기에서 약간 기름 맛이 나기도 한다. 장군풀의 단면을 보니 백과사전에서 봤던 나무 몸통의 층이 생각난다. 차이점이 있다면, 장군풀의 단면은 나무와 달리 전혀 일정한 모양이 아니라는 것이다. 단면은 알파벳 대문자 D와 비슷한 모양으로, 바깥쪽은 빨간색이지만 안쪽으로는 아름다운 담록색이며 흰 점으로 가득 차 있다. 백과사전에는 장군풀에 관한 내용이 거의 없지만, 잎에는 수산修酸이 함유되어 있어서 시금치를 먹듯이 장군풀 잎을 조리해서 먹은 사람들이 사망한 경우가 있었다는 사실만큼은 분명히 서술되어 있다. 그는 이 내용을 보고 아이디어 하나를 떠올린다.

'장군풀 잎과 투구꽃.' 그는 윤곽선을 그린 후 크레용으로 색칠한 투구꽃 그림과 장군풀 잎과 줄기의 단면을 그린 후, 그 옆에 이 문구를 쓴다. 여름 내내 그는 여러 차례에 걸쳐 잎과 나무와 꽃과 그 세부 사항들을 그리고, 문구를 적어 놓고, 장미꽃을 그려보려고 시도했다. 하지만 그는 크게 좌절하여 화가 날 지경이었다. 그는 금련화 잎 가운데로 유리구슬처럼 내리는 빗방울도 그리려고 한다. 실물과 거의 똑같아 보이도록 그리고 싶지만, 그의 실력은 진부한 구름과 비, 물줄기, 완성된 그림이 아닌 일부분을 그리는 수준이고, 백과사전에서 본 윌리엄 블레이크의 판화 작품에서 아이디어를 베끼는 수준이다.

학교 다닐 때 미술 선생님은 그에게 왜 뭐든 마무리 짓는 것이 없냐고 물었고, 그는 잘 모르겠다고 대답했다. 그는 뭔가를 꼭 끝내야 할 필요를 느끼지 못하고 그런 일에 관심도 없다. 그에게 그림은 도구인데, 벽을 장식하고 꾸미는 데 쓰는 도구가 아니라 사물을 탐구하고 이해하는 데 쓰는 도구다. 그림 옆에 종종 문구들을 적는 경우도 있다. 금련화 잎을 기울여 은빛 방울이 아래로 흐르는 장면을, 그리고 거의 완벽한 그 구형求刑 수은 방울 안에서 뒤쪽에 있는 집과, 앞쪽에 있는 자두나무와, 가장 밝게 빛나는 부분과 어두운 부분과, 온 세상을 담아 그에게 보여주는 수정구슬 속 푸른 하늘과 구름이 반사되는 장면을 관찰한 후, 그는 '잎에 고여 있는 물방울은 항상 가운데로 흘러내린다'고 쓴다. 그의 굴절된 시선은 지구, 소년 자신, 자신의 눈동자, 집, 나무, 잎, 빗방울을 모두 함께, 하늘 아래 동등한 하나의 사물로서 자신의 눈에 더 깊고 가깝게 담는다. 완벽한 순간이고, 그는 그 사물들에 대한 사랑으로 충만해진다. 그는 기울였던 잎을 다시 제자리로 돌려 보낸다. 은빛 빗방울이 다시 잎의 가운데로 되돌아간다.

　　　뒷문이 열리고 미친개가 흥분을 감추지 못한 채 한 번도 본 적 없는 어떤 낯선 남자와 함께 빠른 속도로 걸어 나와 이야기를 나누면서 소년이 있는 정원 한쪽을 가리킨다. 그 남자는 낡은 갈색 옷을 입고 납작 모자를 쓰고 있는데, 옷과 모자 여기저기에 흙이 묻은 지저분한 행색이다. 머리를 묶어 말꼬리처럼 늘어뜨렸고, 수염을 길렀고, 꼬챙이를 지니고 있으며, 어깨 위로 더러운 큰 가방을 하나 둘러맸다. 그가 혼자 걸어와서 꽤 친절하고 말쑥한 태도로 소년에게 '어이, 안녕.'이라고 인사를 건넨다. 그 남자가 정말 자신을 보러 온 것인지 아닌지 헷갈리는 데다가 '혹시 이 남자가 진짜 내 아빠일지도 몰라.'(모든 아이들이 가끔씩 이런 생각을 한다.)라는 생각까지 들어 예민해진 소년이 '누구세요?'라고 묻는다. 이렇게 묻고 나서 그는 그 질문이 상대에게 무례하게 들렸을지도 모른다고 생각한다. 무례한 사람이 되고 싶지 않은 그는 다른 사람에게 무례한 행동을 하는 것이 곧 무례한 사람이 되는 것이라고 생각한다. 그는 집 쪽을 돌아본다. 미친개가 현관에 기댄 채 담배를 피우며 아래쪽에 있는 두 사람을 내려다보고 있다.

남자가 웃으며 말한다. "네 꼬마 손님을 처리하러 왔단다." 그는 작은 흙더미들을 턱으로 가리키며 말하고 있는데, 그 흙더미들은 소년이 처음 발견한 이후로 매일 커지고 있다. 잠시 여기저기 둘러보던 남자는 날카로운 꼬챙이로 땅을 쿡쿡 찌르기 시작한다. 결국 그는 무릎을 꿇고 앉아 가방에서 모종삽을 꺼내어 작은 구멍을 파더니, 괴상하게 생긴 금속 지렛대와 용수철 기구를 그 안에 집어넣고 뗏장으로 덮는다. 그러고는 끝이 흰 꼬챙이를 땅에 쑤셔 넣어 기구를 묻은 위치를 표시한다.

소년은 헛간 계단으로 물러나 앉아 이 장면을 지켜봤고, 미친개는 실내로 들어갔다. 소년은 무릎 위에 팔을 올리고 손으로 턱을 괴고 앉아 남자가 정원을 분주히 돌아다니며 땅을 쑤시고, 무릎을 꿇고, 땅을 파고, 땅에 지렛대와 용수철을 묻는 광경을 바라본다. 남자는 같은 행동을 세 번 반복하고는 소년 쪽으로 다가온다. 소년이 남자에게 묻는다. "무슨 일을 하고 계신 거죠?"

남자는 자기가 지금 두더지 굴을 찾아 그 안에 덫을 놓고 있는 중이라고 말한다.

"두더지는 어떻게 생겼나요?" 소년이 묻는다.

"몸집은 작은데 앞발이 매우 큰 동물이지." 두더지 사냥꾼이 대답을 이어간다. "놈이 아마 정원 전체에 굴을 파고 다녀서 흙더미가 정원에 가득할 거야."

"아저씨는 이름이 뭐예요? 그리고 왜 두더지를 잡으려고 하죠?"

"그게 내 직업이기 때문이지. 두더지가 잔디밭을 망쳐놓는 게 싫은 사람들이 있거든." 그가 말을 잇는다. "난 두더지들을 싫어하지 않아. 좋아해. 하지만 직업이 직업인지라 두더지를 잡는 것 뿐이야."

"두더지들을 많이 잡나요?"

"그럼." 두더지 사냥꾼이 대답한다. "못해도 수백은 잡지."

"잡아서는 어떻게 하죠? 녀석들은 위험하나요?"

"아니. 하지만 사람에게 해를 많이 끼칠 수도 있어."

"우리 집 정원 저 아래에도 수백 개체가 있을까요?'

"아마 딱 하나? 아니면 많아봤자 둘…내가 땅에 꽂아 놓은 저기 저 꼬챙이들을 보렴. 그 근처에 가면 안 돼. 거기에 덫을 심어 놓았거든. 잘못하면 네 손가락이 잘릴 수도 있어, 알겠지?"

"알겠어요, 그 근처에 안 갈게요." 소년이 대답한다. 소년은 두더지 사냥꾼을 따라 집으로 들어가며 질문을 계속한다. "두더지가 어떻게 우리 집 정원에 왔나요? 두더지를 잡으면 어떻게 하려고 하는 거죠? 두더지는 어떻게 생겼어요? 반려동물로 키울 수 있을까요? 땅 속에 있는 녀석들을 찾아내는 방법이 뭐예요?"

"그건 수맥 찾는 것과 비슷하단다." 그가 말한다.

"수맥이 뭔데요?"

"직감이랑 비슷하지. 난 그 녀석들이 어디에 있는지 그냥 알아." 남자는 두더지가 반려동물로는 그리 적합하지 않다고 짧게 대답하고 문을 두드린다. 오늘 꽤 평온해 보이는 미친개가 그 남자를 안으로 데리고 들어가고, 소년은 두더지 덫을 조금 더 가까이 보러 간다. 그는 지하 세계에서 펼쳐지는 대혼돈, 은신처에 사는 동물들의 우주, 암석과 뿌리가 아래로 매달려 있는 동굴 사이의 구덩이와 굴, 사람이 절대 볼 수 없는 세계에 살고 있는 딱정벌레와 곤충들을 상상한다. 땅

바닥에 보이는 건 죄다 하얗게 칠해진 꼬챙이와 작은 흙더미들인데, 소년이 나뭇가지로 찔러보던 흙더미 중 하나에서 '딸깍' 하는 소리가 나고 철사로 된 용수철이 땅에서 튀어 오른다. 뭔가 또 잘못한 것 같지만 여느 때와 마찬가지로 이 일에 대해 일절 함구하고 자기가 한 짓이 아닌 척하기로 마음먹는다. '누가 물어보면 새나 다른 동물이 한 짓이 틀림없다고 말해야지.'라고 생각한다.

그는 책에서 수맥 찾기가 무엇인지 찾아보지만, 책에 그런 내용이 없어서 미친개에서 물어본다. "아빠, 수맥 찾기가 뭐예요?"

"아들, 그건 말도 안 되는 이야기란다." 그가 대답한다.

미친개는 정원사라고 하기에는 거리가 좀 있다. 그는 날씨가 맑을 때와 마지못해 해야 할 때 잔디를 깎기는 하지만, 그 일에 그다지 신경 쓰지는 않는다. 정원 가꾸는 일은 집주인의 일이라서 집주인이 두더지 사냥꾼을 보낸 것 같다고 소년은 생각한다.

학교에서 돌아온 소년은 혹시 두더지가 파놓은 흙더미가 더 생겼는지 매일 살핀다. 하지만 두더지 사냥꾼이 다녀간 그날 이후로 새로 생긴 흙더미는 없다. 일주일 후에, 두더지 사냥꾼이 다시 찾아와서 꼬챙이와 덫을 모두 가져갔다. 남자는 이제 땅에서 바로 두더지를 탐색하기 시작했다. 소년은 책에서 두더지에 관한 내용을 읽고 사진 하나를 복사했지만, 사진 속 두더지의 생김새가 온전치 않아 그 사진이 정확히 무엇을 찍은 사진인지 알아보기 어렵다.

　　할머니가 집에 오셨다. 덩치가 크고 양털로 짠 옷을 입은 할머니는 안락의자에 앉으려고 몸을 숙일 때마다 큰 한숨을 내쉰다. 그녀가 의자에 걸터앉는 마지막 순간에는 항상 용수철에서 쿵 하는 소리와 끽 하는 소리가 난다. 할머니는 당신의 커다란 털실로 짠 가방을 뒤적이더니 그에게 줄 재킷을 하나 꺼낸다. 몸에 대어 보니 너무 작아서 '두 동생 중 어느 하나에게 맞을까 말까 한' 크기다. 그녀는 재킷 말고도 당신이 일하시는 빵집에서 가져온 유통기한 지난 빵 한 봉지와 털실한 덩어리와 바늘까지 꺼내놓고 앉으시고는 뜨개질과 흡연을 동시에 하신다. 입 끝에 물고 있는 담배는 재가 계속해서 길어진다. 할머니는 그가 한번도 들어본 적 없는 사람들에 대해 엄마와 이야기를 나눈다. 가만히 보니 할머니는 너무 작아서 그에게 맞지 않을 것 같은 재킷을 하나 더 뜨고 계신 것 같다.

　　"할머니, 수맥이 뭐예요?" 할머니와 엄마의 대화가

끝나 조용해졌을 때 그가 묻는다. "두더지 사냥꾼이 그러는데 자기가 수맥을 찾고 있대요."

"그래? 우리도 소들 먹일 물을 찾으라고 농장에 수맥 찾는 사람을 불렀었단다."라고 할머니가 말씀하신다. 소년이 농장 이야기를 들은 것은 그때가 처음이다. 당연히 이어지는 끝없는 질문 세례 후에, 그는 전쟁 때 할머니가 젖소들을 돌보며 잠시 농장에서 일하신 적이 있다는 것을 알게 된다. "의자에 앉아서 150이 넘는 젖소들의 우유를 내 손으로 짰었지." 할머니의 말이다. "하나, 또 하나, 그리고 또 하나…그렇게 일하고 나서 저녁때가 되어도 계속 우유를 짜야 할 때도 있었어."

"소들이 자기 젖 짜는 걸 좋아했나요?"

"그렇고말고!" 할머니가 이렇게 말하며 웃는다. "읍내에서 온 몇몇 여자아이들은 무자비한 데다가 소에 대해 알지도 못했지만, 나는 곧바로 소들이 좋아졌고 소들도 나를 좋아했어. 소 하나 있으면 소원이 없겠네!"

"저도 소 하나 키우고 싶어요."

두 사람은 소가 작은 정원에 살면 어떻겠냐는 대화를 나누며 웃는다. 할머니는 소들이 따뜻하고 온순하고 똑똑하기 때문에 너도 소들에게 친절하게 대해줘야 한다고 하면서, 예전에 자기들이 온순하다고 얕잡아보며 자기들에게 너무 바싹 달라붙은 지나치게 억센 소녀들을 소들이 뒷발로 찬 적이 있다는 이야기를 들려준다.

　　"수맥 찾는 사람은 잔가지나 추錘나 금속 막대기를 활용해서 물도 찾을 수 있고, 땅속에 있는 것들도 찾을 수 있고, 심지어는 잃어버린 물건들도 찾을 수 있단다. 나도 수맥을 찾을 수 있어." 할머니는 이렇게 말씀하시며 이야기를 계속 이어간다. "나는 잃어버린 열쇠들도 찾을 수 있어. 내가 정말로 찾아냈었지. 한번은 잃어버린 결혼반지도 찾았었거든." 이제 할머니는 그를 똑바로 바라보며 조금 천천히 이야기한다. 할머니가 이런 행동을 한다는 건 다음에 하실 말씀이 정말 특별히 중요하다는 신호다. "나는 말이지 임신한 여자나 동물을 보면 뱃속의 애가 남자애인지 여자애인지도 알 수 있단다. 결혼반지를 면으로 된 천 조각에 묶은 다음 여자의 배 위에 드리워서, 그게 직선으로 흔들리면 남자애고 원을 그리며 흔들리면 여자애인 게야. 이렇게 백 번을 해봤는데 늘 답을 맞추었어. 단 한 차례도 틀린 적이 없었다고." 저쪽 구석에서 들려오는 미친개의 투덜거리는 소리에도 아랑곳하지 않고, 할머니는 당신의 말씀이 진실임을 알려주고 싶은 마음에 다시 그의 눈을 똑바로 바라보며 이야기를 이어간다.

할머니가 당신의 손가락을 덮은 종잇장 같은 누런 피부를 스치며 얇은 결혼반지를 빼는데, 반지에 밀릴 때는 주름이 지고 반지가 빠져나갈 때는 다시 팽팽해지는 탄력 없는 피부가 그의 눈에 들어온다.

"옛다." 손가락에서 뺀 반지를 그에게 건네며 할머니가 말씀하신다. "이 양털 천 조각을 이 반지에 묶어라." 그러자 그가 할머니가 건네주신 밝은 녹색의 양털 천 조각을 반지에 묶는다. "옳지, 잘했어." 그녀가 말한다. "이제 반지에게 질문해보렴. 늘 맞는 대답만 해준다니까. 너도 이제 곧 알게 될 거야." 두 사람이 반지에게 질문을 한다. "둥글게 돌면 그런 것이고, 직선으로 흔들리면 아닌 게야." 할머니의 말씀은 단호하다.

"내가 훌륭한 예술가가 될까요?"라고 그가 묻는다. "아니."

"경찰관이 되나요?" "아니."

"그럼 군인은요?" "아니."

"내가 결혼하게 되나요?" "응."

"그럼 아이들도 있나요?" "응."

"부자가 되는 건요?" "아니."

"가난하게 되나요?" "응." 곧바로 "아니" 그러고 나서 또 바로 "응"이라는 대답이 반복된다. 이 지점에 이르자, 그는 혹시 할머니가 당신이 말하고 싶은 것을 반지에게 말하도록 시키는 것은 아닐까 의심스럽다.

"차를 사 마실 정도의 돈은 있겠죠?" "아니."

결국, 이 모든 질문에 대한 대답은 그대로 현실이 되었다.

얼마 후 소년은 헛간으로 가서 백과사전 전집 중 한 권을 들고 온다. 그는 자신이 가지고 있는 것으로 할머니를 감동시키고 싶고, 그녀에게 뭔가를 보여주고 싶고, 손자가 이렇게 무겁고 진지한 책으로 공부하며 배우고 있다는 것에 그녀가 자부심을 느끼도록 하고 싶다. 또한 그는 할머니가 이런 손자를 절대로 놀리거나 우습게 보지 않을 것이라는 것도 잘 알고 있다. 그는 뜨개질을 하고 있는 할머니의 발 언저리에서 몸을 웅크리고 책 페이지들을 재빨리 넘긴다.

"너는 꼬마 교수님 같구나, 그렇지 않니?" 할머니가 말씀하신다.

"녀석은 분별력이라고는 하나도 없는 멍청한 놈이에요." 펜치로 고장 난 통조림 따개를 고치면서 희뿌연 담배 연기를 뿜어내고 있던 미친개가 이야기한다. "그런데 왜 애한테 옛날 귀신 이야기 같은 말도 안 되는 소리를 하시는 거예요?"

"이 아이는 벌써 다 컸다고." 할머니가 말씀을 이어 간다. "너는 이 아이의 인생에 더는 간섭해서는 안 돼. 네 아빠는 잘 모르나 보다." 할머니가 나지막한 목소리로 그에게 이야기한다. "하지만 우리 둘은 잘 알고 있지, 그렇지 않니?"

그는 웃으며 고개를 끄덕이지만, 할머니가 말씀하신 우리 둘이 잘 알고 있다는 것이 무엇인지는 정확히 알지 못한다.

그는 사람의 온기라는 것을 오랫동안 느껴보지 못했었다. 손이나 얼굴이 맞닿아본 지 오래되었고, 손을 잡아본 것도 그렇고, 가끔씩 매를 맞는 것 이외에는 물리적 접촉이라고는 없었다. 그는 얇은 피부의 할머니 손에 제 손을 포개보지만 이런 접촉이 뭔가 어색하다고 느낀다. 하지만 할머니는 그를 향해 슬픈 미소를 지어 보이며 당신의 다른 한 손을 손자의 손 위에 올리고 "모든 것이 다 잘 될 거란다. 너도 그렇게 생각하지?"라고 속삭인다. 할머니의 눈에 눈물이 고인다.

"할머니가 조금 더 나이가 들 때쯤 저도 더 좋아질까요?" 미친개가 알아듣지 못하도록 조심하면서 그가 조용히 묻는다.

그녀는 뭔가를 생각하느라 잠깐 숨을 고르다가 웃으며 말씀하신다. "지금과는 분명 달라질 거란다."

미친개가 코웃음을 친다.

소년은 소리를 내지 않은 채 마음과 눈으로만 질문하며 추를 흔든다. "앞으로 나는 잘 될까?"

"응." 추가 대답한다.

"아빠가 나를 죽일까?" "아니."

그는 자기가 아빠를 죽이게 될 것인지에 대해서는 묻지 않기로 한다. 그렇게나 세세한 행동이 정해지는 것은 원하지 않는다.

오늘 그에게 미친개는 비처럼, 할머니는 햇빛처럼 느껴진다. 그는 타인과 분리된 독립적인 존재가 되는 법을 배우고 있다. 비는 그를 강하게 만들 것이고, 햇빛은 그를 활기차게 할 것이다. 그리고 그가 해야 할 일이란 오직 계속 살아가는 것뿐이다.

손이 세 개라면 좋을 텐데,
식물 목록, 씨앗 분류하기, 반짝이는 물줄기

나는 널빤지의 끝을 밀었다 당겼다 하며 자갈 지반을 평평하게 만든다. 발로 밟으면서 수준기水準器로 검사하는데, 자갈 지반이 반반하고 평평해질 때까지 같은 작업을 반복한다. 배달 온 헛간 부품 상자들은 집 앞 보도에 쌓여 있다. 헛간의 부품들을 포장한 끈과 폴리에틸렌 포장지를 뜯어낸다. 헛간 부품은 벽 네 개, 바닥 하나, 지붕 두 부분, 문짝 하나, 테두리에 쓰이는 부속 목재 몇 조각, 지붕용 펠트 두루마리 하나, 창문에 달릴 판유리 하나로 구성되어 있다.

그 부품들을 집 안으로 들여와 한곳에 모아둔다. 언뜻 보면 균형만 잡으면 되는 간단한 일로 보이지만, 무너지지 않고 제대로 서 있는 모퉁이 하나를 완성하는 일은, 인접한 두 벽을 서로 기댄 채 그 둘을 한 손으로 잡고 있어야 하고, 발로 두 개의 벽을 정렬선 안으로 차 넣으면서 동시에 다른 한 손으로 전동 드라이버를 써야 하는 지난한 작업이다. 그 다음부터는 비교적 쉽다. 벽을 세우고, 지붕을 올리고, 문을 맞춘다. 헛간 만드는 데 2시간이 걸린다. 헛간 안으로 들어가 문을 닫고, 다시 나와서 또 문을 닫고, 문을 열고 한번 더 안으로 들어간다. 잠시 동안 고양이처럼 들락날락하면서 검사하고, 냄새 맡고, 이 새로운 공간을 이해한다. 의자를 가져와서 헛간 안에 앉아 창문 밖으로 집을 내다본다. 이제 남은 일은 페인트 작업이다. 적당한 시점이 되면 칠을 할 것이다. 누군가에게 의뢰하지 않고 내가 손수 칠할 수 있으리라 희망해본다.

　　　예전에는 그저 빈 공간이던 곳이 다시 하나의 장소가 되었다. 헛간의 문 바깥에는 라일락 나무가 한 그루 서 있다. 그 나무 밑동 부근 그늘에 구덩이를 하나 만들 생각으로 0.5배럴 정도 되는 나무통을 가져다 놓았다. 구덩이에는 자연스레 물이 흘러들어 고일 것이고, 양치식물과 골고사리가 얕은 수심 아래로 제 몸을 담근 채 자라날 것이다. 며칠 내로 까치가 웅덩이를 찾아와 물가에 서서 물을 마실 것이고, 울새와 참새와 푸른박새가 그 뒤를 이을 것이다. 예전 헛간 뒤에는 장작 한 더미가 쌓여 있었는데, 난로에 넣을 만한 길이로 자르는 데 실패한 소나무와 너도밤나무의 몇몇 큰 장작들이 밑동부터 썩어들어가고 있다. 나는 딱정벌레와 민달팽이와 달팽이와 버섯에게 안식처를 제공해줄 겸 이 장작들을 울타리 옆에 나무토막 정원을 꾸미듯 쌓아 올린다. 장작들 사이에 하얀 균사체들이 퍼져나가고 달콤하고 맛있는 냄새가 풍긴다. 장작을 옮기고 있자니, 쥐며느리 떼가 후두둑 떨어져 내 발 근처에서 우왕좌왕하며 흩어지면서 지저분한 내 손을 간지럽힌다. 그러면서 갈라진 틈에 안락하게 자리 잡은 민달팽이들과 함께 여기저기 구멍이 생긴 나무토막에 달라붙어 있으려고 기를 쓴다. 나는 어수선한 장작더미 뒤쪽으로 진달래를 심고 앞쪽으로는 고사리를 더 많이 심는데, 그 근처에는 가을에는 낙엽이 쌓이고 봄에는 시클라멘cyclamens, 콜키쿰colchicums, 금강초롱, 달래 같은 산림지의 꽃들이 피어날 맨땅도 있다.

정원 가꾸기란 그림 그리기나 이야기 짓기와 비슷하다. 대강의 윤곽이나 시작하는 지점과 끝나는 지점은 비교적 명확하다. 하지만 예상치 못한 행복한 일이 불현듯 생기거나 불명확했던 계획이 바뀌는 등 세부 사항은 자주 변한다. 뭔가를 넣고, 뭔가를 빼고, 뭔가를 다시 그리고 또 지우면서 아주 정확하지는 않지만 대강의 윤곽이 드러나기 시작하며, 작은 부분 하나가 완성됨과 동시에 모든 것들이 딱 들어맞게 된다.

진입로의 중간쯤 되는 곳 오른쪽에는 라일락과 사과나무가 있고, 왼쪽에는 헛간이 있다. 작업장이 서 있던 맨 땅에는 수국이나 안젤리카 뒤쪽으로 그 아이들보다 더 키 큰 식물을 심으려고 한다. 후보는 다른 쪽에서 넘어와 아래로 늘어지는 울타리 위 담쟁이덩굴, 참새가 노래하는 호랑가시나무, 울산사나무 한 그루 정도. 정원 대부분이 응달이라 응달에서도 잘 자라는 식물을 선택해야 하지만, 동시에 최대한 사람의 선택과는 관련이 없는 자연 그대로의 식생이 되기를 바라는 마음도 있다. 나는 잘 자라고 있는 키 작은 나무들을 그대로 유지할 생각이지만, 다른 새로운 나무들을 섞어 심을 생각도 있다. 가을 숲과 비슷하게, 수국은 꽃이 시들어 녹빛과 금빛으로 변하는 시기가 돼서야 비로소 야생의 기운을 발한다.

해가 잘 들지 않는 산림지 정원에 심을 만한 식물 목록

디기탈리스, 여러 식물들이 얼룩덜룩한 색으로 모여 있고 흙에 고인 물이 바로 잘 빠지는 정원 가장자리 쪽에 심자.

안젤리카, 키가 커서 조각상 같은 느낌이 나는 아이인데, 겨울에 안젤리카 씨앗이 새들의 소중한 먹이가 될 거야.

나도고수dill, 양치식물 같은 잎과 씨앗이 있는 미나리과 식물로 내가 요리할 때 많이 쓰지.

양치식물, 청나래고사리와 골고사리.

눈꽃풀, 어디에서든 잘 자란다.

숲바람꽃, 숲길 끝에 심는다.

시클라멘 쿰 Cyclamen coum, 이 아이는 겨울에도 꽃을 볼 수 있다.

금강초롱, 물론 있어야지. 터줏대감인데.

피라칸타Pyracanthas, 뒤쪽 울타리 부근에 심으면 좋겠다. 거기에 둥지를 트는 새들과 찌르레기들이 겨울에 먹을 산딸기까지 생각하면 더할 나위 없이 좋다.

앵초

동자꽃이나 장구채

설갈퀴

수선화, 봄꽃이 피어 그 사이에 파묻히기 전에 심어야지.

달래, 화분에 심자. 라일락 잎이 무성해져서 그늘을 드리우기 전에 잘 자라서 꽃을 피울 거야.

이 목록대로 꾸며지면, 이 정원은 정말로 몇 년 이상 '사람 손이 거의 안 가도 되는' 정원이 될 것이다. 산림지의 꽃들은 새로운 환경에 잘 적응해서 번성할 테고, 내가 해야 하는 일이라고는 가끔씩 잡초나 조금 뽑고 부러진 가지를 어디 안 보이는 곳으로 옮겨 놓는 정도일 테니.

나는 지금 주방 탁자 위에서 씨앗 꾸러미들을 분류하고 있다. 진지한 아이처럼 놀이를 하고 있다. 이 씨앗들을 보면 정말 행복하다. 나는 짙은 남색의 조그마한 양귀비 씨앗, 그보다 크기가 더 작은 윤기 없는 디기탈리스 씨앗, 길고 검은 코스모스 씨앗, 쪼글쪼글한 초승달 모양의 금잔화 씨앗을 구별하는 것이 내 가족을 알아보는 것만큼이나 쉽다. 그 씨앗들이 가진 힘과 그들의 과거와 미래의 이야기를 잘 알기에, 내 손 위에 놓인 씨앗들은 황홀하게 느껴진다. 하지만 나는 씨앗이 어떻게 그리고 왜 작동하는지 절대로 정확하게 이해하지 못할 것이다. 우리가 어떤 사물에 관해 알 수 있는 지식은 딱 두 종류뿐이다. 그것이 무엇으로 만들어졌는가와 그것이 어떤 행동을 하는가. 그 밖의 다른 것들은 수수께끼이며 사람들과 토론해야 하는 영역에 속한다.

정원사로 일하던 시절, 나는 종종 씨앗을 주머니에 넣고 다녔다. 씨앗 한 움큼을 바지 주머니에 넣고 다닌 이유는 그저 씨앗이 거기에 있다는 것을 느끼고 싶었기 때문이다. 씨앗은 나의 친족이다. 이 아이들이 잘 자란다면 다 큰 나무와 꽃들은 스스로 씨를 뿌릴 수 있을 것인데다가, 내가 이 정원 이외에 다른 정원을 가꿀 가능성은 거의 없기 때문에 이 아이들은 내가 뿌리는 마지막 씨앗이 될 것이다.

나는 씨앗을 지니고 있으면 집에 있는 것처럼 편안하고, 그 소년도 똑같이 그렇게 느꼈다. 지금의 나처럼 그 시절의 어린 나도 씨앗을 너무나 좋아했다. 순간적으로 그것을 처음 해본 사람, 그러니까 처음으로 바지 주머니에 씨앗을 넣고 다녔던 사람이 누구일까 궁금해진다. 이 마법의 콩을 한 움큼씩 가지고 다니기 시작한 사람은 지금의 나인가, 어린 시절의 나인가? 시간이 과거에서 현재로 흐르면서 동시에 현재에서 과거로 흐르기도 한다는 말인가? 말도 안 되는 소리라는 건 잘 알지만, 잠깐 동안 그 소년과 나는 마치 줄이 팽팽해서 소리가 크고 또렷하게 잘 들리는 통조림 전화기 양쪽에 있었던 사람들처럼 깊은 유대감을 느낀다. 그가 지금의 내가 되기까지의 세월은 순탄하지 않았지만, 그래도 그 세월 동안 친구와 연인, 키스했던 입술과 잡았던 손, 내가 빚어내 세상으로 내보낸 아이들처럼 숱한 일이 있었다. 이런 시절의 나를 생각하는 시간 덕에 나는 유대감을 많이 느낀다. 하지만 그 유대감은 과거와의 유대감이라기보다는 지금 여기, 바로 저곳에 사는 어느 한 소년과의 유대감과 더 가깝다.

　　나는 집 근처에 만든 작은 화단들 옆에 무릎을 꿇고 앉아, 땅속으로 찔러 넣는 각도가 내 손 모양에 맞도록, 몇 년에 걸쳐 손잡이와 뼈대가 적당히 닳아서 번들거리는 모종삽으로, 흙을 파헤친다. 나 말고 다른 사람이 이 삽을 사용한 적은 없다. 아마도 다른 사람이 이 삽을 손에 쥐면 불편하다고 느낄 것이다. 하지만 나는 순간적으로 누군가가 이 삽이 편하다고 한다면 질투심을 느낄 것 같다고 생각했고, 이내 이런 질투심은 말도 안 되는 바보 같은 것이라고 생각했다. 흙을 잘게 부순 후, 내가 만 번도 더한 것과 똑같은 방식으로 손가락을 집어넣어 작은 구멍을 만들고 씨앗 한 쌍을 그 안으로 떨어뜨린다. 무릎을 꿇는 사람들로서 우리 둘이 함께 모종삽을 들고 씨앗을 심으며 지구의 한 작은 땅에 무릎을 꿇으니, 나는 어린 시절의 내가 되고, 다시 지금의 어른인 내가 된다. 산 시절은 다르지만, 같은 사람이다. 우리는 팔과 등과 무릎을 활용해서 같은 자세를 취하면서 같은 마음으로 정확하게 같은 행동을 한다. 우리 둘의 모습이 꼭 맞게 합쳐진다. 당황스럽다는 느낌이 들면서, 곧바로 우리 둘의 연결이 해제된다. 정말 묘한 기분이다.

무릎을 꿇어 내 손에 쥐고 있던 크고 둥근 루나리아 honesty 씨앗들을 흙에 심는다. 생각해보니 나는 꽃을 기르지는 않았다. 어떤 꽃도 기억나지 않는다. 채소만 심거나 아마도 콩에서 진딧물을 쫓아내려고 금잔화를 키운 것 같기는 한데⋯그게 맞나? 내 기억이 맞는지 확인해보려고 머릿속에서 그림을 그려본다. 어린 시절의 내가 다시 등장하고, 어두운 잠재의식의 기억으로부터 다른 이미지가 펼쳐져 나온다. 지금의 내 큰 손이 있어야 할 자리에 그의 작은 유령 손이 있고, 그 유령 손이 루나리아 씨앗 상자의 포장을 뜯고 있다. 엄마가 이 씨앗들을 어떻게 해야 하는지 그에게 가르쳐주면서, 꽃병에 넣기 위해 밖에서 씨주머니가 달린 메마른 꽃대들을 집안으로 가지고 들어온다! 이 지점에서 기억이 어긋나고, 꼭맞게 합일했던 우리 둘의 모습은 분열된다. 나는 그게 싫었고, 그의 모습을 내 머릿속에서 지워버린다.

시장에서 사온 디기탈리스 두 그루를 화분에 심었다. 하나는 2년, 다른 하나는 1년 자란 것이다. 디기탈리스는 2년생 화초라서 첫해에 성장해서 다음 해에 꽃이 핀다. 2년 자란 아이와 1년 자란 아이를 한꺼번에 심는 것은 자연을 흉내 낸 것이라서, 이렇게 하면 매년 꽃이 피는 효과를 얻을 수 있다. 대형 물통 주위에는 고사리를 심었다. 그 가장자리에 놓인 화분 속 비비추는 제 몸을 물 위에 드리우고 있다. 일을 느긋하게 한다. 더 이상 오늘 안에 일을 끝내고 일당을 받기 위해 서두를 필요는 없다. 나는 그저 이 시쓰기를 나를 위해서 할 뿐이다.

집 가까이에 있는 작은 사과나무의 가지를 쳐주며 나는 다시 원래 하던 일의 세계로 돌아온다. 그 세계에서 나는 확신을, 창의적이며 무목적적인 기쁨을 느끼며, 생각이나 계획 없이, 집에 있는 것처럼 편안하게 일한다. 죽고, 갈라지고, 병들고, 휘고, 까진 가지들을 잘라내서 수관樹冠을 열어준다. 내가 몇십 년간 해온 일이고, 사람들이 몇백 년간 해온 일이다. 조용히 흐르는 시간의 이야기인 역사와 미래에 접속한 채로.

　　　　　나는 내가 잊어도 되는 곳에 정원을 만들고 싶었지만, 실상은 모든 정원이 기억의 매개체가 된다. 우리 가족이 여기로 이사 왔을 때 나는 아이들에게 정원에 무엇이 있으면 좋겠냐고 물었다. 딸은 나무를 원했고, 아들은 연못을 원했다. 나는 오랜 세월 동안 버려져 있었고, 단단하게 들러붙은 돌무더기로 가득했던, 이 시큼한 냄새를 풍기는 정원이 바람과 비를 맞을 수 있도록 정원 전체의 흙을 완전히 갈아엎었다. 아들과 나는 삽으로 구덩이를 파고는, 아들의 키보다 작았던 이 나무를 심었다. 녀석은 그 작업을 돕고 싶어 했다. 그는 나무를 파묻은 흙을 밟고 난 뒤, 무거운 물뿌리개를 들어 올려 이제 더는 보잘것없는 막대기가 아닌 작은 나무의 밑동을 향해 반짝이는 물줄기를 뿌렸다. 물에 젖지 않기 위해 웃으며 몸을 뒤로 젖히면서, 녀석은 이 나무가 다 자라려면 얼마나 걸리느냐고 물었다. 녀석은 연못 파는 일도 도와줬지만, 그 후 자전거 타는 법을 익혔고 정원에는 거의 돌아오지 않았다. 그에게는 한때 내가 그랬던 것처럼 방랑벽이 있었고, 여행자의 피가 흐르고 있었다. 그는 이제 아이가 있고 집도 소유한 성인이고, 나는 우리가 함께 심었던 그 나무에서 사과를 따 먹는다. 딸은 어렸을 때 사귀었던 많은 친구와 여전히 좋은 관계를 유지하고 있는 성인이 되었다. 녀석은 종종 내 집에 와서 자고 가는데, 내가 잠 못 든 채 게슴츠레한 눈으로 아이들을 지켜보는 동안 밤이 깊도록 푸념을 하기도 한다. 그 아이들은 아침 이른 시간부터 가로수를 타고 오르며 놀았고, 밤에는 분홍색 그물 모양의 발레복, 플라스틱 왕관, 요정 날개 같은 것들을 몸에 두른 채 잔디밭에서 잠이 들었다. 연못은 옷도 입히지 않는 열댓 개가 넘는 바비Barbies 인형들로 가득 차 있었다.

회색 다람쥐들이 서로 쫓아다닌다. 울타리 위와 지붕을 비롯한 모든 평평한 바닥을 가리지 않고 위, 아래, 옆으로 휘젓고 다니는 모양이 꼬마 아이들이 노는 모습이나, 내 아이들이 어렸을 적에 뛰놀던 모습 같다. 시간이 다시 흐른다. 자그마한 먹이를 찾고 담소를 나누는 참새들이 짝을 짓고 무리를 지어 이 나무에서 저 나무로 날아다니고 있다. 그러고는 카페며, 시장 가판대, 신문 가게를 오가면서, 어릴 때부터 같이 자라며 수십 년을 알고 지낸 이들과 누가 죽었다더라, 누가 아기를 낳았다더라, 누가 어젯밤 싸웠다더라, 누가 술에 취해 집에 안 들어왔다더라, 누가 개를 새로 키우기 시작했다더라, 누가 경찰에 잡혀갔다더라 하는 대화를 쉬지 않고 나누는 할머니들처럼, 쪼아먹을 먹이를 찾아 다른 곳으로 날아간다. 취어초를 심기 위해 무릎을 꿇은 내 얼굴 바로 위쪽에 갈색 나뭇잎 아래에 매달려 있는 까만 파리 하나가 보인다. 녀석은 내가 그렇게 하듯 모든 것을 제 것으로 취하며 아침 햇살을 즐기고 있다. 우리는 오늘 하루의 일조차 계획하지 않는다는 점에서 서로 잘 어울리는 동지이다. 왜냐하면 우리는 계획 따위는 할 필요가 없고, 오늘 안으로 끝내야 할 일도 없으며, 오롯이 내 소유인 내 정원에서 정원을 돌보는 일은 궁극적으로 나에게 귀속되고 나를 위한 것이며 누구에게도 재촉받지 않고 느긋하게 할 수 있는 일이니까.

17

봄비

키스,
아름다운 상처

지난 이틀간 하늘이 점점 흐려져서 거의 흰색으로 변하고 기온까지 내려간 터라, 막 꽃을 피우려던 식물들은 비가 오고 햇빛이 비출 때까지 얼마간의 시간을 더 기다려야 했다. 그는 이제 열한 살이다. 어느 날 학교를 마치고 귀가하던 길에 어떤 낯선 여자아이가 그에게 달려와서 재빠르게 뺨에 키스를 하며 이렇게 말한다. "저 여자애가 이 키스를 전해 달래." 뺨에 키스를 한 아이가 다른 여자아이들을 손가락으로 가리킨다.

그가 뒤를 돌아봤을 때, 키스를 한 소녀는 어느새 제 친구들 쪽으로 달려갔고, 그 세 여자아이들과 함께 더욱 멀어지고 있다. 소녀들은 머리를 맞대고 뒤를 돌아보며 그가 자신들을 보고 있는지 아닌지 확인한다. 그는 키스를 전해 달라고 한 여자아이가 누구인지 알 수 없다. 그는 혹시 여자아이들이 자신들을 따라오기를 바라고 있는 것은 아닌지 의문에 잠긴다. 그는 소녀들의 의도가 무엇인지 알려고 하지도 않고, 알 수도 없다. 소녀들의 의도를 오해할 경우, 정말 엄청나게 당황스러울 테니까. 그건 너무 큰 모험이라고 생각하며 소년은 집으로 가던 길을 계속 걷는다. '아마 장난이었을 거야'라고 결론내리면서, 나를 놀리려고 그랬던 것이고 여자아이들은 그런 방식으로 행동한다고 생각한다.

다음 날에는 아무런 일도 없었다. 하지만 그 다음 날 수학 시간이 끝나자 다른 여자아이가 소년에게 다가와 묻는다. "이제 너도 걔 좋아하니?"

"누구?" 그가 되묻는다.

그녀는 한 소녀를 가리키며 말한다. "앨리스Alice."

우리 반에는 예의 바르게 행동하고 공부도 잘해서 교실 뒤쪽에 같이 모여 앉아도 되는 여자아이들이 있는데, 앨리스는 바로 그 무리 중 하나이다. 예쁘고 자그마해서 그가 가끔 쳐다보지만, 앨리스는 재빨리 시선을 외면한다. 소년은 마음속으로 따뜻함과 어색함과 설렘을 느낀다. 맞다, 그는 그녀를 좋아한다. 정말 좋아한다. 사실 그 여자아이들 가운데 누구라도 그를 좋아한다고 말했다면, 그 역시 그 여자아이가 좋다고 말했을 것이고 이내 사랑에 빠져버렸을 것이다. 그는 아직 자신의 뺨에 닿았던 그 소녀의 키스가 좋았던 것과, 앨리스를 바라보는 것이 좋았던 것을 기억한다.

소년에게 말을 걸었던 그 여자아이가 복도 한곳에 모여 그의 반응이 어떨지 지켜보고 있는 친구들 무리에게 쪼르르 달려가서 키득거린다. 소년은 교실 밖으로 나가 문 너머 벽 옆에 서서 기다린다. 자신이 지금 '아무렇지도 않은' 상태인 것처럼 보이고 싶어서 똑바로 서 있다가, 벽에 기대었다

가, 다시 똑바로 선다. 앨리스도 교실 밖으로 나와서 그를 힐
끗 본다. 그리고 단정하게 뒤돌아서는 걸어간다. 뒤쪽에 모여
소곤거리며 이 광경을 보고 있던 앨리스의 친구들이 그를 향
해 눈빛과 입 모양으로만 말한다. "빨리 따라가!"

　　그는 그렇게 해야 한다는 것을 조금 늦게나마 깨달
으면서도, 혹시 장난은 아닐까 하는 의심을 지우지 못한 채,
결국 잔뜩 긴장한 모습으로 앨리스를 따라간다. 그녀와 걷는
속도를 맞추기는 했지만, 여전히 경직된 채 뭔가에 속는 것
같은 기분을 느끼며 마음속에 근심을 한가득 채운다.

"안녕." 그가 먼저 말을 건다.

"안녕."

그가 그녀에게 자신의 이름을 말한다.

"너 이름 이미 알고 있어." 그녀가 말한다. "난, 앨리
스야."

"나도 너 이름 알아. 그런데 집에 가는 길이야?"

"응."

"나도." 그가 묻는다. "집이 어딘데?"

"나는 공원 근처에 살아. 아빠가 차로 데려다주셔."

"아, 그래? 나는 걸어 다녀."

둘이 건물 밖으로 나오자 그녀는 차에 있는 아빠를

가리키며 말한다. "내일 보자." 이게 전부다. 정말 시시하기는 하지만, 이제는 그에게 여자 친구가 생겼다. 그는 그날 밤 거의 잠을 이루지 못했다.

앨리스. 그는 그녀의 지적인 목소리와 그녀가 또렷하면서도 약간 쉭쉭거리는 듯이 내는 모든 'S' 발음을 생각한다. 앨리스Alisse, 응yess, 데려다주셔pickss, 내일 보자Ssee you tomorrow. 그는 그녀의 맑고 깨끗하고 파란 눈동자, 금발의 단발머리, 아기자기한 작은 입, 분홍빛 입술을 마음속에 그려본다. 그녀는 친절하고 순수한 사람이며 그녀의 가족들도 모두 그러하다. 정말 순수하다. 그는 그녀의 손을 잡고 싶고 그녀에게 키스를 하고 싶다고 생각한다. 몇몇 다른 남자아이들도 이미 그런 소망을 가져봤을 것이라고 상상한다.

소년은 집에서 앨리스의 모습을 그림으로 그려본다. 연필로 얼굴과 머리카락과 눈의 윤곽을 그리고 그 밑에 그녀의 이름을 쓰지만, 혹시 누가 볼까 봐 겁이 나서 이내 그림을 갈기갈기 찢어버린다. 그녀를 계속 바라볼 수 있도록, 그는 다시 그녀의 모습을 그리고 또 그린다. 그녀의 눈과 코와 입을 그리는 데 애를 먹는다. 눈, 코, 입을 그려놓고 보면 실제 같아 보이지 않거나 앨리스의 얼굴에 얹혀 있는 게 아니라 반달처럼 생긴 어느 타원형 위 빈 공간에 둥둥 떠 있는 것처럼 보였다. 좌절감과 함께 가슴과 어깨, 목에 몰려오는 긴장감까지 느껴져서 그가 그리는 앨리스의 모습은 점점 더 이상해진다.

그 다음 날인 금요일에 둘은 학교 운동장에서 만난다.

"토요일Ssaturday에 교회에서 가든파티가 있어There'ss. 너도 올래?" 앨리스가 묻는다. "두 사람 입장권ticketss 가격이 총 50펜스pence야." (펜스를 발음할 때는 다른 때와 달리 s소리가 조금 약하다.) "우리는 교회 밖outsside에서 만나는 게 좋겠어." 그녀가 말을 이어간다. "왜냐하면becausse 아빠가 나를 차에서 내려주실 테니까." 그는 갑자기 그녀의 발음을 본떠서 "응Yess, 거기서 만나자"고 대답한다. 그리고 그녀의 뺨에 가볍게 키스한다. 앨리스는 그의 키스를 받아준다. 그는 자신이 퍽 용감한 사람이 된 것 같고, 기분이 좋고, 흥분되고, 행복하고, 이상하게 뭔가가 달라진 것 같다고 느낀다.

소년은 '가든파티'라는 것이 무엇인지 도무지 알 수가 없지만, 그럼에도 학교를 마치고 돌아와서 엄마에게 50펜스를 달라고 한다. 엄마의 대답이 '아빠한테 말해보렴'이라서 그는 미친개에게 요청한다. 미친개가 짖는다. "뭐에 쓰게?" 소년은 그에게 자초지종을 이야기하지만 돌아오는 대답은 이렇다. "안 돼, 넌 거기 못 가. 왜 난 주말 내내 힘들게 일해야 하고, 넌 내가 번 돈을 쉽게 쓰러 가는지, 그리고 왜 교회에 돈을 갖다 바치는지 이해가 안 된다. 집에서 엄마를 돕는다면, 그건 허락해주마. 그리고 남는 시간에는 네가 그리던 그림이나 더 그리라고."

월요일에 학교에 갔더니, 앨리스가 그를 본 척도 안 한다.

"미안해. 이것 좀 봐봐, 네 모습을 그렸어."

그녀는 별 감정 표현 없이 그림을 바라본다.

그는 부끄럽게 이야기한다. "아빠가 허락을 안 해 주셨어."

입을 떼는 것이 돌덩이 옮기는 것처럼 힘들다. 말을 하면 할수록 그는 더 창피하고, 더 화가 나고, 자신이 바보 멍청이처럼 느껴진다.

"네가 오기를 기다렸어." 그녀는 그렇게 말하고는 꼿꼿한 자세를 유지하며 가버린다. 정말 깔끔하다.

그 사건 이후로 앨리스는 그에게 아는 척을 하지 않고, 얼마 안 가서 여느 아이들처럼 축구를 즐기는, 그 아이들보다 훨씬 더 자부심 강하고 쾌활한 소년 하나와 손을 잡고 다니기 시작했다. 그녀가 갑자기 더욱 아름다워 보였다. 둘이 학교 운동장 건너편에 있는 그를 바라보며 웃는다. 그는, 그들이 자기가 그린 쓰레기 같은 그림과 그 속에 그려진, 어딘가에 둥둥 떠 있는 것 같은 한심스럽게 생긴 코를 비웃으며 웃고 있는 것이라고 생각한다. 그런 생각이 들자, 그녀가 갑자기 전혀 아름다워 보이지 않는다.

얼마 후에 소년이 뭔가 또 아빠의 마음에 들지 않는 행동을 했다. 화가 날대로 난 미친개가 으르렁거리기 시작한다. "네가 한 짓에 대해서 사과해."

소년이 생각하기에 사과를 해야 할 만큼 잘못한 일은 없다. "왜죠? 내가 뭘 잘못했죠?"

"네가 뭘 잘못했는지 잘 알지 않아? 그러니 어서 사과해."

"내가 뭘 잘못했는지 모르겠는데 어떻게 사과를 해요?" 그는 아무리 생각해봐도 자신이 뭘 잘못했는지 모르겠고, 어떤 안 좋은 말을 했는지도 모르겠으며, 확실한 것이라고는 자신이 진심으로 사과를 하려면 무엇을 잘못했는지 정확히 알아야만 한다는 것이다. 결국 그가 깨달은 것은, 대부분의 경우 자신의 잘못을 정확히 아는 것보다 다른 사람이 의도한 바와 원하는 바를 잘 알아차리는 것이 더 중요하다는 것이고, 자신은 그런 것을 잘 하지 못한다는 사실이다.

　　"나가, 지, 금, 당, 장!" 미친개가 으르렁대며 정원 쪽으로 소년의 등을 밀친다. 미친개가 더욱 세차게 소년을 한번 더 밀치자 그가 장군풀 숲으로 나동그라지며 장군풀 줄기가 그의 몸에 눌려 납작해진다. 그는 그 순간 자신이 무엇을 잘못했는지 모른다는 것이 이런 벌을 받는 이유가 될 수 있는가에 대해 생각한다. "꼬맹이, 넌 쓰잘머리 없는 똥 덩어리 같은 놈이야. 알아듣겠어?"

　　그는 이 상황이 어떻게 진행되어야 하는지 잘 안다. '죄송해요, 아빠. 저는 쓰잘머리 없는 똥 덩어리에요.'(예전에도 똑같은 말을 했던 적이 있다.)라고 빌어야 한다. 그러면 미친개가 다시는 이런 짓을 하지 말라, 라든가 나이에 걸맞게 행동하라, 라든가 아니면 그와 비슷한 훈계를 하고, 그러고 나서야 비로소 화를 풀고 이 짓을 멈춘다. 하지만 이번에 소년은 아예 아무 대꾸도 하지 않고 자리에서 일어나 미친개를 쳐다볼 뿐이다. 그는 앞으로 어떻게 될지 신경 쓰지 않는다.

　　"이놈 봐라?"

　　소년은 역시 대답하지 않는다. 미친개는 한번 더 그를 세차게 밀어 넘어뜨린다. 이번에는 등을 민 것이 아니라 그를 감싸안으며 배를 쳤다. 이 때 계단에 앉아 닭똥 같은 눈물을 흘리고 있는 남동생이 눈에 들어온다. 그는 아빠한테 한 번도 이렇게 맞아본 적이 없고, 다른 사람들의 말을 고분고분 잘 듣고, 자기가 웃어야 할 때를 재빨리 파악해서 바로 웃어 주고, 웃음으로 대답을 대체했다고 판단하면 절대로 대답하지 않는 그런 아이다. 순간적으로 미움이 끓어오른다. 이 미움은 아빠를 향한 것은 아니다. 왜냐하면 아빠는 자기 마음과 자기 행동도 어쩌지 못하는 그저 훈련된 짐승 같은 존재이기 때문이다. 미움은 동생을 향한다. 동생은 똑똑하고 교활하고, 십중팔구 사과를 하는 것이 자신에게 유리한 상황이라고 생각하면 무조건 싹싹 빌고 보는 태도로 살아온 아이였으니까.

"그냥 앉아 있어, 그냥 앉아 있으라고." 동생이 소리 없이 입 모양으로만 말한다.

하지만 그는 일어나서 눈물을 줄줄 흘리며 동생을 바라본다. 가쁜 숨을 몰아쉬며 무언가를 향해 뒷걸음친다. 뒤를 돌아 그를 거의 걸려 넘어지게 할 뻔한 위험한 낡은 나무 조각을 집어 든다. 장군풀 숲 아래에 있던 부러진 곡괭이 자루였다.

미친개가 그의 얼굴과 그가 들고 있는 몽둥이를 번갈아 바라본다. 미친개는 그가 몽둥이를 휘둘러 자신의 머리통을 쪼개고 골통에서 온갖 나쁜 생각을 끄집어내서 갈매기 떼 흩어지는 모양처럼 산산조각 낼 것임을 직감한다. 소년은 몸은 아프고 마음은 혼란스러운 채 집 안으로 들어가려고 몸을 돌린다. 이 싸움으로 아빠와 소년의 관계는 완전히 끝났다. 이제 두 사람은, 농장 안마당에서 서로 대치하고만 있는 개들처럼, 마음의 거리를 유지하기로 결심한다.

그는 울고 싶은 기분이 들 때면 울면서 노래를 불렀고, 대부분의 경우 이 모든 것이 다 바보 같고 부질없다는 생각에 쓴웃음을 짓고 마무리했다. 어떤 때는 울면서 자기 몸을 아기처럼 팔로 감싸 안아주며 잠이 들 때까지 조용히 '쉬, 쉬, 쉬' 소리를 내기도 했다.

모든 작은 것은 처음 발생할 때는 온전해도 쉽게 손상된다. 한 아이가 알게 되는 것들은 깊이 베이고, 모든 알아감은 절대로 완전하게 치유되지는 않는 상처를 남긴다. 그 상처는 냉혹한 동시에 아름답다. 상처는 자가 치유 능력을 말해준다. 상처는 상처받지 않은 다른 부분보다 더 회복력이 좋고 강인하고 굳건해서, 우리로 하여금 우리만의 고유한 모습을 갖추게 해준다. 나무에게 물어보라. 우리 가운데 완벽한 표본이 되는 사람은 없다. 우리 모두는 주변세계에서 끊임없이 배울 뿐이다.

소년은 자신이 쓸모없다는 생각에 몹시 슬퍼졌다. 그건 정말 끔찍한 일이었다. 그는 밤에 자신을 끌어 안아주며 '쉬'라고 속삭인다. 이제 그의 마음 속에는 '쉬'라는 소리만 남고, 휘몰아치는 부끄러움이나 분노나 슬픔 따위는 잔잔해진다. 어둠 속에서 찬연히 빛나는 명쾌한 정답은 애초에 없다. 이내 존재하는 모든 것이 그를 안아주며 '쉬'라고 속삭인다. 그 소리가 비처럼 내리고 살갗에 닿아 그를 편안히 잠들게 하는 시원한 공기처럼 퍼진다.

비가 내리다가 그치고 다시 해가 났다. 그는 투구꽃과 장군풀 잎을 따서 커피 병에 보관한다. 곧 이 잎들은 고약한 냄새를 풍기는 시커먼 독성 반죽으로 변할 것이다. 그가 끌어모을 수 있는 모든 마법과 증오를 이 병에 함께 넣었으니, 이제 미친개를 죽이는 데 이 시커먼 반죽을 사용할 수 있게 된 셈이다.

그의 작은 땅에서 조그마한 잎들이 쌍으로 줄지어 돋아났다. 작고, 완전하고, 누구의 도움도 없이 거기에서 자생하고 있고, 정말 신선하고, 정말 새로운 그 잎들이 이 세상에서 가장 자연스러운 자태로 자라고 있다. 예전에 그는 버려진 헛간의 더러운 서랍 속에서 발견했던, 그 이후에도 기적적으로 말라 죽지 않고 생명을 보존하고 있던 갈색 무 씨앗을 땅에 뿌렸었다. 그 씨앗이 부풀어 올라 싹이 트고 뿌리가 내렸고 한 쌍의 잎이 돋아났다. 이제 그는, 어엿한 정원사의 억세고 지저분한 손가락이 돼가고 있는 제 손가락 끝으로 엉뚱한 곳에서 자라고 있는 잡초들을 솎아낸다. 불과 몇 주가 지나지 않아 그의 무에는 민달팽이나 그 밖의 다른 녀석들이 갉아먹어 작은 구멍이 생겼고, 더 크고 주름이 많이 진 새로운 잎 한 쌍이 돋아난다.

18

감정, 욕망, 괴로움, 그리고 연주회

소년은 '쓰잘머리 없는 똥 덩어리'라는 말에서, 분노와 슬픔과 고독을 느꼈다. 그를 강타한 아빠의 그 말은 긴 세월이 지나는 동안 그의 마음을 쓰리게 했다.

우리의 감정은 우리가 우리 자신에게 들려주는 이야기에서 생긴다. 지금 내 탁상 위에는 밝고, 명랑하고, 소박하고, 보기 좋은 과꽃이 있다. 같은 화병에 장례식에서나 쓰일 만한 음울한 미나리아재비도 있고, 연인의 드레스를 연상케 하는 짙은 보라색 붓꽃도 함께 꽂혀 있다. 모든 꽃들이 시든다는 이 우울한 사실은 삶의 덧없음을 시사한다. 그래서 시들어가는 꽃들은 내게 이렇게 외치는 것 같다—'할 수 있을 때 꽃을 피우라고, 이 바보야!' 이 꽃들은 기쁨이나 장례식이나 연인의 드레스 같은 것은 알지 못한다. 그들은 우리처럼 그저 응고된 유전자일 뿐이며 살아남고 다음 세대로 이어지기 위해 진화했다. 그들에게 타고난 기쁨이나 슬픔이란 없다. 우리가 모든 것에 대해 느끼는 감정이란 가치에 대한 개인적인 판단이다. 내 머릿속에서 소리를 지르고 있는 이명耳鳴이 새들의 노래에 비해 더 자연스럽다거나 덜 자연스럽다고는 말할 수 없다. 그것은 내가 그것에 부여하는 것 이상의 가치는 지니고 있지 않다. 그 쓰잘머리 없는 소년은 수년 후 노숙자가 되어 어느 고사리 숲에서 자고 일어나 어느 생기 없는 숲 그늘을 찾아 걷는 황야의 생활을 잠시 했다. 그때 그는 이런 생각을 하게 되었다.

'내가 만약 쓸모없다면 쓸모없는 세상을 찾아내서 나처럼 쓸모없는 것들을 만들어내겠어. 세상이 쓸모없다면 모든 것이 쓸모없겠지. 모든 것이 쓸모없다면 모든 것은 평등한 거야. 모든 것이 평등하다면 쓸모가 있는 것과 없는 것의 구별 자체가 필요 없어.' 결론적으로 그는 이렇게 생각했다. '내 마음이 의미를 부여한 것 이외에는 쓸모있는 것도, 쓸모없는 것도 없는 거야.'

이런 생각에 이르자 그의 마음이 고요해졌다. 쓸모없는 존재라는 상처가 황금으로 바뀌어 그를 강하게 만들었고, 그 단어는 그저 겁을 잔뜩 먹은 개가 짖어대는 개소리가 되었다.

지금 다시 보면 그 논리에 흠결이 없는 것은 아니겠지만, 그때는 그게 꽤 효과가 있었다. 모든 것에는 결점이 있다. 그렇지 않았더라면 우주가 만들어지지 못했을 것이다. 왜냐하면 돌연변이와 기이함은 무언가를 실제로 생겨나게 하거나 움직이게 하는 중요한 사건이기 때문이다. 완벽함이란 실제로는 존재하지 않고 마음속에만 있는 하나의 관념일 뿐이다. 우주에 직선은 없고, 심지어 행성들도 완전한 구형은 아니며, 중력과 시간도 장소에 따라 바뀌고 움직인다. 만약 무언가가 잘 작동한다면 흠결 있고 불완전한 채로 작동한 것이다.

벗나무에 막 꽃이 피려 한다. 팽팽한 녹색 꽃봉오리 끝에 분홍빛 꽃이 살짝 보인다. 뒤얽힌 가지를 흔드는 산들바람 소리가 들린다. 이런 일에는 사연도 없고 가치도 없다. 그저 지금 이 순간, 있는 그대로의 일일 뿐이고 평화롭기 그지없다.

페기가 자기 방에서 글을 쓰다가 아래로 내려왔고, 나는 그녀를 보고 미소로 화답한다. 30년이 넘도록 한결같이 내 웃음에 화답하며 그녀가 나를 향해 웃는다는 것은 정말 감사한 일이다. 나는 그녀에게 사랑한다고 말하면서, 오늘은 피곤해서 요리할 자신이 없으니 더 베이리프The Bayleaf에 가서 카레를 먹자고 제안한다. 그곳에서 우리는 짠 음식을 먹었고, 값싼 와인을 너무 많이 마셨다. 샤워를 마치고 나서 수건을 몸에 두른 채 페기와 함께 정원을 바라보기 시작했다. 이슬비가 벽돌 위에 내리고 있고, 이제 그녀는 책을 읽는다. 나는 빗방울 떨어지는 조용한 소리에 맞춰 만돌린으로 아일랜드 춤곡을 연주한다. 훌륭한 연주가가 되지는 못하는 처지라 아마

추어 같고, 서툴고, 같은 부분만 반복하기도 하고, 연주가 중간에 끊기기도 한다. 하지만 고양이는 나의 이런 연주를 크게 신경 쓰지 않는 눈치이다. 녀석은 훌쩍 뛰어올라 내 만돌린 가방의 벨벳 안감 위에 자리를 잡고 앉는다. 나는 꾸밈음, 셋잇단음, 울림음을 조금 예쁘게 내는 것을 제외하고는 그리 좋은 연주는 하지 못한다. 하지만 이 정도로 족하다. 고양이는 몸을 웅크리고 자고 있고, 페기는 별이 반짝이는 희뿌연 밤하늘이 더욱 짙고 사나워지는 동안에도 독서를 이어간다. 바람은 으르렁대며 울부짖고, 나무는 휘청이고, 나뭇잎은 펄럭이고, 까치들은 걷잡을 수 없이 흔들리는 나뭇가지 위에 무리지어 앉아 있다. 가느다랗지만 얇고 부드러운 금발처럼 촘촘한 비가 직선으로 내리더니, 시간이 조금 지나자 굵어진 빗줄기가 사선으로 내리며 잔디밭 위를 세차게 내리친다. 빛을 굴절시키는 모든 빗방울에 미니어처처럼 작은 라일락 나무의 형상이 맺힌다. 상상해보면 빗방울은 모두 둥근 모양이어야 할 것 같지만, 실제로는 매우 다양한 모양이고 흐린 하늘에서 빛을 붙들어 그 색깔을 흑백으로 바꾼다.

　　창문 밖으로 일주일 넘게 거미줄 하나가 쳐져 있다. 창틀 구석 쪽 흰색 페인트칠이 된 나무 막대기 사이에서 그 크기가 점점 커졌다. 거미줄이 처음 생겼을 때 나는 거미가 나선을 만드는 모습을 보았고, 그 다음에는 가운데에 자리를 잡는 모습을 보았다. 지금 거미줄은 모두 헤져 나무 막대기에 붙어 있는 몇 가닥만 남아 있을 뿐이다. 나는 남아 있는 그 몇 가닥이 전체 거미줄 가운데에서 가장 튼튼한 부분일 것이라고 상상하며, 만약 운이 좋다면 거미가 돌아와서 녀석이 덫을 놓는 장면을 내가 다시 볼 수 있을 것이라고 소망해본다.

멀리서 으르렁거리는 소리가 들린다. 어두워진 무대 위의 팀파니timpani가 연주회의 시작을 알린다. 청중들은 조용해지고, 조명은 희미해지고, 귀는 쫑긋해지고, 팔과 목덜미의 머리카락은 쭈뼛하게 선다. 이전보다 조금 더 작게 으르렁거리는 소리가 가까이 들려온다. 곧 섬광이 번쩍 하고, 하늘과 귀와 대기를 가르는 날카로운 굉음 탓에 내 팔에 난 털이 쭈뼛 선다. 더 굵어진 빗방울이 희뿌연 빗물받이통 안에서 숱한 동심원을 그리며 튀어 올라 서로 부딪히고 충돌한다. 물결무늬가 솟아올랐다가 떨어지고, 불규칙적으로 쏟아지는 빗방울은 더 많아지고 더 굵어진다. 물결무늬가 다르게 바뀌고 더욱 복잡해져서 나는 더 이상 그 무늬를 정확히 알아보기 어렵다. 내가 새로 만든 벽돌 진입로에 커튼 한 자락이 쉬익 소리를 내며 떨어진다. 진입로는 그 당시 진흙탕이었는데, 지금 빗물에 말끔히 씻기고 있다. 빗물이 곧 물줄기를 이루어 벽돌을 따라 흐른다. 물이 더 이상 빠지지 않을 만큼 고이게 되자 정원 아래쪽을 향해 완만한 경사로를 타고 흘러내린다. 빗물이 고여 길에 웅덩이가 여러 개 생기고 나서야, 내가 정말 평평하게 만들었다고 자부했던 그 길에 움푹 파인 곳들이 얼마나 많은지 비로소 알게 된다.

　　쾅음과 함께 또 한번 번쩍이는 섬광이 바람에 흔들리는 나무들을 순간적으로 비춘다. 지붕을 덮은 얇은 널빤지 하나가 떨어져나간다. 잔물결은 그 아래 널빤지에 생긴 물결 무늬를 비추고 반사된 잿빛 하늘을 뒤튼다. 비는 점점 커진 물방울이 되어 처마에 매달려 있다가, 아래로 추락해서는 산산조각 난 유리처럼 부서진 물결 모양의 은빛 칼날이 된다. 디기탈리스는 결혼식 하객들이 뿌리는 쌀알*들을 피하려고 황급히 도망치는 아이들처럼 땅 쪽으로 고개를 돌린다. 3층 지붕에 있는 홈통에서 빠른 속도로 떨어진 밧줄이 물웅덩이에 부딪힌다. 밧줄은 물웅덩이 안에서 철썩이고 있다가 다시 튀어 올라 빛을 반사하며 번쩍인다. 다른 한쪽에서는 약간

---

*　영국의 결혼식 축하 행사는 다양하다. 결혼식이 끝나고 신랑 신부가 행진할 때 하객들이 장미꽃잎을 뿌려주거나, 작은 종을 흔들어 은은한 소리를 내거나, 풍선을 날리기도 한다. 이외에도 작은 초를 들고 두 사람의 앞길을 밝혀 주기도 하며, 다산과 번영을 기원하며 쌀알을 뿌려주기도 한다.

더 높은 곳에 있는 것이 확실한 홈통에서 물방울이 똑똑똑 떨어지는데, 이 폭풍우를 뚫고 우리를 태우고 항해하는 갤리선 galley ship*에서 울리는 북처럼 그 주기가 기계같이 정확하다. 그 관현악단의 소리가 돌과 유리와 웅덩이 위에서 울려 퍼지며 박자를 맞추고 딸랑딸랑 울린다. 시간이 조금 지나자 그 소리는 배터리가 닳아 힘이 빠지듯 느려지기 시작하며 활기가 잦아든다. 지휘봉은 잠잠해지고, 타악기의 두두두두 소리는 점차 느슨해지고, 북소리도 잠깐 들리는 듯하더니 이내 들리지 않는다. 이윽고 하늘에 틈이 생긴다. 일부가 푸른 하늘이 된다. 해가 나서 모든 빗방울을 증발시키고 커다란 시계태엽을 다시 감는다. 디기탈리스는 얼마 남지 않은 빗방울들을 땅에 떨구고, 참새는 피라칸타에서 날아올라 호랑가시나무로 옮겨가며 노래한다.

---

* 돛과 노가 많은 대형선으로 그대 그리스와 로마 시대에는 전함으로 쓰였고, 중세에는 노예나 죄수에게 노를 젓게 하여 주로 지중해를 많이 다녔다.

19

봄비

채소 기르기,
잃어버린 상자

삑삑, 소년은 밤새도록 육중하게 덜컹거리는 석탄 수송 기차 소리를 들으며 잠이 든다. 밤이라서 더 냉랭해진 공기 때문인지, 매우 먼 거리임에도 디젤 터빈이 돌아가며 내는 기적 소리며 땅에 낮게 근접해 있는 화물 기차의 철커덕거리는 소리가 꽤 잘 들린다. 그는 아침에 일어나서 완두콩을 따고, 헛간 계단에 앉아 꼬투리를 까서 콩을 날로 먹은 후에 '퇴비가 될 것'이라는 생각으로 꼬투리를 장군풀 숲에 던진다. 내년에 심을 좀 더 큰 완두콩 몇 줌은 작업대 부근 여기저기에 잠시 펼쳐놓고, 햇빛에 잘 건조되도록 창문 선반에도 둔다. 이 햇살 좋은 날에 그는 민달팽이가 갉아먹어 누더기가 된 케일, 무, 상추들의 이랑 사이에서 잡초를 뽑고 있다. 무 두어 개를 뽑아 씻지도 않고 조금씩 베어 먹는다. 콩깍지처럼 무의 윗부분도 장군풀 숲에 던지며, 봉투 뒷면에 적힌 설명서 내용 그대로 주머니에 있는 꾸러미에서 무 씨앗을 꺼내 이랑 사이에 뿌린다. 정말로 씨앗에서 싹이 텄고, 충실하게 자라났다!

여기 흙바닥에 앉아 있는 동안에는 웬일인지 슬픔은 사라져버리고 노래를 부르고 싶어지거나, 그저 조용히 있고만 싶어지거나, 심어놓은 식물들 덕에 멋진 풍경으로 변신할 밭 한 뙈기를 만들고 싶어진다. 아마도 내년쯤에는 꽃과 감자와 양파를 기를 수 있지 않을까? 그는 식물 재배법을 잘 설명해주는 원예 관련 책을 읽어야겠다고 생각한다. 그리고 엄마가 정원으로 나오자 엄마에게 "엄마, 나 꽃이랑 정원에서 따서 바로 먹기 좋은 채소들을 길러도 될까요? 씨앗 좀 주실 수 있어요?"라고 묻는다.

질문에는 아랑곳없이 계속 빨래를 널고 있던 엄마는 잠시 말이 없다가, 슬픔과 기쁨이 교차하는 소년에게 우리 집이 곧 이사할 것이라는 사실을 어렵사리 털어놓는다.

"곧 이사할 거라고 말해줬었지?" 그녀가 말한다.

그는 놀라서 경직된 표정으로 엄마를 올려 보다가 "아니, 왜 이사하는데요?"라고 반문한다. 그러고는 "이런, 씨팔!"이라고 외친다.

"아니, 이 녀석 욕지거리하는 것 좀 봐!" 엄마는 실소를 금치 못하더니, 나무 빨래집게들을 입에 문 채 말을 잇는다. "너도 마음에 들 거야. 이사 가는 곳이 바닷가거든."

며칠 후, 나무로 된 차 상자 한 무더기가 왔다. 차 향이 나는 $0.27m^2$ 정도의 정도의 합판이고 그 위에 중국어로 뭐라고 인쇄가 되어 있다. 상자들을 보니 등에 바구니를 짊어지고 찻잎을 따던, 백과사전 속 여자들 모습이 떠오른다. 솥과 냄비 전체와 몇몇 가재도구들을 포장한다. 엄마는 그의 짐만

따로 담을 상자 하나를 건네주시면서 옆면에 이름을 쓰라고 하신다. 그는 상자 맨 밑에 책을 넣고 그 위에 미친개를 죽일 검은색 독약 반죽을 담은 병을 놓은 후에, 연필, 물감, 스케치북, 공구, 전선, 분해한 탁상시계, 삼촌이 주셨지만 지금은 사용하지 않는 카메라, 작은 갈색 트랜지스터 라디오도 얹어놓는다. 엄마는 쇼핑백에 옷도 넣으라고 하신다. 며칠 뒤에 이삿짐을 실을 화물차가 왔고, 갈색 작업복을 입은 아저씨들이 짐을 모두 실었다. 가족들은 미친개의 차에 타고 이삿짐 차를 따라 블랙풀Blackpool*로 향한다.

우리는 버치 빌라Birch Villa, 파크 호텔Park Hotel, 더 비치커머The Beachcomer라는 이름의 큰 집들이 늘어선 거리에 있는 어느 집 앞에 차를 댄다. 부모님이 운영할 예정인 게스트하우스는 겨울에는 영업하지 않기 때문에, 봄에 영업이 개시될 때까지 그와 동생들은 각자가 차지할 방을 고를 수 있다. 부모님이 언급하시기 시작한 이른바 '여름 성수기'에는 유료 투숙객들에게 방을 배정하는 것이 우선이므로, 그들 모두는 한 방을 써야 할 것이다. 하지만 아직은 그럴 필요가 없어서, 소년은 맨 꼭대기 층 오른쪽에 있는 9번 방을 쓰기로 한다. 그

*　잉글랜드 북부의 랭커셔 주에 있는 항구도시.

방은 경사진 천장에 채광창이 나 있어서 침대에 누운 채로 갈매기가 날고 구름이 흘러가는 모습을 바라볼 수 있다. 두 동생은 일층에 서로 붙어 있는 방을 각각 쓰기 때문에, 그는 동생들과 두 층이 떨어져서 평온함과 널찍한 공간을 누리며 소음과 사람들로부터 적당한 거리를 둘 수 있게 된다.

이삿짐을 옮기는 아저씨들이 화물차에서 가방과 포장된 상자들을 꺼내서 현관에 쌓아 놓는다. 며칠에 걸쳐 그 짐들은 집 곳곳에서 제 자리를 찾는다. 소년은 자기 짐을 넣은 상자를 찾지 못한다. 엄마와 동생들에게 혹시 그 상자를 못 보았느냐고 묻지만, 아무도 보지 못했다는 대답뿐이다. 결국 미친개에 물어보지만, 그가 으르렁거리며 내놓는 대답은 이런 말뿐이다. "그 따위 상자는 본 적 없어. 아무튼 그 상자는 쓰레기로 가득 차 있더군."

마지막 한마디가 미친개가 그의 상자를 버렸다는 결정적인 증거다. 소년은 좀처럼 가라앉히기 힘든 증오의 물결이 몰려오는 것을 느끼며, 병 속에서 잘 숙성된 독약이 마법처럼 그의 가슴 속으로 정확히 옮겨진 것 같다고 생각한다. 앞으로 몇 달 동안 미친개는 소년에게 스카치테이프, 펠트펜, 가위 몇 개, 스테이플러, 펜치, 편지지, 자, 확장 케이블, 전선 같은 것들이 있냐고 수시로 물어볼 것이다. 왜냐하면 이런 물건들을 주방의 특정 서랍에 넣어 보관하는 관리자가 소년이기 때문이다. 그는 미친개의 사악한 두 눈동자에서 자신이 만든 검은 독약을 응시하며 기쁜 마음으로 이렇게 말한다. "없는데요. 예전에 하나 있었는데, 내 상자 속에 있었거든요." 그러면 미친개는 여느 때와는 달리 찍소리도 못한 채 소심하게 고개를 숙이고는 여기저기를 기웃거릴 것이다.

바스러지는 타맥tarmac*으로 포장된 그 집 마당은 투숙객들의 주차 공간으로 활용될 것이다. (부모님은 예전에는 한번도 쓰지 않은 말을 쓰고 있는데 그 단어들은 투숙객, 1일 3식 제공 숙박, 1일 2식 제공 숙박, 조식 제공 숙박, 공실과 만실, 요금표, 외판원 등이다.) 집에 딸린 정원은 없다. 벽과 타맥 사이의 모래투성이인 구석에서 자라는 잡초 외에는 화초도, 달팽이도, 민달팽이도 없다. 붉은 개미와 검은 개미는 있고, 까마귀와 바다 냄새와 신선한 공기 냄새도 있고, 끼루룩 끼루룩 우는 갈매기도 있다. 그리고 그는 혼자 밖에 나가도 좋다는 허락을 받았다.

길이가 11㎞ 정도 되는 해변에는 한 어촌 마을에서부터 고급스러운 은퇴자 휴양지까지 이어진 산책로를 따라

---

* 아스팔트와 비슷한 도로 포장재. 브랜드 이름인 Tarmac에서 파생된 단어이다.

전차가 다닌다. 해변과 전찻길 사이에 있는 산책로는 가을밤에 깜박거리며 춤추는, 생기 넘치는 무수한 전구 빛에 물들고, 섬유 유리로 만들어진 광대와 춤꾼 모양의 거대한 등불들로 빛난다. 또한 산책로에는 상설 시장, 전차 신호탑, 동물원, 무도회장, 인어 공주를 광고하는 열댓 개의 작은 가판대, 자전거라도 먹을 수 있을 것 같은 남자, 머리가 둘인 염소, 잘려 나간 영광의 손, 문신을 한 남자가 있으며 빙고 게임장, 막대 사탕, 자기가 '집시 로즈 리Gipsy Rose Lee'라고 주장하는 세 명의 점쟁이도 있다. 바다에 닿아 있는 세 개의 부두 위에는 극장들이 있고, 그가 텔레비전에서 보았던 유명한 코미디언들도 있다. 그의 역량을 키워주었던 책들은 이제 없고, 이제 그는 자신이 지배했던 섬인 정원을 버리고 여기로 떠나왔다. 하지만 살아 숨 쉬는 백과사전으로 걸어 들어왔으니, 이제는 밖을 내다보는 대신 그 세상 안에서 그 안을 들여다보게 될 것이다.

20

―――

정원사

자유의지,
선택, 실낙원

바깥은 춥지만, 내 옆에는 책 한 권과 페기가 사준 빨간색 양털 담요 한 장이 있다. 담요는 그녀의 고향 동네 근처에 있는 공장에서 산 것인데, 그 공장은 위쪽 언덕에서 키우는, 다리가 까만 양들로부터 양털을 얻는다. 모든 것이《베니스에서의 죽음Death in Venice》*분위기이다. 페기가 작은 물웅덩이들이 반짝반짝 빛나는 새로 닦은 진입로를 따라 세탁이 끝난 빨래를 가지고 온다. 빨래는 진입로에 설치한 빨랫줄에 널어 빨래집게로 고정할 것이다. 둘이서 내 파란색 바지, 흰 셔츠 두 장, 주황색 잠옷, 노란색 원피스, 속옷과 양말을 넌다. 라일락 나무와 정원에 딸린 작은 헛간 앞에 펼쳐진 이 만국기를 바라보면, 페기와 나와 식물들과 우리가 함께하는 모든 생명 있는 존재들이 우리 집에서 보낸 평범한 하루가 끝났다는 느낌에 젖게 된다. 마음 깊은 곳에서는, 아직도 나는 일종의 화가이다. 나는 우리의 친숙한 옷의 윤곽을, 색깔의 반점을 눈으로 그려본다. 바로 그 옷에 우리의 존재는 나날이 깃든다. 그리고 그 옷은 세월이 흐를수록 우리를 더 단단하게 감싸고 붙들어준다.

내 힘의 원천은 책이어서, 나는 지금 자유의지에 대

---

* 1971년에 개봉한 루치노 비스콘티 감독의 이탈리아 영화로, 토마스 만의 동명 소설을 원작으로 한다.

한 서사시인 밀턴Milton의 《실낙원Paradise Lost》을 읽고 있다. 나는 넋을 잃고 나만의 낙원을 바라보다가 종종 책을 무릎에 떨어뜨리곤 한다. 청명한 공기와 그 공기가 흐르는 소리는 내 소매를 잡아끌고, 책에 집중하던 내 마음까지 홀린다. 새로 닦은 벽돌 진입로의 교차점에서는 벌써 이끼가 자라기 시작했고, 잎 사이로 쏟아져 들어와 벽돌과 고사리와 디기탈리스 위에 내린 햇빛의 영토는 모서리에서부터 점점 넓어지고 있다. 왼쪽으로는 고사리처럼 생긴 나도고수 옆에 잎이 무성한 안젤리카가 모여 사는 그늘진 숲이 있다. 안젤리카 꽃이 피면, 그 납작한 꽃부리에 여름에는 꽃등에가 몰려들고 겨울에는 작은 새들이 모일 것이다. 가지 아래쪽 고사리 덤불에 산비둘기, 까치, 울새, 굴뚝새가 날아든다. 찌르레기, 참새, 푸른박새는 멀리에서부터 물을 마시러 배가 불룩한 물통 근처로 날아온다. 녀석들은 쥐며느리와 민달팽이를 쪼아 먹고, 둥지를 트는 데 사용할 잔가지들을 모으기 위해 낡은 통나무 조각들 위를 뛰어다닌다. 내가 할 일이라고는 세계가 어디론가 흘러가고 또 어디에서부터인가 흘러들어오는 모습을 바라보는 것과, 기회나 필요가 생길 때 소소한 몇 가지 일을 하는 것뿐이다. 나는 어딘가로 갈 필요를 전혀 느끼지 못한다. 내 화물차는 벌써 6주째나 세워져 있다.

따뜻하고 햇살이 밝은 좋은 날이다. 꽃등에는 공중을 떠다니며 블루벨을 응시하고 있다. 작은 하루살이 무리가 웅덩이에서 부화해서는 길게 늘어진 라일락꽃 아래에 모인다. 라일락꽃은 아주 가끔씩 불어오는 산들바람이 향유를 이리저리 대기에 흩뿌리듯, 따뜻한 공기의 냄새를 지속적으로 뿜어낸다. 참새가 실컷 먹고 즐기는 지금은 4월이다. 꽤 많은 산비둘기들이 울타리 위에서 운다. 갈매기 떼는 괴성을 지르며 선회한다. 사과나무에서 움이 트고 있고, 호두나무의 싹은 아직 팽팽한 모습이지만 흰 속살을 드러내며 곧 제 몸을 열겠다는 간절함을 표출하고 있다. 우리 집 정원 앞쪽에 있는 벚꽃은 활짝 피어나서 벌써 꽃잎이 지고 있다. 마치 지붕 위에서 털이 잔뜩 부푼 비둘기의 깃털이 빠져 아래로 떨어지는 것처럼, 바람을 맞아 잔가지에서 떨어진 이 작고 얇은 원은 빙빙 돌며 땅 위를 표류한다. 으아리꽃clematis의 분홍빛 프로펠러는 곧 활짝 피어나서 옆집 호랑가시나무부터 우리 집 정원 안까지 주렁주렁 매달릴 것이다. 달래는 흙내와 기름내와 관능적인 향을 발산하고 있고, 정원의 새들은 고사리 덤불에서 잔가지와 식량을 모으고 있다. 이렇게 어느새 점심 시간이 다 되었지만, 나는 여전히 여기에 앉아 있다.

정원 가꾸는 일을 하니 살이 빠지기 시작했고, 관절

도 부드러워졌고, 체력도 강해졌다. 날도 점점 따뜻해지니 나는 햇빛을 받으며 포도주 한 병, 빵 한 덩이, 토마토, 치즈로 내 몸을 배불리고 싶고, 초목이 무성한 드넓은 광야를 마주하며 내 가슴을 벅차게 하고 싶다.

아주 오래 전, 알던 할머니 한 분이 당신 집 현관을 가로막을 만큼 길게 뻗은 수령초 가지를 쳐줄 사람이 필요하다고 했을 때, 정원사가 되면 어떨까 하는 생각이 꽤 확고해졌다. 당시 나는 시에서 대여해준 주말농장에서 채소를 키우고 있었고 농기구도 갖추고 있었기 때문에, 기꺼이 그 할머니를 위해 가지치기 일을 해드렸다. 정원사 일을 하겠다고 치밀하게 작정한 건 아니었다. 그저 성게가 외부 자극에 반응하는 방식과 비슷하게, 나를 둘러싼 상황에 반응했을 뿐이다. 원인 없이 발생하는 일이란 없다. 지난 수년간 나는 내 마음대로 할 수 있는 나만의 작은 세계를 지배하는 대신, 세계가 이끄는 대로, 그 흐름에 저항하거나 역행하지 않고, 내 몸을 맡기며 살아왔다. 나 자신과 다른 사람들과 지구 안의 내 작은 땅을 돌보면서, 하지만 내가 이곳의 주인은 아니라는 점을 인식하면서, 이 세계에서의 내 역할을 충분히 명상하려고 노력하면서—내가 그렇게 할 수 있었을 때, 주의해야 한다는 것을 잊지 않으려고 할 때도.

　　　페기와 내가 우리의 낡은 4도어 폭스바겐Volkswagen 을 타고 바닷가 길을 따라 하루 종일 서쪽 바다로 달리는 동안, 차 상태는 극심하게 나빠지고 있었다. 나는 생활비를 벌어야 했다. 장거리 자동차 여행은 항상 많은 문제를 해결해주는 터라, 우리는 가끔씩 우리에게 풀어야 할 창작의 문제가 있다는 이유를 내세워 긴 여행을 떠나자고 결심하곤 한다. 페기는 "당신은 정원사가 되어야 해요. 항상 바깥에서 일하고 싶다고 말하잖아요."라고 이야기한다. 이 말을 들으니, 벽돌 전부가 와르르 무너졌다가 번쩍 하며 집 한 채가 다시 세워진 것 같은 기분이 들었다. 심각하게 고민하지 않았던 것은 말할 것도 없고, 직업으로 정원사 일을 한다는 생각은 한번도 해본 적이 없었다. 그게 가능할지도 확신할 수 없었다. 글이랍시고 쓰고는 있었지만, 글쓰는 일로 뭔가 성과가 있었던 적도 없었고, 끝내는 망해버린 작은 잡지사에서 편집자로 일하다가 정리해고가 되기도 했다. 나는 실직 상태였다. 그래도 다양한 분야에서 일한 경험은 있었다. 인쇄소에서 그래픽 디자이너로 일하기도 했고, 교도소에서 미술을 가르치기도 했고, 항상 규칙을 의심하며 무언가를 해야 한다고 하는 다른 이들의 말은 들으려고 하지 않은 사람에게는 전혀 어울리지 않는 여러 일도 했다. 함께 일해야 하는 사람들 때문에 거의 미칠 지경이 되어, 컴퓨터로 광고 전단지를 만들어 거리로 나가 우편함마다 붙이고 다녔다.

일주일을 정원사로 일했더니, 날아오는 이런저런 청구서를 처리할 수 있을 정도로 돈이 들어왔다. 한 달을 일하니 스케줄이 꽉 차서 다른 일을 더 받을 수 없었고, 6개월 후에는 화물차에 최신 도구들을 싣고 아주 멋진 단골 고객들의 집을 매주 방문할 만큼 일거리가 늘었다. 돈을 늦게 지불하거나 가격을 후려치려고 하는 고객과는 과감히 결별했다. 무례하거나 불쾌한 태도를 보이는 고객은 뒤도 안 돌아보고 떠났다. 함부로 대소변을 보며 정원을 훼손하는 개를 키우는 고객은 되도록 피하려고 했다. 나는 내가 꿈꾸는 가장 아름다운 사람들과 더불어, 그리고 그 사람들을 위해, 내가 사랑했던 정원 일을 할 수 있었다. 날이 가고 달이 가고 해가 가며 내 수염은 더 굵어지고 더 하얗게 셌다. 결국 나는 어떤 할머니의 커다란 정원 한곳에서만 여름부터 겨울까지 매일 일하게 되었다. 할머니가 집 한쪽 끝에서 전화 통화를 하고 신문과 화면을 들여다 보는 동안, 나는 바깥에서 전지가위를 들고 벌들에 둘러싸여 식물들을 돌보며 일했다. 그녀는 돈이 있었고, 나는 자유가 있었다.

당시 나는 이미 식물 재배에 관해 상당히 많이 알고 있었다. 정원사가 되기 전부터 수년간 과일과 채소를 길러왔고, 책을 찾아보며 그 내용대로 손으로 직접 실습을 해보기도 했고, 안경과 현미경으로 대상을 자세히 살폈고, 어린 소년이었을 때부터 그랬듯 흙과 식물들과 그것을 살아 숨 쉬게 만드는 미소 생물들을 세세히 그렸기 때문이다. 하지만 관상용 화초를 돌보는 일은 처음이어서 원예학 관련 책, 식물과 꽃에 관한 백과사전, 가지치기와 씨뿌리기와 미생물과 퇴비와 잔디밭을 다룬 정기 간행물을 사서 수북이 쌓아놓고 읽었다. 정원에 관한 책이라면 일본부터 바빌론까지 전부 사들여서 하나의 도서관을 만든 것이다. 나는 스스로 배우는 것을 좋아한다. 열심히 공부했고, 다른 정원사들과 이야기를 나눴으며, 알 필요가 있는 것들과 굳이 알 필요는 없었지만 즐겼던 것들을 더 많이 알게 되었다. 내가 생각해도 난 꽤 괜찮은 정원사였다.

우리는 우리의 길을 스스로 선택하는 것일까? 아니면 모든 것은 무한한 물웅덩이에 떨어지는 하나의 빗방울처럼 시작한 파문이거나 약 130억 년 전에 무無에서 폭발해서 생긴 우주 같은 것일까? 우리의 생각을 그 당시로 되돌려본다면, 우리 존재란 우리가 항상 그 방향으로 변화해가던 그것,

즉 작용과 반작용일 뿐이다. 이튼Eton 스쿨을 다니는 학생이
든 농부든, 사람은 모두 과거의 무수한 세대가 만들어놓은 경
로를 따라가기에 다른 식의 삶은 잘 숙고하지 못한다. 우리
집 남자들은 군인이나 경찰이나 철도 노동자였다. 내가 어렸
을 때 알던 모든 사람들은 내가 우리 집안 남자들을 따라 제
복을 입고 총을 차게 될 거라고 생각했다. 내가 알던 사람들
중에서 무언가를 창작하는 일을 했던 사람은 아무도 없었다.
우리 집안에는 예술가도 작가도 책을 읽는 사람도 없었고, 대
학에 진학한 사람도 없었다. 내가 고기를 먹지 않겠다고 결
심했을 때에도 우리 가족 중 그 누구도 나를 이해해주지 않았
다. 그것은 가족들과 나에게 하나의 사건이었지만, 나는 그리
심각하게 생각하지는 않았다. 동물을 먹는 일에는 고통이 수
반된다는 것은 알고 있었고, 나까지 그 일에 동조하고 싶지는
않았다. 동물과 곤충은 나의 벗이었고, 나는 그 벗들에게 감
정 이입을 했다. 자기 성찰이나 계획이나 심사숙고 같은 것
없이 나는 그저 결정했다. 아니면 그것은 그저 자극에 대한
하나의 반응이었던 것일까? 알 수 없는 일이지만, 돌이켜보면
그것이 모든 살아 있는 존재자의 가치는 동일하다는 내 입장
의 시작이었다.

　　　나는 지금 밀턴이 쓴, 사탄에 관한 서사시를 읽고 있

다. 사탄은 자신의 교만함으로 인해 사슬에 묶여 있는, 신이 내린 형벌을 받고 있었지만, 결국 그 불타는 지옥으로부터 탈출한다. 신과 싸우는 전투, 천사와 악마의 전쟁, 두꺼비와 새와 뱀으로의 변신, 자각의 과일을 따 먹고 에덴동산에서 쫓겨나게 되는 이브를 사탄이 유혹하는 것이 주된 내용이다. 자아에 대한 자각은 소설과 시와 삶에 깃들어 있는 천국의 상실을 의미한다. 나는 분리된 자아라는 느낌 대신 무지無知를, 이 낙원을 기쁜 마음으로 지킬 것이다. 우리는 자기 자신을, 피할 수 없는 자기 자신의 소멸을 알게 된 자연의 한 표현이다. 그 앎으로 인해 우리는 얼마나 고통스러운가.

　　　　손에 든 책을 무릎 위로 천천히 떨어뜨리는 동안, 박새 하나가 이웃집 단풍나무에서 뱀허물 같은 나무껍질을 벗기는 광경을 바라본다. 암컷 박새는 빨랫줄 아래와 바싹 자른 울타리 근처를 지나 제 둥지를 짓는 곳으로 오가는데, 이 나무를 네 번을 더 다녀간다. 이 암컷 박새는 선택할 겨를도 없이 바쁘게 움직이기만 할 뿐이다. 산비둘기 넷이 지붕 위의 울퉁불퉁한 길을 뒤뚱거리며 걸어가서는 자리에 앉아 우스꽝스럽고 멍청한 표정으로 나를 바라보며 재잘거린다. 녀석들 뒤로 거품이 이는 듯한 흰 구름이 푸른 하늘에 걸려 있고, 다른 울타리 어딘가에서 노래하던 찌르레기는 앉아 있던 가지를 박차고 날아올라 정원을 날아다닌다. 새순이 돋는 라일락에 앉아 있는 참새 하나가 나를 바라보고, 수컷인지 암컷인지 모를 그 참새를 나도 바라본다. 우리 둘은 잠깐 동안 움직이지 않고 있다가, 내가 회색 다람쥐에 한눈이 팔려 그쪽으로 몸을 돌리니 녀석도 짹짹거리며 날아간다. 지금 여기에 있는 이 존재는, 이 '있음', 이 순간은 모두 실재하는 것들이다. 앎이 없는 이 '있음'이 곧 천국이며, 이 천국은 없어진 적이 없다. 단지 우리가 너무 교만해져서 그것을 알아보지 못할 뿐이다. 머리 위로 높이 나는 갈매기가 석양 쪽으로 방향을 돌린다. 녀석이 숲 너머로 곡선을 그리며 나아가자 녀석의 등은 장밋빛 금색으로 물들더니 이내 푸른 하늘 속으로 사라져 간다.

실내로 들어가 몸이나 녹일까 하는 생각도 했지만, 위스키 한 잔을 따라 다시 밖으로 나와 책 따위는 잊어버리고 빨간 담요를 두른 채 정원의 작은 터를 바라본다. 디기탈리스가 활짝 피어 있고 그 꽃잎 위에 내려 앉은 토실토실한 벌들이 자기네 짐 바구니를 꽃가루로 채우기 위해 꽃 안으로 걸어 들어간다. 꽃 밖으로 다시 걸어 나온 녀석들은 다른 꽃을 찾아 윙윙거리며 날아간다. 줄기와 순은 키가 자라고, 모든 것은 푸르고 생생하기만 하다.

21

세 사람이 함께 마시는 차,
블랙풀 막대사탕

계절이 봄을 지나 여름으로 향하면서 소년에게는 자유가 주어진다. 불을 삼키는 묘기를 부리는 사람, 마술사, 죽마竹馬를 탄 사람, 광대, 키가 작은 사람들이 무료 서커스 입장권을 나눠 주며 동네를 활보한다. 미친개는 요즘 부쩍 조용해 보이고 거의 쾌활해 보이기까지 하는데, 틀림없이 너무 바빠서 다른 사람에게 관심을 기울일 여유가 없는 것 같다. 이사 온 후 첫 며칠간 소년은 집 밖에서 새 영토를 탐험한다. 그가 사는 동네의 끝에 구시가지로 이어지는 중심 도로가 있기는 하지만, 그 도로를 따라서는 안전하게 갈 수 있는 곳이 없다. 따라서 그가 다닐 수 있는 세상이란 학교, 집과 그 뒷마당, 상점이 늘어선 거리뿐이다. 이 거리의 끝에는 해변과 바다가 있다. 길을 잃을 것 같다는 생각은 들지 않는다. 소년은 이내 이곳에 적응한다. 자신이 여기서 잘 살 수 있을 것이며 이곳은 그러기에 좋은 곳이라고 생각한다. 때로 기분을 전환하기 위해 필요한 것은 사는 곳을 바꾸는 것이다.

그는 개미들이 모래 틈에서 연달아 나왔다가 다시 거기로 들어가는 광경을 바라보며, 밝은 햇살 아래 지하 저장고 계단에 앉아 있다. 그는 개미들이 어떻게 행동하는지 보려고 개미들이 다니는 길에 잔가지를 하나 놓는다. 개미들이 잔가지를 타 넘고 갈 줄 알았는데 그렇게 하지 못하고 당황하고 있는 것 같다. 무리 중 하나가 더듬이를 씰룩거리더니 가끔씩 멈춰 서서 다리를 모아 비비며 잔가지에 기어올라 그 위를 걷는다. 다른 하나가 그 개미가 간 길을 따라간다. 잔가지 하나로 개미들의 세상이 변했고, 그들의 계획도 흔들렸으며, 모든 것이 바뀌었다. 또 다른 개미 하나는 잔가지의 저쪽 끝으로 걸어갔다가 다시 이쪽 끝으로 걸어온다. 결국 개미들은 길을 찾아낸다. 마치 그 잔가지를 자기들이 다니는 길의 일부로 만들어버린 듯, 개미들은 줄을 지어 잔가지를 타 넘기도 하고 그 주위를 돌아가기도 한다. 그들은 짖어대거나 소리를 지르거나 성질 부리는 일 없이 원래 가기로 계획했던 길을 다시 간다. 개미들은 이 장애물로 인해 무엇이 달라졌고 그 장애물을 뛰어넘으려면 무엇을 해야 하는지 알게 되기까지 자신들의 걸음을 잠깐 늦추었을 뿐이다.

　　도대체 개미들은 왜 있는 것일까? 그렇게 질문을 계속 던져본다면 나 자신이나 아빠는, 엄마나 동생들은, 집이나 바다나 지구는 왜 있는 것일까? '그냥 있어왔고 앞으로도 계속 있겠지.'라고 생각하며, 만일 무심코 개미 하나를 밟아서 그 개미가 죽는다면 그게 중요한 일일까라는 의문도 품어본다. 누구에게 중요할까? 다른 개미들에게? 만일 나 자신이 우연히 죽는다면 그것은 중요한 일일까? 한 사람이나 두 사람에게는 중요한 일일 것 같다. 할머니와 할아버지? 엄마? 아빠? 동생들? 하지만 그게 중요하다고 할지라도 그리 오래 가지는 못할 것이다. 그들이 슬픔에 빠질 수도 있고 그의 삶과는 무관한 일까지 기억할 수도 있겠지만, 그의 죽음을 대하는 그들의 태도는 개미들의 경우와 비슷할 것이다. 개미들처럼, 그들은 변화된 세계를 받아들이고 다시 일상을 회복하여 예전과 같은 일상을 계속 살아갈 것이다.

그는 개미를 밟아 죽일 수도 있고, 무슨 일이 벌어졌는지 알 수도 있다. 하지만 고의가 아니었다고 해도 그가 무엇인가를 죽인다면 그것은 그에게 큰 문제가 될 것이다. 그는 개미를 죽이지 않을 테지만, 쪼그리고 앉아 왜 그렇게 하지 않는지 생각한다. 그가 생각하기에, 개미를 죽이는 행동은 개미들보다 자기 자신에게 더 심각한 영향을 끼칠 것 같다. 아마 다른 개미들은 그 개미가 죽었는지 알아차리지도 못할지도 모른다. 예전에 개미들이 햇빛을 받도록 알을 밖으로 가지고 나온 기억이 나는데, 만약 그가 어떤 개미 하나를 죽였다고 해도 개미들은 여느 때와 마찬가지로 알을 밖으로 가지고 나왔을 것이다. 하지만 개미를 죽인 것은 그에게는 큰 사건이 될 것이다. 그는 아무 이유도 없이 누군가에게 야박한 존재가 되기로 결정한 것이기 때문에, 상스럽고, 불쾌하고, 음울한 감정을 느낄 것이다. 자기가 마치 미친개가 된 것 같은 기분이 들 것이다. 왜 누군가는 다른 사람에게 야박한 존재가 되기로 작정할까? 그는 남자아이들이 단지 재미있다는 이유로 서로에게, 곤충에게, 벌레와 고양이에게 잔인한 짓을 하는 모습을 봐왔지만, 그 아이들이 왜 그런 행동을 했는지는 지금도 알지 못한다. 이 세상은 이미 충분히 잔인하건만 왜 그들은 이곳을 더 잔인한 곳으로 만드는 짓을 즐기는 것일까?

그는 개미들도 생각을 하는지 궁금하다. 만약 그렇다면 그들 모두가 동시에 같은 생각을 할까? 그들도 외로움을 느낄까? 만약 개미 하나를 무리에서 떼어내 마당의 다른 쪽에 놓아두면 그 개미는 제 무리로 돌아가는 길을 찾을까, 아니면 혼자 살게 될까? 개미 하나를 데리고 그런 실험을 해볼 수도 있을 것이다. 하지만 그렇게 하면 재미 삼아 다른 생명을 걸고 게임을 하는, 그가 더 이상 믿지 않는 신이 하는 짓거리를 한다는 기분이 들 것이다. 그는 '느림보'라고 불렀던 민달팽이 생각을 떠올리며 혹시 그가 느림보를 풀숲에서 데려와서 병 안에 넣었던 행동이 녀석의 삶에 해를 끼친 것은 아니었는지 걱정한다. 하지만 이내, 민달팽이는 가족과 함께 사는 습성이 그리 강하지 않은 녀석이라서 개미들이나 참새들처럼 무리 지어 함께 돌아다니지 않고, 오히려 고양이 쪽에 가까우므로 자기처럼 혼자 있는 것을 더 좋아할 것 같다고 상상한다. 하여튼 그는 처음 느림보를 발견한 곳에 다시 느림보를 풀어주었다. 느림보에게는 겨우 일주일간의 휴가였을 뿐이다.

그는 등을 벽돌에 기댄 채 햇빛을 받으며 계단에 앉아 자기가 개미와 닮은 면이 있는지를 생각해본다. 개미보다는 민달팽이와 고양이들이 하는 행동과 닮았다는 결론을 내리고는 곧바로 기분이 좋아진다. '맞아, 나는 그 아이들과 비슷해'라고 생각하며 까마귀 하나가 홀로 날아가고 있는 하늘을 바라본다. 그리고 자기가 제 무리에서 떨어져 나온 외로운 개미 같은 존재가 아니라는 생각에 기분이 또 좋아진다. 그는 확실히 무리 지어 사는 삶은 좋아하지 않는다. 어떤 사람들은 개와 비슷하게 다른 사람들과 어울리는 것을 좋아하고, 다른 어떤 사람들은 고양이처럼 혼자 있는 것을 좋아한다. 소년이 생각하기에는 둘 다 괜찮다.

몇몇 아이들에게 나타나는 자연스러운 습성은 생각이 깊으면서도 행동이 재빠르다는 것이다. 이런 습성은 자연이 힘이 약한 존재들에게 준 선물이다. 하지만 생각이 지나가고 나면 감정이 남는데, 이럴 때 그는 묘한 기분이 든다. 곧 다른 감정이 찾아와 이전의 감정을 대체하는데, 다른 감정이란 모든 것은 아무런 문제가 없을 것이다, 또는 최소한 재미있을 것이다, 아마 모든 것은 항상 아무런 문제가 없다, 어쩌면 문제가 있든 없든 그것은 그리 중요하지 않다 등이다. 그는 어깨 높이의 벽돌 담 사이부터 저쪽 끝에 있는 검은색 이중문까지 곧 차량들이 들어찰 빈 마당을 배회한다. 이중문을 열고 밖에 무엇이 있는지 살핀 다음 골목 뒷길로 나간다.

그 뒷길에서 놀고 있던 아이들이 놀이를 멈추고 돌아서서 갑자기 나타난 이 꼬마를 바라본다. 민소매 원피스를 입고 샌들을 신은 머리가 짧은 한 여자아이가 손잡이에 술 장식을 단 파란 자전거를 타고 그의 옆을 지나 부리나케 골목길을 달려간다. 여자아이와 간격을 유지하려는 두 남자아이가 황급히 그녀를 따라간다. 그보다 어려 보이는 여자아이 둘이 줄지어 늘어선 창고들 바깥쪽 자갈길 위에서 플라스틱 다기 세트를 가지고 놀고 있다. 둘은 안녕, 안녕 하며 그에게 인사를 건넨다. 부끄러워하면서도 그 역시 그 여자아이들에게 인사한다. 핑크색 안경을 쓴, 무릎이 꼬질꼬질한 가냘픈 몸매의 여자아이가 플라스틱 찻주전자에서 작고 더러운 노란색 찻잔을 향해 무언가를 따르는 시늉을 하지만 정작 나오는 것은 아무것도 없다. 그러고는 찻잔을 받침대 위에 올려 그에게 권한다. 책상 다리를 하고 더러운 자갈길 위에 앉은 그가 그 여자아이보다 더 몸집이 크고 훨씬 나이가 많은 다른 여자아이와 함께 놀이에 참여한다. 두 여자아이는 그와 비슷한 수준으로 가난하고 지저분해 보인다.

"너 돈 좀 있어?" 한 아이가 묻는다.

그는 고개를 가로젓는다.

"응, 괜찮아." 소녀가 대답한다. "내가 돈이 있거든. 가서 막대사탕 사 먹자."

두 여자아이는 새로 나타난 이 소년에게 동네를 구경시켜주고 여러 가지를 챙겨주고 싶어 하는 눈치이다. 두 여자아이보다 덩치가 더 큰 그는 둘의 제안에 약간 얼이 빠진 듯한 모습이다. 하지만 그들은 다기 세트와 엎어진 찻잔들을 그대로 두고는 자리에서 일어나 통성명을 하며 뒷길을 함께 걸어간다.

"여기 처음이니?"

"그렇다고 할 수 있지. 얼마 전에 이사 왔거든."

"어디에서 왔어?"

이후 그들은 어른들처럼 대화를 이어간다.

두 여자아이가 달리기 시작하자 그 역시 뒷길의 끝을 향해 달리기 시작한다. 그가 자전거를 타고 가는 여자아이를 앞지른다. 저 뒤에 처진 여자아이를 지금 다시 보니, 그 여자아이가 남자아이처럼 보인다. 그는 달리는 속도를 늦추고는 한창 자전거 페달을 밟고 있는 여자아이를 돌아보면서 짜 릿한 흥분을 느낀다. 좀 유치하기는 하지만 잠깐 동안 그는 자전거 타는 여자아이와 연인이 된 것 같은 기분이다.

두 여자아이와 소년이 어마어마한 크기의 파란색 미 닫이 나무 문에 도착한다. 김을 내뿜는 두 개의 반짝이는 무 쇠 가마솥에서 나오는 열이 밖으로 빠져 나가도록 나무 문은 항상 열려 있다. 흰 옷을 입고 머리에 쓰는 망과 장갑을 착용 한 남녀들이 긴 철제 탁자에서 한 조각이 450㎝ 정도 길이가 되도록 막대사탕을 굴리고 있고, 곧이어 커다란 가위로 막대 사탕을 더 작은 조각들로 자르고 있다. 뜨거운 설탕, 박하, 박 하사탕의 향이 사방에 퍼진다.

두 여자아이는 공장 안으로 직진한다. 그는 혹시 뭔 가 잘못하는 것은 아닐까 하는 염려로 잔뜩 긴장한 채, 8자를 그리며 작업하는 철제 팔이 달린, 옷장 크기의 기계를 지나 조심스럽게 그들을 따라 들어간다. 시키는 대로 일만 하는 힘 센 로봇 팔이 제 몸을 쭉 뻗어 열에 녹은 설탕 덩어리를 끌어 온다. 탁자의 맨 끝에서 낱개의 길이가 30㎝ 정도 되는 커다 란 분홍색 막대사탕 더미가 두 개의 철제 굴림대 위에서 회전 하고 있다. 한쪽에서 남자들이 이 뜨거운 막대사탕 더미를 돌 리고 잡아당겨 탁자 아래로 뽑아내면, 다른 한쪽에서는 여자들이 약간 식어서 조금 가늘어진 막대사탕 더미를 30㎝ 정도 크기로 자른다. 설탕 냄새와 박하 향이 달콤한 갓 나온 이 막대사탕들은 여전히 뜨겁다. 벽에 걸려 있는 갈색 판지에는 손으로 쓴 게시물이 붙어 있다. '한 개라도 빼돌리면 즉각 해고합니다.' 그는 '빼돌린다' 라는 말이 무슨 뜻인지 모르며, 그 말이 '즉각 해고'라는 말과 같은 말인지 궁금해한다. 하지만 그는 사실 '즉각 해고'라는 말도 무슨 뜻인지 모른다. 게시물 밑에 있는 탁자 위에 불량품이 담긴 흰색 막대사탕 종이봉투 열두세 개가 놓여 있다.

한 남자가 와서 묻는다. "꼬마 숙녀님들, 뭐 줄까요?"

"불량품 한 봉투 주세요." 돈이 있다고 말했던 그 여자아이가 말한다.

그 아이는 그 남자에게 2펜스짜리 동전 하나를 건넨다. 남자가 불량품 한 봉투를 깡통에 담아 아이에게 건넨다. 과일 맛이 나는 줄무늬 막대사탕, 핑크색 박하사탕, 갈색 줄무늬 박하사탕 등 다양한 맛을 섞어 주었고 그중의 몇 개는 아직도 온기가 있고 질기다.

"불량품은 막대사탕의 끝부분이 부러진 조각들이야."라고 그 아이가 소년에게 이야기한다. "그래서 모두 다 납작하게 으깨져 있지."

그가 박하사탕 하나를 집어 들며 속으로 말한다. '이건 나이아가라 폭포 같네.'

그들은 밖으로 나와서 현관문에 선다. 막대사탕을 씹어 먹으면서 한 남자가 투명한 빨간색 설탕 조각으로 글자를 만드는 광경을 지켜본다. 남자는 평평한 흰색 막대사탕 층 위에 비(B), 엘(L), 에이(A) 씨(C), 케이(K), 피(P), 오(O), (o)를, 그 옆에는 마지막으로 엘(L)을 만들어 올려놓는다. 글자의 안쪽과 주변에 있는 빈 공간이 흰색 사탕으로 채워지고, 다른 글자들도 더해지고, 맨 위에 흰 사탕 한층이 올려진 후 전체가 함께 돌돌 말려져서 마침내 블랙풀 막대사탕BLACK-POOL ROCK이라는 단어가 안쪽에 원형으로 완성된다.

여름 내내 소년이 만난 세계는, 책과 식물들이 있는 정원에서 혼자 지냈던 예전의 세계가 아니라 호텔 주인집 아이들, 서커스 연기자, 가수와 연예인, 막대사탕 공장, 여자아이들, 남자아이 같기도 하고 여자아이 같기도 한 어느 소년, 그리고 골목 여기저기서 축구를 하는 평범한 남자아이들로 가득한 뒷골목의 세계였다. 그는 이제 친구들이 많다. 자신이 예전에 느꼈던 행복과는 다른 맛의 행복을 즐기고 있다. 그 맛은 바로 달콤한 박하사탕 맛이다.

22

정원사

**관찰자,
영화 감상,
고슴도치들**

침대에 누운 채로, 페기가 말한다. "당신이 나보다 나이 든 사람이 아니었으면 좋겠어요. 사랑해요. 당신이 죽지 않으면 좋겠어요."

그녀를 위해 나는 다음과 같이 이어지는 이야기를 지어서 그녀에게 들려준다.

"결국 난 정말로 늙어서는 실명失明하게 될 거예요. 그리고 그때 난 쭈글탱이에다 조금은 쓰레기 같을 테니, 당신은 새 연인을 얻게 되겠죠. 그 사람 이름은 아마도 '폴Paul'일 것이고, 어느 화창한 날 당신은 내가 바지 찾는 걸 도와줄 거예요. 시력을 잃은 내가 바지를 볼 수는 없을 테니. 당신은 내가 그걸 입는 것도 도와주겠죠. 앙상한 한쪽 다리가 한쪽에 들어가도록 한번에 하나씩. 바지를 끌어 올리고 허리띠를 매는 것까지도. 그리고 당신은 어느 날 나를 해변으로 데려갑니다. 그런데 당신의 연인인 폴은 이미 그곳에서 우리를 기다리고 있을 것이고, 당신과 폴은 바위 뒤에 숨어서는, 해변가에서 비틀거리며 걷는 나를 보고는 비웃겠죠. '페기, 페기, 어디 있어, 내 사랑?'이라고 외치며 손을 뻗고 있는 나를 보며."

나는 침대에서 일어나 앉은 채로 눈을 감고는 앞쪽으로 손을 뻗으며, 우스꽝스러운 장님 흉내를 내본다.

"당신과 폴은 바위 뒤에 있다가 꼬마 아이처럼 웃으

며 이렇게 말할 거예요. '저 바보 늙은이 좀 봐, 헤엄치러 가는 꼴이라니.' 그러는 사이 내가 연체동물에 걸려 넘어지면, 둘은 더 심하게 깔깔대며 그 소리를 내가 듣지 못하게 입을 틀어막을 지경까지 되겠죠. 그때 나는 도와달라고 소리치겠죠. '도와줘, 페기, 거기 있는 거야?' 내가 울면서 엉금엉금 해변가를 기어가면, 당신은 나를 조금은 불쌍히 여기기 시작할 거예요. 나는 어디가 땅인지 분간할 수 없을 거예요. 그때쯤이면 귀까지 멀었을 테니까요. 당신과 폴은 바위 위에 서서 그런 나를 지켜보고 있고요. 당신들이 날 마지막으로 봤을 때, 난 손을 지느러미처럼 약간 퍼덕이면서 바다에 엎드려 누워 있는데, 당신은 연인인 폴에게 이렇게 말하죠. '저게 바로 그가 원했던 거야.'"

페기는 내 이야기를 들으며 웃고는 화장실로 달려간다. 어쨌든 나는 그녀보다 나이가 많지만, 그렇게 많은 건 아니다. 9살 연상, 그녀의 생일이 지난 후, 내 생일이 오기 전까지는 잠시 8살 연상, 그러고는 다시 9살 연상이겠지.

자리로 돌아온 그녀에게 나는 이렇게 말한다. "인생은 우스꽝스러워요. 인생은 한 편의 영화와도 같죠. 인생에는 어떤 의미도 없고, 인생은 다른 뭔가를 알려주는 신호나 단서도 아니에요. 그건 그저 우리 눈에 그렇게 보이는 것이 전부에요. 우리는 그 안으로 들어와서는, 그걸 감상하고, 그 일부가 되고, 그러고는 그걸 떠나서 다른 무언가의 일부가 되는 거죠. 아무도 영화를 보러 가서, 거기 가기 전에 자기가 무얼 했었는지를, 아니면 그 자리를 떠날 때 무엇을 할 작정이었는지를 생각하느라 시간을 쓰지는 않아요. 누구라도 그저 거기 앉아서 영화를 감상하고, 마치 그게 실재라도 되는 것처럼 영화의 모든 순간을 즐기고 흡수하겠죠. 인생도 그런 거 같아요." 내 말은 이렇게 이어진다. "인생은 때로 두렵기도 하고, 때로 재미있기도 해요. 때로 우리는 우리의 인생이 끝났으면 하고 바랄 때조차 있죠. 그러니 그 결말은 걱정하지 말아요. 때가 되면 자연 찾아올 테니. 그저 영화를 즐겨요! 슬픔도 있겠지만, 그건 우리가 사랑을 위해 지불하는 대가에요. 하지만 나중에, 때가 되면 우리는 그 모든 걸 감당할 수 있어요."

이 몸은 당신의 것이 아니다. 그건 자연의 것이다. 이 몸을 당신의 것이라고 부르는 이 정신은, 당신의 정신이 아니다. 그건 자연에 속하는 것이다. 이것 중 어느 것도 당신이거나 당신의 것이 아니다. 그 전부가 실은 자기를 표현하는 자연이다—자기의 경이로운 노래를 부르는 자연. 그러한 자연 이상의 어떤 것인 '당신'이란 존재하지 않는다. 자연은 당신을 들이쉬어 세상으로 보냈다가, 다시금 세상 밖으로 내쉰다. 당신은 그저 하나의 숨일 뿐이다. 자연 안의 모든 것들은 일어났다가, 이내 사그라진다. 그게 바로 당신이다.

마을 끝에 있는 이 자그마한 정원은 생물들로 가득 차 있다─썩어가는 통나무 더미에는 민달팽이와 쥐며느리, 딱정벌레와 곰팡이들이 살아 있고, 새들은 종일토록 이곳을 방문하고, 밤에는 고슴도치들이 찾아온다. 곤란한 일이 없는 한, 나는 야생동물에게 먹이를 주지 않고 있고, 앞으로도 그럴 것이다. 정원은 이들을 자연스럽게 먹이고 있고, 이들은 콘크리트와 데크와 깎인 잔디로 된 정원들과 메마른 도보 사이에서 어떻게든 이곳을 찾아낸다. 동물들은 우리의 욕망 때문에 고통받고 있다. 만일 내가 승합차를 운전한다면 나는 오염에 책임을 져야 하고, 잔디를 깎는다면 벌들에게 책임을 져야 하며, 장미향을 뿌린다면 새들에게 책임을 져야 하고, 비행기를 탄다면 다른 책임을 져야 할 것이다. 나는 자연의 한 표현일지 모르지만, 나는 몇 가지 선택지를 보유한다. 우리가 행하는 모든 사소한 일에도 결과가 뒤따르는 법이고, 그 결과들의 작은 흐름 전부가 수십 년간 내달리고 커져서는 엄청난 급류가 되는 법이다. 그렇기에 나는 깎지 않고, 뿌리지 않으며, 날지 않고, 가능한 한 적게 운전한다.

사람들은 음식을 내놓으며 새들이 (자기네) 정원에 오라고 부추기지만, 그 음식들은 그들이 자연에서 얻는 것만큼 다채롭지 않다. 그리하여 새들은 일하거나 사냥하거나 채집할 필요가 없어지고, 그에 따라 병약해지고 병에 걸리고 모여 싸움질을 한다. 새 모이통에서 생겨난 기생충인 트리코모노시스trichomonosis는 숱한 정원 새들을 살상해왔고, 그린핀치greenfinch* 개체 수를 절반으로 감소시켰다. 또한 우리는 씨앗과 과일, 벌레들로 가득한 들판과 산림지를 그들로부터 강탈해왔고, 그리하여 그들은 자기들의 생존에 필요한 것을 우리의 정원에서 찾고 있다. 우리는 우리의 욕망으로써 지구를 병들게 하고 있는 것이다.

여기서 1m나 2m 정도 떨어져 있는 장미꽃 속에 있는 녹색 파리를, 어린 참새들이 먹고 있다. 이 자그마한, 투명하다시피 한 생물 중 한 녀석이 내 맨팔에 착지해서, 그곳을 어슬렁대더니, 제 다리보다 2배나 두꺼울 내 창백한 팔의 털을 어렵게 헤쳐간다. 나는 길을 찾아내고 있는 이 녀석의 작은 무릎을 상상해본다. 이 녀석은 내게 무엇을 원하는 걸까?

* 그린핀치는 유라시아와 북 아프리카에서 서식하는 새로 되새과 방울새속에 속한다. 여기서 저자가 말하는 새는 유럽 그린핀치 또는 유럽 방울새를 뜻하는 것으로 보인다.

녀석은 내 수액을 마실 수도 없고, 나는 이 녀석의 어린 것을 먹일 수도 없다. 나는 녀석을 거의 느낄 수도 없고, 녀석은 나타나자마자 곧바로 사라진다. 장미꽃은 열려 활짝 피었고, 나는 내 삶과 이 세상을 사랑하고, 이 세상과 깊이 연결되어 있다고 느낀다—땅 위에 있는 먼지투성이의 내 맨발이야말로 뿌리들이다. 혼자라고 느낀다는 것은 불가능한 일이다.

23

코끼리들,
분칠을 한 말들, 몸통이 절반인 여인,
글래스고에서 온 사람들

소년은 지금 바닷가에 있다. 얼굴이 두 동강 날 것처럼 웃고 있는데, 숨이 막힐 듯한 경이와 사랑과 기쁨으로 가득 찬 모습이다. 해변에는 서커스 코끼리들이 연습을 하며, 놀고 있다. 그는 이제껏 코끼리를 한번도 본 적이 없다. 이 먼지투성이의 회색 짐승들을 관리하는 건 긴 막대기를 휘두르는 조련사들이다. 이들은 코끼리들의 관심을 끌기 위해 귀에 막대기를 걸기도 하고 그들의 방향을 바꾸기도 하는데, 마치 가죽으로 된 커다란 자동차를 운전하는 것 같다. 코끼리들은 파도 속에 앉아 있는데, 그들에게선 솔로 문질러 닦은 우리의 냄새가 난다. 이 녀석들은 코를 치켜들고는 웃으며, 이 시간을 즐기고 있다! 이들의 커다란 끈적끈적한 시선들은 소년을 향해 있고, 소년은 선 채로 이들을 바라보며 놀람을 금치 못하고 있다. 녀석들은 이 웃고 있는 소년과 해변의 시간을 함께하는 것이 너무도 신나고 기뻐 보인다. 녀석들의 주름진 무릎은 그의 할머니의 무릎과 스타킹을 떠올리게 한다. 할머니는 키가 컸고, '큰 뼈'라고 불렸었다. 그는 저 멀리에 있는 흰 서커스 말들도 바라본다. 녀석들은 무릎을 높이 세우고 머리는 뒤로 젖힌 채, 느리게 달리다가 우아한 동작으로 걷는다. 그러더니 이제는 물을 튀기며 목을 길게 숙인 채 물가를 달린다. 기수들이 녀석들로 하여금 물속에서 치솟게 하자, 녀석들의 옆구리가 젖고 밝게 웃는 기수들의 얼굴은 물 범벅이 된다.

게스트하우스에는 휴가객들에게 나눠주는 무료 서커스 티켓들이 있었다. 무료 티켓을 받은 이들은 각자 친구들을 데려오고, 그 친구들은 자기네들의 티켓 값을 지불한다는 가정에서 준비된 것들이었다. 하지만 늘 몇 장은 남아 있었고, 그 덕에 소년은 일년에 서너 번은 서커스 구경을 가서 매번 같은 쇼를 관람할 수 있었다. 갈 때마다 소년은 쇼가 어떻게 진행되는지 더 잘 알게 되었다.

밤이면 말들은 분칠을 해서 다시금 순백이 되곤 했다. 녀석들을 환하게 비춰주는 살아 있는 분필 같은 수정의 조명 아래에서, 녀석들을 탄 이들은 투투tutus*, 발레 신발, 살이 드러나는 의상을 착용한 호리호리한 소녀들이었다. 시퀸sequin**과 라인스톤rhinestone***이 소녀들의 흰색 의상 위에서 반짝이고 번뜩였다. 소년이 가까이 다가서 살펴보면, 그녀들의 살은 그저 벌거벗은 척만 하는 것이었다. 즉, 손목에서 발목, 목까지 그녀들의 팔과 다리는 두꺼운 신축성 있는 직물로 꽉 싸여 있었던 것이다. 등에 지퍼가 달린, 끈적끈적한 회반

---

* 발레용 스커트.
** 의복 등 장식에 쓰이는 작은 원형 금속.
*** 바위의 수정이나 유리, 페이스트로 만든 모조 다이아몬드.

죽 질감의, 플라스틱 인형 색깔 옷이었다. 그들은 실은 어린 이처럼 보이는 여인들이었다. 겹친 머리카락 아래, 가만히 웃는 그 얼굴에는 두껍게 칠해진 미소가 있었고, 아래쪽에 집중하는 그녀들의 중노동을 그것이 은폐하고 있었다. 이들의 업무는, 서커스가 쉽고 재미나게 보이게 하는 것이었다. 여자들은 기운 넘치게 말들의 등에 올라서서 "홍! 홍! 홍!" 하고 외치며 링 쪽으로 질주했는데, 그 사이 남자들은 그 등에 분필 가루가 묻은 우레 같은 말들의 머리 위쪽으로 굴렁쇠를 높이 들어서는 여자들이 거기를 점프해서 통과한 후 안전히 착지하게 했다.

　　　무료 티켓으로 입장한 그는 저렴한 좌석에 앉아, 공연자들이 등장하고 소품들이 준비되는 곳인 터널 같은 어둠 속을 들여다본다. 링 속을 장난스럽게 오가던 광대들은 조명을 벗어날 때면 근육이 노곤한 노동자들이 된다. 말들의 머리를 빗고 분칠을 하고, 코끼리들이 설 수 있는 강철 플랫폼과 점프하는 여자들을 위한 링 위의 굴렁쇠를 정리하는 것이다. 어둠 속에서 곡예사들에게 곤봉들을 던지기도 하는데, 그 곤봉들은 막 톱밥이 깔린 링 위 스포트라이트 속으로 광휘처럼 회전하며 들어간다. 혼란과 재미는 사전에 준비될 뿐만 아니라 고된 노동과 연습으로 아귀가 딱딱 맞게 기획된다.

그는 지치지 않고 마술사를 응시한다. 환상을 만들어내는 이 마술사는 처음에는 일종의 경이로 보이지만, 이내 천과 빠른 손놀림을, 그리고 어둠을 반사하는 거울 뒤에 웅크린 하얀 토끼들이 담긴 검은색 상자를 조종하는 교활한 기술자로 밝혀진다. 톱으로 몸통이 절반이 잘린, 야회복을 입은 금발의 여인은 실은 외모가 똑같은 두 여인이다. 사실 이 둘은 똑같이 생긴 두 사람으로 이제는 빨간 머리를 하고서는, 뾰족한 손가락과 발가락을 으스대며 몸을 쭉 펴는데, 모든 근육과 관절과 뼈를 완벽하게 제어하고 있다. 이들은 굴곡이 있는 뱀 같은 복장을 하고 있고, 술에 취한 척 비틀거리며 조명 밖으로 퇴장하는 광대가 링 쪽으로 들고 들어온 여행 가방 역시 비슷한 분위기이다. 소년은 이 이야기가 궁금하다. 대체 어떤 부류의 남자가 아마도 펍이나 파티장에서 저녁을 보낸 후 밤새 길거리를 방황했는지가, 뱀이 가득 든 여행 가방을 들고 있다가 그들의 존재를 잊게 되었는지가. 무대 위를 구르는 키가 작은 사람들은 화가 나 보이고, 공기처럼 가벼운 소녀들은 근육질의 여인들이며, 곡예사들은 거친 데다 공격적이고, 미소는 고된 노동과 고통을 가리는 가면이다.

"전부 쇼에요. 모든 게 쇼일 뿐이라니까요." 소년이 엄마에게 말한다.

"사랑하는 아들, 나도 안단다." 엄마의 대답이다.

"세계 전체가 쇼 비즈니스에요. 실제로 무슨 일이 일어나고 있는지로부터 주의를 딴 데로 돌리고, 오로지 재미만을 원하는 사람들에게서 돈을 갈취하기 위해 고안된 쇼 비즈니스요."

"맞아, 나도 안단다." 엄마는 이 해안지역에서, 자신이 하는 일을 좋아하는 낯선 이들을 위해 요리하며 지내는 편이 더 행복해 보였다. 소매 끝과 앞치마는 깨끗했고 머리를 묶은 엄마는 감사의 마음으로 빛이 났다.

"저들이 원하는 건 그저 당신들의 돈이라고요." 그가 비치 빌라의 손님들에게 말했다.

"우리도 이미 알고 있어." 그들은 한결같이 말했다. "그리고 우리는 여기에 그 돈을 쓰러 온 사람들이지!" 그들은 웃었다.

그는 이곳의 일들이 천박하다고 생각했고, 실제로 무슨 일이 일어나고 있는지 알아내는 데 자기가 능숙하다고 여겼다. 하지만 그들은 자기들이 속고 있다는 걸 알고 있던 데다 신이 나 있었고, 심지어는 그 속임수에 기쁜 마음으로 돈을 내고 있었다. 그들이 원한 건 황홀한 자극이었다. 그들이 원한 건 한눈팔기였다—그들은 그것이 진짜가 아니라는 것을 알고 있었고, 알면 더 불행할 진실을 원하지 않았다. 바로 그것이 그들이 여기에 온 이유였다. 이것은 쇼 비즈니스였다. 공연자와 관객은 함께 이 속임 속에 있었다.

휴가객들은 쇼의 야단법석, 빙고를 외쳐대는 손님들, 네온사인이 빛나는 오락거리, 술잔치, 태양, 해변, 신선한 바다 공기 그리고 새로운 관계의 향기에 이끌렸다. 처음엔, 이들이 온 곳은 스코틀랜드였다. 기차를 타고 왔고, 일요일이면 꺼낼 옷과 모자를 착용하고는, 여행 가방을 든 채 마을을 걸어 다니며 흥밋거리를 찾고 있었다.

"비치 빌라 예약하셨나요?"

"아뇨, 우린 옆집, 더 파인스에 묵어요!"

글래스고에서 온 사람들이 2주 후에 떠나자, 요크셔에서 온 사람들이 전세버스 여러 대를 타고 와 보행로에 주차했다. 그 뒤를 이어 맨체스터, 프레스턴, 올드햄과 볼튼에서 사람들이 찾아왔다. 그렇게 2주 간격으로 마을은 한 억양에서 또 다른 억양으로 이어지는 억양의 물결의 세례를 받았고, 쇼들은 매번 리셋되어 다시 시작되곤 했다. 북부의 면화와 양모 공장, 직물 공장과 제철소가 휴일을 맞아 문을 닫으면서, 마을 자체가 끊임없이 변화해갔다. 북부의 문화를 흡수하며, 휴가객들이 원하는 곳으로 변신해갔다. 이 북부 노동자들은 동료, 가족, 친구들과 함께 기차나 전세버스를 타고 해변으로 탈출했다. 신선한 공기를 마시고 머리를 식히기 위해서였다. 이들은 매일 아침 시끌벅적하게 우리 집을 나서곤 했는데, 어디에서 왔느냐에 따라 조금씩 달랐지만, 계란, 베이컨, 소시지, 블랙 푸딩, 토스트와 마멀레이드, 콘플레이크나 죽을 먹은 후였다. 전부 평소와는 달리 남이 차려준 음식들이었다. 이것들은 이들이 엄청난 양의 차를 마시고 떠난 후, 그릇들과 함께 세척되었다.

최고의 휴가용 의상을 입은 그들은 우리 마을을 일종의 무대로 취급했는데, 이 무대에서 그들은 역시 쭉 빼입은 여자나 남자를 유혹하기 위해 연기했다. 그들은 잠시 다른 사람이 되기 위해 여기에 온 이들이었다―놀기 위해서 온 그들은 놀았고, 즐겼고, 그러고는 떠났다. 이 모든 오고 감과 신바람이 난 사람들과 영원한 휴일의 분위기를, 색채와 황홀한 자극의 세례를 받은 새로운 친구 찾기를, 소년은 즐겼다. 하지만 뭔가 혼란스럽다―그걸 직시해보면, 그는 시무룩해져서는 진짜가 아닌 것은 어쩐지 그릇된 것이라고 생각한다. 사람들의 얼굴에 나타난 행복은 충분히 진짜지만, 그들을 행복하게 하는 것들은 가짜고, 경박하고, 피상적인 것들이다. 소년은 판단력을 조금은 갖추었지만, 어리다. 그는 여전히 의미를 찾고 있고, 아직 사랑을 찾아내지는 못했다.

24

물망초,
선승,
색과 향

정원이 술렁이고 있다. 나는 산마늘을 넣고 수프를 끓인다. 저녁에 고슴도치 하나가 찾아와서는 통나무 더미 옆에 있는 폐기물 속을 부스럭대며 더듬는다. 그곳에 보금자리를 마련한 민달팽이들과 쥐며느리들을 찾으려는 수작이다. 통나무들을 다시 배치해서 틈을 만들어주었다. 녀석들이 잎을 채우고 겨울을 날지도 모를 통나무 사이의 틈이다. 울산사나무의 흰 봄꽃은 사라졌고, 그 자리에는 겨울 새들을 위해 녹색 씨방들이 부풀어 오르고 있다. 이 새들은 이들의 치명적인 가시 뒤라는 피난처에서, 이곳에 사는 고양이들을 피할 것이다.

지금은 잡초가 자랄 수 있는 생지가 별로 없고, 그렇기에 나는 공격적이지 않은 한 그것들을 그저 내버려둔다. 정원의 질감을 위해서 그렇게 한다. 환한 푸른색 꽃을 지닌 물망초, 지구에서 두 번째로 흔한 꽃식물인 냉이가 이곳에 제 발로 찾아들었다. 이들은 자기들이 원하는 곳이라면 어디든 퍼질 수 있는 녀석들이다. 나는 떨어진 잎과 꽃들은 전부 이 땅에 남겨 두지만, 가지치기한 것들은 정원 뒤쪽에 버린다. 그곳 통나무 옆에서, 곰팡이, 쥐며느리, 민달팽이, 벌레들이 그것들을 다시금 흙으로 되돌려놓을 것이다. 내가 하고 싶은 건, 우주가 하나의 예술작품을 만드는 동안 노는 것이 전부다. 선승禪僧들은 식별 가능한 그 어떤 패턴도 빚어내지 않는 먹의 점을 한 장의 종이 위에 찍으려고 하면서, 자아를 방생放生하는 수행을 하곤 했다—초점은, 마음을 통제하거나 기획하지 않는 것, 자연스럽게 흐르는 상태가 되는 것이다. 이것은 지극히 어려운 일이지만, 벚나무는 제 꽃을 떨구고 라일락 역시 제 잎을 떨군다—이들은 손쉽게 그렇게 하고, 나는 그 어떤 패턴도 알아볼 수 없다.

나는 매일, 매 순간 나 자신을 내려놓는 여러 방법을 찾는다. 정원 가꾸기, 걷기, 요리하기, 신발 닦기, 종이에 점 찍기. 그렇게 자아가 사라지면, 바로 거기에서 고요하고 끝없는 지복의 바다가 펼쳐진다. 이것을 사랑이라고 불러도 되고, 원한다면 신God이라고 불러도 되지만, 다 같은 것이다.

나는 화가로서 훈련을 받았고, 수년간에 걸쳐 예술에, 예술가의 삶에 침잠했다. 나는 무게와 균형, 색채, 조화와 선, 빛과 그늘을 가지고 놀았다. 나는 여전히 나 자신을 정원사나 작가보다는 화가로 생각한다. 꽃들, 나무들과 함께하는 화가, 낱말과 함께하는 화가—이건 모두 같은 말이다. 그저 정말로 응시하는 것뿐이다. 집중하기 말이다. 그림 그리기는 정원 가꾸기이고, 글쓰기는 정원 가꾸기이다. 아침에 옷 입는 것도, 넥타이 매는 것도 정원 가꾸기이다. 차를 준비하고, 수

엽을 다듬고, 꽃병에 꽃을 꽂고, 불 지피려고 장작 패는 일도 정원 가꾸기이다─이 모든 것이, 자아가 사라지게 하는 놀이이다. 촉각, 후각, 기억, 미각을 활용해서 마음이 이러저러한 상태에 이르게 하는 무언가를 창조하는 일 또는 모종의 상호작용interplay. 질감을 위해 덤불 아래에 뭔가를 숨겨 놓기, 그것의 구조와 내면과 여정을, 약간의 어두움이나 밝음이나 색을 빚어내는 창조하는 자만이 아는 그 밑그림 아래에. 창조하는 자는 환상과 진실을 뒤섞으며, 사람들과 자기 자신의 즐거움을 위해 그들이 찾아내도록 저것 안에 이것을 숨겨 놓으면서 그렇게 한다.

지금 내가 글을 쓰고 있는 이 책상 위에는 장미들이 있다. 나는 노란 장미를 사랑하는 페기를 위해 이들을 길렀다. 이 장미들의 향기가 방을 채우고 있지만, 내 주위에서 가장 짙다. 나는 문장들 중간에서 잠시 멈춘 채 깊이 숨을 들이쉬고 나서, 장미 향의 구름에 휩싸여 글쓰기를 이어간다. 떨어지는 이 꽃잎들의 향기와 이들 뒤에 늘어서 있는 고서들의 향기가 섞이며 뭔가 독특한 것을 빚어낸다. 오! 독서를 멈추고 이 향을 맡아보시길! 당신이 읽고 있는 그 책을 들고 지금 당장 그 지면의 향기를 맡고 무엇이 숨어 있는지를 찾아보시길—새 책에서 나는 마지팬marzipan*과 프랑지판frangipane**, 바닐라의 향을, 당신의 숨, 그 수분에서 방출되는 아이스크림, 무른 나무 조각의 향을. 사랑하는 이가 되시길!

　　　생각의 양은 줄이고, 감각은 높이고, 자아를 놓아버리시길—붓 하나, 잉크 한 병을 집어 들거나, 당신이 들을 수 있는 가장 멀리 있는 소리를 찾아서 그게 뭔지 알아보시길. 아니면 공기를 들이쉬고 가능한 최대한 다양한 향을 식별해보시길. 잠깐, 내가 이 공기를 들이쉬고 냄새 맡는 동안만 실례할게요…이건 뭐지? 어디 먼 곳에서 설탕 끓이는 냄새일까, 강렬하고 달콤한? 내 곁에 있는, 약간 녹슨 철제 찻주전자 안의 차의 향, 또 뭐가 있을까?…양털, 내 몸과 옷에서 배어 나오는 따뜻한 양털의 냄새, 그리고 열린 뒷문 쪽에서 위층까지 올라오는 라일락의 향…그리고 내가 처음 설탕이라고 생각했던 그 달콤한 향은 내 넥타이에서 나는 샌달우드 향이로군. 몇 주 전, 페기와 쇼핑갔을 때 마을의 겔랑Guerlain*** 카운터에서 한 여자가 먹살 잡듯 잡았던 바로 그 넥타이에서. 지금 나

---

* 　아몬드 가루와 설탕이나 꿀, 달걀 흰자 등을 섞어 만드는 과자.
** 　아몬드 가루, 버터, 설탕, 달걀 등을 주성분으로 해서 만드는 케이크. 프랑스어 발음으로 프랑지판이지만 이탈리아어로는 프란지파네라고 읽는다.
*** 화장품 브랜드. 여기서는 겔랑 브랜드의 화장품숍을 뜻한다.

는 향에 관한 뭔가를 키워보고 있다. 나는 내 뜨개질한 넥타이를 코에 대고는 유향과 샌들우드의 과일 향, 나무 향이라고 짐작해본다, 그런데…이건 제라늄 향일까?

　　　자기를 놓아버렸다가 다시 자기로 돌아올 때, 우리는 우리 자신이 탈바꿈했음을 알게 된다―가장 큰 탈바꿈은, 우리가 우리 자신이라고 인지하는 것이 환상에 불과하다는 사실을 알게 된다는 것이다. 우리는 이 육질의 신체와 고통보다, 우리가 점유하는 일상적인 정신보다 훨씬 더 큰 존재들이다. 그 작은 '자아'를 놓아버리는 시간에 우리는 곧 존재하는 만물이자 만인이다.

겨울,
영광의 손,
집시 로즈 리는 떠나고, 녹

소년은 바다를 찾아가 걷고 있다. 해안선을 따라 걸으며 해초, 게, 조개껍데기, 그리고 낚시 부유물과 나일론 밧줄과 그물의 매듭들을 훑어본다. 그러면서 그는 그 자신이, 그를 통제해도 되고 그로부터 이득을 얻어도 된다고 여기는, 조개껍데기 안에 숨은 사람들이나 가족이 아니라, 짠 파도와 바람과 모래와 이들의 모든 흐름에 속해 있다고 느낀다. 그는 이런 느낌이 흘러가도록 놓아두고, 그 느낌의 모호함과 경이로움에 자신을 내맡긴다―당혹스럽지만 저항하지 못한 채, 계획이나 생각 없이, 자기도 모르게, 직감적으로. 순간, 일종의 반응으로 그는 무릎을 꿇는다. 그러고는 눕는다. 모래 위에 엎드려서는 팔을 움직여 해변 안쪽으로, 최대한 깊이 나아간다. 그러더니 팔을 제 가슴에 안고는, 생각을 멈춘 채 조용히 속삭인다―'사랑해.'

그는 이해하려고 노력해보지만, 반짝이는 빛과 광택으로 실재하는 세계를 감춘 채 누군가를 가장하며 사는 삶을 어떻게 선택할 수 있는 건지 알 길이 없다. 대체 어떻게 그게 좋은 삶이 될 수 있을까?―자연과 그 실재로부터 분리된 삶이라니? 그는 자기 자신이 이 사람들의 세계인 이곳에 있어서는 안 될 것처럼 느껴진다. 어쩐지 자기 자신이 온통 잘못된 것처럼. 때때로 그는 운다. 사람들을 피하고, 눈 마주침을 피하면서, 홀로 몇 킬로미터를 걷는다. 집에서 보행로까지, 그러고는 북쪽으로 걷다가 끝에 도달해서는 다시 남쪽으로 걷다가 그 끝까지 걸은 다음엔 집으로 돌아오는 것이다. 이 세상에서 난 무엇을 해야 하는 걸까, 왜 난 여기에 있는 걸까?—그는 궁금하다.

겨울이 와서 바다가 요동친다. 휴가객들은 자기들의 직무로 복귀한다. 청쾌한 공기와 바람이 기이하게 텅 빈 마을을 지나가고, 보행로의 조명들이 꺼진다. 빙고 부스와 관광객용 숍들은 문을 닫았고, 부두의 교각은 제 철문을 잠궜다. 번쩍이는 불빛과 짧고 날카로운 음악 소리와 확성기에서 나오던 말들—"오세요, 오세요, 와서 보세요…물탱크 안에서 헤엄치는 살아 있는 인어를…손톱을 제 얼굴에 박아넣는, 무서운 문신을 한 사내를… 피클 항아리에 웅크리고 있는 머리 둘 달린 염소를…불타는 손가락이 달린, 잘린 영광의 손을"이라는 녹음된 초대의 음성도 멈췄다. 그리고 슬롯머신의 짤랑거리는 종소리는 체인이 달린 셔터, 목재로 된 덧문, 모래주머니에 밧줄로 묶인 펄럭이는 천 뒤에서 어둠과 고요에 묻힌다.

시퀸으로 장식된 집시 로즈 리의 오두막들은 문에 단단히 고정된 나무판자들을 색칠했다. 수십 년 전 유명인사들을 위해 손금이나 타로 카드나 수정구슬을 읽었던 여러 다른 로즈들의 빛바랜 사진들을 가린 것이다. 담배와 탄산음료 등을 파는 몇몇 작은 가게들은 문을 아직 닫지 않았다. 접이식 우비와 레인 후드, 당신이 한쪽으로 눕히면 옷을 열고 젖가슴을 보여주는 그런 여자들의 사진이 박힌 볼펜과 펜칼을, 날씨 좋은 날이면 주말에 차를 타고 몰려오는 당일치기 여행객들에게 파는 가게들. 그러나 그 밖의 모든 것은 문을 닫았고, 떠났으며, 촌스럽고 밝고 값싸게 재미있던 것들은 이제 자기들의 부서지기 쉬운 표면 광택을 드러내고 있다.

그 광택 아래에 손상의 세계가 펼쳐져 있었다. 그 아래쪽은 어둡고 실제적이었다. 주름진 녹색 방수포와 쪼개진 나무, 젖은 모래와 회색의 요동치는 바다와 혼합된 해변의 갈라진 페인트 같은, 길게 뻗은 자연의 색과 질감이 거기 있었다. 그것은 실재였다. 그는 그것이 전부 실재임을 보았다. 모든 생생한 것들이 기쁨으로 설계된 무해한 재미, 오락, 광택, 스릴이었다. 현실의 무서움을 감추고, 세상을 안전하게 느끼게 하고, 우리를 폭력으로부터 보호하기 위해 설계된. 그것 모두는 우리가 안전하다고 느끼도록 우리가 우리 주변에 짓는 모종의 아늑한 둥지였다.

어둠이 오후 5시에 찾아왔고, 그는 멀리 있는 어선들

의 불빛과 은하수를 볼 수 있는 텅 빈 산책로를 걷는다. 폭풍이 다가오면 수 톤에 이르는 모래와 돌들이 도로 안쪽으로 밀려들고, 낡고 녹슨 굴착기와 트럭들이 숨어 있던 자리에서 덜컹댄다. 폭풍이 지나가면 이것들은 전부 해변으로 다시금 돌아간다. 그리고 거대한 강철 갈퀴를 지닌 트랙터들이 휴가객들이 돌아오기 전에 이것들을 매끄럽게 한다. 금속으로 된 것은 죄 녹슬어 있다. 짠 맛 나는 공기는 어떤 두께의 페인트든 씹어 먹는다―아주 작은 흠집도 소금의 유입을 허용하고 금속 표면을 녹슬게 할 것이다. 페인트에 거품이 나기 시작할 것이고, 결국 물집처럼 터져서는 밝은 붉은색의 녹슨 딱지를 남기게 될 것이다. 이듬해 봄이면 그 자리에 새 페인트가 칠해질 것이고, 매년 겹겹이 덧칠될 것이다. 방조제 위 철제 난간들에는, 결국 썩어서 터지고 만 참나무 고목의 가지들처럼 물집들이 혹처럼 나 있다―뜯겨 열린 이것들은 누구라도 벨 수 있을 위험한 철제 칼날이 되었다. 고글과 가스 토치를 든 남자들은 이것들을 잘라낸 후 빛이 나는 새 파이프로 교체하고서는 거기에 녹색 칠을 할 것인데, 그러면 잠시간 그것은 너무나 새롭고 매끄럽고 어색해 보일 것이다. 자연이 그이의 이로 그것을 씹고 비틀어 떼어낼 때까지는.

그는 두꺼운 옷에 싸여 있을 때 가장 행복하다. 고독

에 싸여 있을 때. 양털 점퍼, 무거운 신발, 양털 바지, 스카프와 방수 코트를 입고 있을 때. 그는 홀로 빗속을 걸으며, 빗방울이 고요한 바닷속으로 입수하거나 전차 선로 위에서 반짝이고 빛을 머금은 방울을 떨어뜨리는 모습을 관찰한다. 쉬익 또는 풍덩 같은 소리를 듣고, 신발과 길 사이에서 스치는 미끄러운 모래를 느끼고, 그것이 미끄러지고 바삭거리는 것을 듣고 느낀다. 그는 자기가 바다만큼이나 견고하다고, 이것은 실재라고 느낀다. 녹이 슨 이곳의 일부만큼이나. 해안에 떠밀려온 쪼개진 색채의 어선들, 매듭이 있는 비린내 나는 밧줄만큼이나, 갈매기, 조개껍데기, 바위만큼이나. 왜냐하면…그는 고요하고 자기 주변의 세계가 노래하는 소리를 듣기 때문이다. 그는 수킬로미터를 걸으며 세계의 노래를 느끼고, 자기의 정원과 책을, 그것들을 잃어버렸음을 기억한다. 그리고 괜찮다고 생각한다.

게스트하우스는 가족들이 겨울을 견딜 만큼 충분한 돈을 벌지 못한 상태여서, 휴가객들이 떠난 후 그의 아빠는 일자리를 구해야 했다. 아빠는 어느 겨울에는 운전기사였고, 그 다음 겨울에는 어느 백화점에서 '산타할아버지의 휴가 Father Christmas'를 연주했는데, 소년이 보기엔 아이러니한 사

건이었다. 소년의 엄마는 점점 더 병이 깊어지고 있다. 미친
개는 점점 더 화를 잘 낸다. 또다시, 돈이 없다. 그들은 노력
했고, 노력했고, 또 노력했고, 둘 다 직장에서, 쥐꼬리만한 자
본으로 시작한 실패한 사업장에서 자기들의 수명을 해칠 만
큼 일했다. 집세는 비쌌고, 게스트하우스 등급은 '경쟁력 있
는' 레벨이었고, 식료품과 가스 가격은 오르고 있었다. 한번은
소년이 화장실 문을 열고는 그 안에서 미친개를 발견한 적도
있었다. 그는 안에서 담배를 피우며 가슴 찢어지게 울고 있었
다. 둘은 멀뚱멀뚱 서로 쳐다보기만 했고, 소년은 문을 닫고
사라졌다.

　　　네 번의 여름이 지나간 후, 그들은 다시 집을 옮겼
다. 소년은 거리의 아이들에게 작별 인사를 하지 못했다. 그
아이들은 겨울에는 밖에 나오지 않고 서로의 집에 가본 적
도 없기 때문이다―그들은 언제나 부모의 그늘 아래에 있었
다. 해변에서도, 거리나 골목길에서도. 어떤 아이들은 부유
했고 부모가 소유한 호텔에서 살았는데, 겨울이면 그들은 따
뜻한 곳에서 한 철을 보내러 떠났다. 하지만 대부분은 가난했
고 세 들어 살았다. 그리고 그들은, 그처럼 왔다가 사라지기
쉬운 이들이었다. 가족들이 떠나기 전, 그는 마지막으로 한
번 더 보러 나갔다. 보행로를, 바다를, 산들바람과 햇빛 속에

서 반짝이는, 광택이 나고 시퀸으로 장식된 아치가 있는 부두를. 그는 다시는 이 바닷가 마을을 볼 수 없을 거라고 상상하지만, 그렇지 않다─그는 돌아와서 부두 아래에서 하루나 이틀 밤을 지새우고, 어둠 속에서 해파리가 산란하는 것을 지켜보기도 하고, 가슴을 드러낸 여자들 사진이 박힌 볼펜과 접이식 우비를 선적하는 창고에서 한동안 일하게 된다.

실낙원

정원에 앉아 책을 읽고 있는데, 뒷문에서 페기가 이렇게 외친다—"지금 시내에 가요, 뭐 필요한 거 있어요?"

잠시 곰곰이 생각해보지만, 원하는 것이 하나도 떠오르지 않는다.

"생각 중?" 그녀가 말한다. 내가 세계 평화, 두카티 Ducati 오토바이, 근사한 조각 파이, 집시 캐러밴과 말(馬)을 떠올리고 있을 때 말이다.

"됐어요, 여보. 좀 있다 봐요." 나의 대답이다.

"좀 있다 봐요, 자기." 이렇게 말하고 그녀는 안으로 들어가 문을 닫는다. 문이 잠기는 소리가 들린다. 딸깍. 이런, 갇혔네! 나는 뛰어올라 (요즘 뛰어오를 수 있는 만큼 뛰어올라) 페기를 부르러 문 쪽으로 달려간다. 하지만 문에 도착하니 쾅소리를 내며 정문이 닫히는 게 창문으로 보인다. 내 폰은 부엌 테이블 위, 내 머그컵 옆에 있다. 내가 180㎝가 넘는 길이의 울타리를 뛰어넘고 옆집 정원으로 들어가 거기 있는 대나무를 지나 그 집의 높은 울타리도 뛰어넘을 수 있을까? 어림없는 소리!

내 이웃들은 열쇠를 가지고 있지만 둘 다 지금은 외출 중이고, 따라서 내가 지금 할 수 있는 건 기다리는 것뿐이다. 나는 계속 책을 읽는다. 지면 위에서 빗방울 몇 점이 튀는 것을 알아챌 때까지. 지나가는 비겠지, 이렇게 생각하고는 의자를 작은 헛간으로 옮긴다. 그 사이, 커다란 먹구름이 굴러가고, 하늘은 어두워지고, 땅은 그늘과 고요에 잠기고 있다. 빗방울의 타격을 받은 고사리는 튀어 오르기 시작한다. 그리고 나는 빗방울이 커다란 하트 모양의 라일락 잎들을 때리고, 물통에 튀어 철썩 대는 소리를 듣는다. 나는 각각의 빗방울이 사물을 때리는 소리를 들을 수 있다. 철썩 소리는 점점 더 빨라져서는 철벅 철벅 소리가 되더니, 이윽고 쉿쉿 하는 백색 소음이 되고, 급기야는 부서지는 파도의 굉음이 된다. 순차적으로.

　　"만물은 변하기 마련이야." 내 작은 헛간의 문간에 서서 하늘을 응시하며, 그 어디에도 푸른빛이 없음을 알아채며 나는 나 자신에게 이렇게 말해본다. 나는 이 헛간이 수년 전의 바로 그 섬이던 헛간과 같은 장소라고 확신하지만, 내가 어렸을 때 이곳은 지금보다 더 넓어 보였다. '비는 와서는, 이윽고 지나가기 마련'이라고 나는 생각한다. 자주 해보는 생각이다. '그리고 비는 또다시 와서 잠시 머물고는 나를 끝까지 젖게 하지. 난 비를 좋아해.' 생각은 이어진다. '너도 비를 좋아하지, 안 그래, 마크—넌 비를 지독히 사랑해. 넌 네가 비를 얼마나 사랑하는지 계속해서 이야기하지.' 문득 춥고 눅눅

하고 비참한 느낌이 들어 헛간 안으로 들어가 의자에 앉는다. 그리고 창문 너머 비를 바라보며 기다린다.

지난 35년간 난 이 집에서 살았다. 그건 일종의 모험이었다. 우리는 완전히 새로운 '자아'인 상태로 최고의 모험을 빠져나온다. 그리고 이 모험은 최고에 속하는 모험이었다. 내 아이들은 자기네 집을 마련하기 위해 떠나기 전까지 집을 옮기지 않았고, 난 우리 가족을 위한 집을 만들고 싶었다. 우리가 머물 어떤 장소를, 그리하여 그 녀석들이 오래도록 지속될 우정을 발전시키고 몇 년에 한번씩 임의로 중단되는 일 없이 계속 교육 받을 수 있는 기회를 줄, 그들이 필요할 경우 언제든 돌아올 수 있는 집을. 그렇게 하여 우리는 녀석들이 꼬맹이였을 때부터 줄곧 여기에 있었고 지금도 여기에 있다. 이 집은, 작은 묘목이었을 때 내가 심었던, 정문 밖의 벚나무가 있는 높고 작은 집이다. 페기는 꼭대기 층 창가에 앉아 글을 쓰고, 나는 정원에서 작업한다. 나는 정원을 가꾸고 며칠 내내 산행을 하면서 내 방랑벽을 해소했었지만, 이제 녀석들은 사라져 없고, 나는 내게 또 다른 모험이 필요하다고 느낀다—이것이 바로 내 집시 혈통이다. 내 아이들의 집시 혈통은 나에 비하면 훨씬 약하다. 짐을 꾸리고 어딘가로 향할 시간이 곧 다가오고 있고, 그걸 나는 이 공기 속에서 직감한다.

아빠가 되는 일은 계획에는 전혀 없던 사건이었다. 난 내가 몹시 가난한 아빠가 될 거라고 생각했고, 좋은 아빠가 어떤 모습인지도 알지 못했다. 때로 난 거울 속에서 내 아빠의 얼굴을 보고는 아빠처럼 되지는 않을까 걱정하곤 했다. 내 생각으로는 그 역시 그의 아빠를 닮았으니까. 하지만 그들은 군인이었고, 나는 전혀 아니었다. 그들은 전쟁이 끝날 무렵에 태어난 권위주의자들이었다. 권력 구조와 지휘 체계를 신뢰했고, 자기들이 있을 자리가 그 안이라고 여겼던 사람들이다. 난 과다한 규칙이나 규정은 신뢰하지 않는데, 바로 그런 점이 내가 부모가 되는 데 어떤 면에서는 도움을 주었을 수도, 다른 면에서는 문제가 되었을 수도 있다고 생각한다. 난 어떻게 훈육해야 하는지 몰랐고, 심지어는 내가 훈육을 해야 하는 건지조차 몰랐다. 난 그저 내가 나아가는 대로 해냈을 뿐이다. 때로 나는 틀리게 행동했고, 녀석들은 끝내 울음을 터뜨렸고, 나도 끝내 울음을 터뜨렸고, 우리 모두는 끝내 함께 울었다. 난 아빠가 우는 모습은 한번밖에 보지 못했다. 나는 갑자기 울음을 터뜨리는 편이다. 우리는 많이 웃었고, 캠핑을 갔고, 예술적인 것들을 했다. 우리는 찢어지게 가난했지만, 우리에게는 가난한 이들의 음식이 있었다. 녀석들은 이제 어른이 되었지만, 이 정원에서 함께 뛰어놀던, 같이 학교에 다닌 친구들은 여전히 녀석들의 친구들이다. 그때 그들에게 이 정원은 놀이터였고, 캠핑장이자 바비큐 파티 장소, 연회장, 자연 산책로였으며, 자기들의 자전거를 보관할 수 있는 장소, 오래된 자동차 부품들을 폐기하는 땅이었다.

이제 이 정원은 다시, 이 집과 거리와 마을이 지어지기 이전 시절의 산림지의 가장자리가 되고 있다. 무엇이 어디에 왜 자리 잡을지, 그 체계를 설계하는 데 그리 오래 걸리지는 않았다. 하지만 그 식물들이 정착하고 자기들이 그 땅에 속해 있는 것처럼 행동하려면 최소한 2년은 걸릴 것이다. 사물들의 본성상 그리 긴 시간은 아니다. 식물들은 종종 한 곳에서 다른 곳으로 자리를 옮기지만, 그것만으로도 그들은 크게 교란될 수 있고 성장이 늦춰지거나 심지어는 멈출 수도 있다. 그리고 일부는 살아남지 못할 것이다. 사람 역시 이동할 수 있지만, 나는 내 아이들에게 내가 가지지 못했던 무언가를 주고 싶었다—어딘가에 뿌리내릴 기회를. 이 식물들 가운데 어느 것도 옮겨지지 않을 것이다. 그리고 내년이면 디기탈리스 사이에 나이 든 것들과 어린 것들이 가득 들어찰 테고, 수선화와 산마늘이 봄에 퍼질 것이며, 양치식물들은 더 크고 더 무성히 자랄 것이다. 그렇게 2, 3년이 지난 후에는 새로운 식물들과 새로운 꽃들이 이곳에서 살아갈 것이다. 여건이 좋다면 이들 중 일부는 번성할 것이고, 일부는 그저 살아남기만 할 것이고, 다른 일부는 모든 정원의 본질인, 삶을 위한 이 투쟁에서 전혀 자라나지 못할 것이다. 내가 여전히 여기 있을지, 난 궁금하다. 난 늙었지만 방랑길에 나서지 못할 정도로 늙은 건 아니고, 생명의 본성은 역易이 아니던가.

한 시간이 지났다. 이제 땅은 흠뻑 젖었고 웅덩이가 생겼다. 내 위쪽 지붕에선 천둥이 친다. 난 이 폭풍우 속으로 표류하기 시작하고, 변모한 이곳의 야생을 느낀다—땅은 진동하고, 나뭇잎들과 나뭇가지들은 마구 채찍질을 당하고, 야생적이고 비문명화된 어떤 장소를 내 손으로 빚어냈다는 기쁨이 찾아든다. 이곳은 정말 그런 곳이다.

27

───

봄비

먼지의 정착,
술 퍼마시기,
엄마, 방랑 생활

모든 사물은 먼지이다. 패턴으로 자리 잡은 후, 다시 미풍에 의해 움직이며, 새로운 패턴으로 자리 잡는. 그들은 북쪽으로 향했다. 어느 광산 마을의 한 편이 행선지였다. 더는 아무도 연기하는 것 같지 않았고, 아무도 반짝이를 착용하지 않았다. 이제는 어쩐지 모든 것이 너무도 실재 같았다. 소년은 학교를 떠나기까지 6개월이 남았고, 같은 반의 다른 친구들도 마찬가지이다—소년들은 광산이나 공장으로 갈 것이고, 소녀들은 제분소나 표백 공장으로 가거나 미용사가 될 것이다. 가게 주인이나 공장 주인의 아들딸들은 대학에 갈 것이다. 의사, 변호사, 회계사들의 자녀들은 완전히 다른 학교에 갈 것이다. 이제는 정원도 없고, 바다도, 코끼리도, 나무도, 점쟁이도, 책도 없다. 주변의 언덕은 석탄 더미의 꼭대기이고 슬래그slag* 더미일 뿐. 그의 소년 시절은 이제 거의 끝이라는 느낌이 가득하다.

그는 행복하지는 않지만, 자기가 괜찮을 것이라는 건 알고 있다. 그는 헤쳐나갈 것이고, 15년간 누적된 낙관주의를 하나도 잃지 않았다. 그의 세상은 다시, 또다시 바뀌었고, 시간은 주변의 모든 것을 움직였다—이것을 그는 지금 알

---

* 철(고체 금속)을 제련하고 남은 광물의 잔해.

아채고 있다. 그 흐름을, 변화의 충격을, 상실의 충격을, 대응의 충격을, 새것 배우기를, 또다시 새것이 되기를. 그리고 그는 매번 그를 더 강하게 해주는 상처를 얻는다. 그는 자신이 이 세상에서 어떤 존재여야 하는지, 어떻게 살아남을지, 어떻게 행복을 찾을지, 알아내려고 애쓴다.

　　　소년은 매일 아침 버스를 타고 학교에 갔다가 매일 밤 집으로 돌아온다. 그는 친구 사귀는 법을 모른다. 그의 억양은 기이하고, 그의 복색은 이상하다. 다른 아이들은 낡은 교복을 입고 있지만, 그만은 이전 학교에서 입던 교복을 입고 있다. 그들은 서로를 수년간 알고 지내온 사이들이고, 그는 처음으로 이곳에 부족이 있다는 사실을 알아차린다—전에는 결코 알아채지 못한 것으로, 그는 다른 아이들과 함께 놀거나, 혼자 즐겁게 노는 아이들에게 익숙했었지만, 여기에서는 팀이 중요하다. 시티냐 유나이티드냐, 축구냐 럭비냐로 갈라지는. 이곳에는 부족들이 있고, 그는 그중 어느 하나에 속해 있지 않다. 이곳에서는 소녀들과 소년들은 같이 놀지 않는다. 그는 '부랑자'이고 외톨이이다. 하지만 그는 이야기를 쓰고 그림을 그릴 수 있다. 학교와 주택들을, 구덩이들과 광부들을. 그리고 그는 수학과 과학에서는 낙제점이지만, 미술, 생물학, 영어에서는 일등을 차지한다.

그는 방과 후 지하 펍에서 일하면서, 바텐더 일을 배운다. 다트와 도미노를 하는 광부들을 위해 파인트 규격으로 맥주를 뽑아내고, 덮개 있는 시트와 카펫이 설치된 라운지 바에서는 경영자들을 위해 진과 위스키를 대접한다. 그는 맥주와 양주의 효력에 대해 배우고, 진토닉, 핑크 진, 핌스 컵 Pimm's Cup, 진 앤 잇Gin & It 만드는 법을 배운다. 그는 매일 방과 후에 기네스 1파인트를 뽑아내고, 생애 처음으로 위스키를 맛보고, 담배를 피우고, 펍에 온 손님들을 그린다. 그렇게 괴짜는 돌연 유명인사 같은 이가 되었고, 그가 그린 그림들은 액자에 넣어져 벽에 걸리게 되었다. 어떤 광부들은 초상화를 그려달라며 한두 파운드를 냈고, 그는 기뻐서 그들을 위해 더 많은 그림을 그려준다.

이제 그는 자기만의 단골 손님을 즐기고 있는데, 말수는 적다—그는 그림 그리기를 좋아하고, 말이 고프면, 읽을 것이었다. 마치 그것이 지식으로 가득 찬 백과사전의 지면이라도 되는 양, 비스킷 겉봉지부터 버스 시간표, 창고에서 찾은 먼지투성이의 칵테일 요리책까지, 발견하게 되는 모든 것을. 이제 사람들은 그가 왜 이상한지 설명할 수 있게 되었고, 그가 '예술가'임을 이해하는 데 도움이 되는 꼬리표를 그에게 붙여줄 수 있게 되었다. "아뇨, 전 그저 그림 그리기를 좋아할 뿐이에요."라고 그는 말하지만, 이제 그는 예술가가 되는 일에 흥미를 느끼기 시작한다. 그가 물어보자, 직업 지도사는 반대 의견을 내놓았다—기회도 없고, 생계를 유지할 방법도 없다는 것이다. 넌 대학에 진학해야만 하고, 몇 년간 돈도 없을 거고, 널 부양해줄 가족과 좋은 성적이 필요할 테고, 직장을 구하는 데도 어려움을 겪겠지. 그런 건 여가 시간에나 하고, 산업계에 진출하는 편이 훨씬 나아. 그는 그렇게 들었고, 합리적인 것으로 보이는 것을 실행한다. 운하 옆에 있는 용접점에 취직해서는 강철을 매만지고 크레인을 운전하는 법을 배우게 된다.

　　요 며칠 내내 그는 엄마를 만나지 못했다. 엄마가 잠에 빠져 있거나 병원에 입원 중이기 때문이다. 처음에 엄마는 울기만 했다—그녀는 춥이나 어두운 광산 마을이, 모든 것에 붙어 있는 석탄 가루가, 그녀에게 이해가 안 가는 가게들과 억양이 못마땅했다. 그러더니 침대로 기어들었다. 엄마는 어둠과 추위 속에서, 잠옷을 입은 채로 바 위쪽 가족들이 살던 집에서 아래층으로 내려와 위스키를 마시기 시작했다. 거의 서 있지 못할 지경까지 마셨고, 종일 침대에서 시간을 보냈으며, 천식으로 천천히 돌아가셨다. 소년은 밤에 엄마가 당신의 소진된 폐 속으로 탄광 마을의 먼지투성이의 공기를 흡입하려고 안간힘 쓰는 소리를 들었고, 조용한 구급차의 푸른 불빛이 그의 침실 벽에 번쩍거리는 모습과, 사람들이 홀에서 조심스럽고, 단호하고, 친절하게 이야기하는 모습을 보았다. 분무기와 산소통, 그것들이 얼마나 값비싼지에 관한 이야기.

꽁꽁 언 어느 겨울 아침, 소년이 야외 제철소에서 일하고 있을 때다. 13㎝ 크기의 오일 파이프에 플랜지flange*를 용접하며 녹슨 강철 위의 얼음이 녹아서 증기로 변해가는 모습을 지켜보던 그는, 마스크를 들어 올리고는 가랑비와 어둠 속에서, 열린 문을 뒤로 한 채 서 있던 그의 할아버지를 알아차린다. 할아버지는 떠내려가는 깃털 같은 연기를 들이마시며 그를 지켜보고 있었다. 왜 그가 여기에 온 걸까? 집에서 멀리 떨어진 그의 직장까지, 그가 거의 알지도 못하는 사람이 왜? 그리고 그는 그가 다시는 엄마를 볼 수 없음을 알아차린다. 그는 이제 열 여섯이다.

소년은 상사에게 가봐야 하는 이유를 설명한다. 죽음이 얼마나 당혹스러운가를 생각하면 우스울 지경이다. 그는 자신의 작업물을 단단히 고정하고, 아크arc 용접기에서 케

---

*   파이프, 펌프 등의 연결부위에 사용되는 금속 부품.

이블을 분리한다. 진흙과 얼음을 가로질러 그걸 작업장으로 끌고 가서는 케이블을 걸어 올린 후 고리에 매단다. 개인용 용접 마스크와 장갑도 같은 곳에 걸어둔다. 실내에 있던 사내들은 그가 왜 아침 11시에 짐을 꾸리는지 궁금해하지만, 아무 말도 하지 않고 괴짜가 떠나는 모습을 그저 지켜볼 뿐이다. 그는 이미 참혹함과 외로움으로 공허해져 있던, 전보다 더 텅 빈 것은 아닌, 펍 위층에 있는 집으로 향한다.

　　"그녀가 죽은 건 네 탓이야, 네 탓이라고." 술에 취해 미친개는 이런 말을 흘렸다. "너, 똥 덩어리 탓이라고." 소년은 그가 혼잣말을 한다고 생각했지만, 술이 깬 그 늙은 개는 얼음처럼 냉냉한 목소리로 이렇게 말했다. "나가. 네가 여기 있는 걸 원치 않아. 넌 여기서 잉여야. 너만 아니었으면 우리가 말다툼할 일도 없었을 테고, 그녀도 아직 살아 있었을 거야. 꺼져, 너랑은 끝이야, 다시는 돌아오지 마."

　　그렇게 소년은 지옥에서 쫓겨났다. 그리고 바로 그 진술에서, 조용하던 엄마가 그를 옹호하며 아빠와 말다툼을 했었고 자신은 그걸 전혀 몰랐었다는 사실을 알게 되었다.

마을을 방문한 부랑자가 있었다. 그는 여름철 몇 주 간 머물렀다. 그는 외투와 트릴비trilby 모자, 낡고 어두운 모직 정장을 착용하고 있었다. 한때는 녹색이거나 갈색이었을지도 모를 브이넥 점퍼를 입고 있었고, 한때는 흰색이었을지도 모르지만 지금은 차콜색이 된 셔츠와 작은 매듭이 달린 넥타이를 점퍼의 V자 모양 위쪽으로 찔러넣은 모습이 인상적이었다. 그는 버스 차고지에서 잠을 잤고, 어떤 때는 펍에서 나이 많은 이들이 그에게 맥주를 가져다주기도 했다. 종종 그의 얼굴, 그러니까 짧은 수염 같은 곳에 핏자국이 있었다. 때로는 최대한 자기를 잘 보이게 하려고 면도를 하려고도 했다. 사람들은 그가 부자였고 집과 아내가 있었지만, 아내가 그를 두들겨 팼고 끓는 물을 그에게 던졌고 저녁 식사용 포크로 그를 찔렀다고 수군댔다. 사람들은 그가 전쟁에서 정신적 트라우마를 입었다고 했고, 어떤 이들은 그가 군대를 떠날 당시 그를 알고 있었다고도 주장했다―사람들은 온갖 이야기를 해 댔다. 사람들은 이야기하는 것을 좋아한다. 몇 주 후 그는 방랑길에 나섰고, 이듬해 8월이 올 때까지 나타나지 않았다.

소년은 배낭을 꾸렸고, 화장대 위에 열쇠를 놓았다. 며칠 동안, 사람들의 관심이 잦아들 때까지 다른 이들의 소파에서 잠을 잤다. 공원 벤치에서, 반쯤 가라앉은 좁은 배에서,

어느 버려진 창고에서 잠을 잤고, 임대 보증금을 내기에 충분한 돈을 모으려 했지만 집세를 충분히 벌지는 못했다. 그렇게 그는 어딘가로 떠난다.

그는 자기의 삶을 찾거나 잃게 될 것이다. 자기가 죽든 말든 그건 상관없다. 그는 시골로 걸어가, 방랑한다. 탁 트인 공기와, 두 발로 밟고 지나가는 길과, 들과 강에서 자기 곁에서 일어나는 죽음, 삶과 다시금 사랑에 빠진다. 매일 식물들과 자연을 스치고 지나며, 방랑하고 응시하며, 그저 존재하며, 아무도 아닌 자가 되어. 침묵 속에서 걸으며, 그 침묵 안에서 더 깊어진 침묵을 찾아가며. 말없이 그는, 행동하면서 알게 된다. 그가 자기 몸이라고 부르는 몸은 자기 것이 아니라는 것을―오케스트라가 음악을 통해 자신을 표현하는 것처럼, 자연이 나무들을, 꽃들을, 파리들을 표현하는 것처럼 똑같이, 그 몸 역시 자기 자신을 표현하는 자연이라는 것을. '내 몸', '내 마음'이라는 단어를 사용하는 그 마음 역시 그의 것이 아니다. 그것 역시 자기 자신을 표현하는 자연일 뿐. 단어 그 이상의 무언가로서의 '나', '내 것'은 존재하지 않는다. 몸과 마음, 세계는 모두 세계의 표현들일 뿐이며, 바다 위의 물결처럼, 대기를 흐르는 바람처럼 생겨났다 지나갈 뿐이다―그 이상도 이하도 아니다. 그리고 그는 이러한 사실에 자기를 한껏 열고 일상을 보낸다. 그의 모든 순간은 그의 것이고, 그중 어떤 것도 다른 이의 것이 아니다. 어제와 똑같은 오늘은 없다. 거의 2년간 그는 사람들을 피하고, 나무 아래서, 호숫가에서 잠을 잔다. 이따금 일거리를 찾다가 또다시 방랑길에 오른다. 그는 야생에서 홀로 지내는 아름다운 방법을 만들어낸다─언덕을 거닐며, 최고의 내적 평정심을 발견해낸다. 그 마음자리에서는 삶도 죽음도 등가의 가치를 지닌다. 그는 삶이 무엇을 위한 것인지를 질문하며, 가치 있는 것과 가치 없는 것을 생각하지만 그 어느 쪽에서도 의미를 찾지 못한다. 그의 아빠에게 삶은, 두려움과 걱정, 자기의 기대에 미치지 못한 세상에 대한 분노를 의미했다. 그의 엄마에게 삶은, 외로움과 비참함을 의미했다. 그는 자기 삶에 다른 의미를 부여하기로 선택한다─사랑과 용서라는 의미를.

나무 아래에 있는 그의 손 위로, 무당벌레 하나가 내려온다. 검은색의, 파리 같은 날개들은 녀석의 작은 몸보다 2배나 길다. 그가 가만 지켜보니, 그 날개들이 돌연 헐렁한 레이스 조각처럼 접힌다. 녀석은 날개 주머니를 아래쪽으로 내리더니, 뒷다리를 사용해 공기를 짜내며 날개를 아래로 묶어 넣는다. 침낭을 뭉쳐서 자루에 쑤셔 넣는 것과 비슷한 모습으로. "저게 녀석의 방식이로군!" 주변을 두리번거리며 그는 이렇게 생각한다. 무당벌레는 그의 팔을 기어올라, 잠시 무임승차를 시도한 후 제 빨간색 등을 둘로 쪼갠다. 그러더니 믿을 수 없는 속도로 제 커다란 날개를 잽싸게 부풀려서는 날아간다.

까마귀 하나가 검고 진주 같은 한쪽 눈으로 지켜보고 있다. 그러고는 다른 쪽 눈으로 지켜본다. 녀석은 거대한 빛나는 깃털을 열고는, 하강하겠다는 움직임은 거의 보이지 않은 채 몸을 일으켜 소년을 볼 수 있는 지점으로 미끄러지듯 내려온다. 마치 자신의 노력이 아니라 어떤 줄에 들어 올려지기라도 한 것 같은 동작이다. 녀석은 울타리 기둥에 내려앉는다. 지의류가 언제나 습기 있는 곳의 틈을 찾아내서는 오래된 죽은 목재를 되살리는 곳이다. 판단하지 않고 알아차리면, 마음이 평온해진다. 소년도 이 까마귀처럼 제 날개를 펴고 들어 올린다. 마침내 그는 철도에서 직업을 찾아낸다. 그 이전에 그의 아버지와 할아버지와 삼촌이 그랬던 것처럼. 그리고 그는 출근길에 지나치는 어느 책방에 이끌려서는, 손끝으로 새 책의 바닐라 향과 무수한 아이디어를 흡입하며 책장 사이를 방랑한다. 그렇게 또 다른 위대한 모험이 시작된다―책, 미술 대학, 선禪, 정치, 연인, 정원 가꾸기, 육아, 글쓰기의 모험이.

복락원

READING IN THE GARDEN

인생을 시작할 무렵, 우리에게 삶은 일종의 모험처럼 보인다. 그러나 이런 저런 류의 끝에 도달해 인생을 돌아보면서 우리가 하게 되는 이야기는 필연의 이야기인 듯하다. 마치 모든 것이 미리 정해져 있었던 것만 같다. 돌아본다는 건 앞으로 나아가기를 멈추고, 과거를 현재로부터 분리해보는 것이다. 돌아본다는 건 살기가 아니라 이야기하기이고, 그 이야기의 줄거리는 순수한 오페라이다―삶과 죽음이, 사랑과 슬픔이, 멋진 음악과 의상과 춤이 있는 오디세이 말이다. 우리 모두에게는 이런 이야기가 있다. 지금껏 난 내 이야기를 늘어놓았고, 너무도 오랫동안 순간이라는 단순한 현실에서 벗어나 있었다. 나는 잠시 맨 앞줄에 나온 흥분한 친구가 되어 있었다. 지팡이를 들고, 나비넥타이를 매고, 공연마다 나타나서는 남들의 눈에는 부적절하다고 생각될 장소에서 과하게 미소 지으며 웃는 친구가.

　　선생님께 이렇게 말했던 것을 기억한다―"저에게 어떤 일이 일어나든 전 상관없어요." 선생님은 이렇게 말씀하셨다. "그게 정말이라면, 넌 행복한 삶을 살게 될 거야." 선생님에 관해서는 기억이 잘 나지 않지만, 선생님의 이 말씀은 거의 60년간 내게 남아 있었고, 그 말씀은 옳았다. 나는 갈망 없이 사랑하고 만족한다. 갈망 그 자체가 불행을 지시하는 다른 말일 뿐이며, 나는 그것에 지나친 관심은 기울이지 않은 채 그것이 왔다 가는 것을 지켜본다. 나는 행복을 찾아낼 수 있었고, 내 곁에 있는 모든 것에서 무언가를 떠올릴 수 있었다—바위든, 지나가는 물결이든, 걸으며 지나가는 수다 떠는 사람들이든, 노파의 미소든, 뚱뚱한 벌들이 홀짝홀짝 마시고 있는 까치밥나무 덤불의 분홍빛 꽃 아래에서 먹이를 찾는 쪼그마한 굴뚝새든, 나뭇잎 아래에서 비를 피하는 파리든, 나를 멈춰 세우고 생각하게 하고 내 자리를 다시금 찾게 만드는 책이든. 때로 나는, 나의 가장 어두운 시간에, 좀 더 강한 모습을 보여야 한다—사람들은 너무도 험악한 어둠을 빚어내고 그 어둠은 단순히 여기에 존재하는 기쁨을 가린다. 하지만 나는 늘 되돌아와서 그 기쁨을 찾아내곤 한다. 기쁨은 결코 다른 곳에 있는 것이 아니다. 나는 내 아빠의 삶을, 그의 두려움과 미워함을 생각하면 서글프다. 행복해지는 방법은, 삶 자체가 우스꽝스러운 것임을 알아채는 것이고 계속해서 용서하는 것이다. 나는 정말이지 아주 행복한 사람이다.

　　가끔 거울 속에서나 창문에 비친 내 모습에서 아빠의 얼굴을 보곤 한다. 당연한 건데, 나는 그의 아들이고 그의 유전자는 지속되기 때문이다—나는 그와 같은 탈모 패턴과 같은 돔형 두개골을 지녔다. 그러나 그는 '자아'와 '나'와 '권력'의 길을 택했고, 그의 질병으로 인해 내 자아감은 손상되었다. 불교인들은 이렇게 말한다―'무엇이 좋고, 무엇이 나쁜가? 개별자는, 동시에, 타자가 되고, 타자이다.' 나의 자아감 부족은 내게 '무아'를 찾는 열쇠가 되었다―이것이 내가 받은 것 가운데 가장 큰 선물이었고, 나는 다년간에 걸쳐 나의 무아를 연마해왔다. 때로 나는 그것에 관해 잊곤 하지만, 그건 언제나 되돌아온다. 왜냐하면 그것이야말로 바로 나 자신이기 때문이다―그것이야말로 우리 자신이다.

인생은 무한히 창조적이다. 정원 가꾸기는 그림 그리기, 글쓰기, 춤추기와도 같다. 내가 만든 정원이 곧 이 책이고, 내가 쓴 이 책이 곧 일종의 정원이다. 이 책은 완성되었다. 내 몸은 점점 늙어만 간다. 내 손은 가끔씩 조금 떨리는데, 나는 잠시 이것이 파킨슨병인지 궁금하다. 내 보행용 지팡이는 여전히 쓸 만하고, 내 청력은 점점 약해져만 간다. 나는 더 이상 빨리 지나가는 소리는 들을 수 없지만, 내가 그걸 들을 필요는 없다. 그런 소리는 내 안에 영원히 간직되어 있으니.

그늘진 구석에서, 심지어는 남의 눈에 띄지 않게 꽃을 피워내기란 모두가 해야 하는 일이다. 그저 꽃을 피워내시

길. 매 순간은 움직임이다—강은 불어나다가 소용돌이치고, 물결로 일렁이다가 가라앉고, 재촉하다가 긴장을 푼다. 그러나 그것은 늘 바로 그 강이고, 그것 아닌 다른 것이 아니다. 모든 것은 움직이고 정지해 있는 건 아무것도 없지만, 잠시간 나는 여기 비 내리는 헛간에서, 페기가 나를 들여 보내주기를 기다리며 어떤 섬을 떠올린다. 폭풍우와 난파에서 살아남았던, 씨앗들과 책들을 찾던 어떤 소년을. 바위와 식물, 곤충과 바람에서 무한한 평화를 떠올려내는 마법을, 프로스페로처럼, 내게 선사해준 그 씨앗들과 책들을.

내 벤치 위 씨앗 상자 옆에는 양초 하나가 놓여 있다. 당연히 그 초는 내가 정원에서 발견해낸 것들에 둘러싸여 있다—달팽이껍질들, 조개껍질들, 씨앗 머리들, 나뭇가지들, 솔방울 하나 그리고 얼굴처럼 생긴 조약돌 하나에. 난 어디를 가든 소박한 제단 만들기를 좋아한다—혼돈의 기쁨에 경의를 표하는 제단이다. 옆에 있던 성냥갑에서 성냥을 꺼내 초에 불을 붙이고는, 그것이 살기 위해 투쟁하며 밝게 타오르다가 그 투쟁에 실패하는 모습을 지켜본다. 그러나 촛불은 예전처럼 잘 맞지 않는 문의 틈새에서 온 외풍으로 다시금 밝고 높아진다. 나는 몽당연필로 내 노트에 글을 쓴다. 내 곁에는 언제나 노트 그리고 펜이나 연필이 있다. 나는 소박한 시를 쓴다—시쓰기는 내가 사물에 대해 무엇을 생각하는지 나 자신이 자각하도록, 아래에서 들끓고 있는 것이 수면 위로 나타나도록 도와준다. 때로 그것들은 의미가 있다.

모든 순간은 도착한다,
과거와 현재는 뒤얽힌다.
이 짧은 마법 속에서, 찰나의 장미는 피었다 지고,
찰나의 인생은 지나가고, 찰나의 나무들은 자라 우뚝 서 있다, 이내 쓰러진다.

날이 거의 어두워졌고 이 작은 불꽃은, 여느 생명이 그러하듯, 이 자그마한 공간에서 얼마간 빛을 발하고 있다. 비가 차츰 잦아들자, 창문에 비친 불꽃의 형상 저 너머에서 보름달이 광활한 암흑의 하늘을 밝힌다. 창문에 맺힌 빗방울은 불꽃처럼 빛나는데, 아주 멀리서 (너무도 먼 곳에서) 파란색 반바지를 입은 한 소년이 저 어둡고 음울한 하늘 너머에서 오팔색 플라스틱 통을 두드리고 있는 모습이 보인다. 그는 이제 내 곁을 떠나간다. 불확실하지만 단호하게, 자기의 미래를 향한 그만의 기묘한 모험에 나선다. 바로 이 헛간 여기, 우리가 만날 이곳을 향한 모험에.

부엌에 불이 켜지는 것을 보고 페기가 집에 (우리가 35년간 살아온 높고 작은 바로 그 집에) 왔음을 알게 되었을 때 살펴 보니, 그 사이에 다섯 페이지를 써냈다. 내가 쓴 글 중 일부는 지나치게 어둡고 슬프다. 난 그것을 데리고 앞으로 나아간다고 느낀다─과거를 회상할 때 난 마음이 편안하지 않다. 그건 내가 살아가는 방식이 아니다. 아마 난 많은 것을 버리고, 남은 것을 장식할 것이다. 그리고 약간의 광택만을 덧붙일 것이다. 난 페기처럼 머릿속으로 이야기 짓는 일은 잘 하지 못한다. 내 머리는 그런 식으로 작동하지 않는다. 하지만 누군가 윤곽선을 내게 주면 반짝거리는, 보여줌 직한 모양으로 만들 수는 있다. 또한 그 안에서 내 얼굴을 내가 알아볼 때까지 점토로 된 타일을 다듬을 수는 있다. 나는 내가 거울에 비친 어떤 형상을, 셀카와 빛 필터가 적용된 최상질의 조명에 비친 자화상을 쓰고 있다고 생각한다. 그러니까 우리는 우리가 우리 자신에게 들려주는 이야기에 지나지 않는다. 그리고 그 이야기는 언제나 변해간다.

이제 촛불을 끄고 문 쪽으로 걸어가 문을 두드린다. 어둠 속에서 나를 본 페기가 미소 지으며 나를 들여 보내준다. "당신이 날 여기 가두었어요!" 괴로운 척하며 나는 말한다. 지금 내겐 조롱보다는 동정심이 더 어울린다고 느끼면서.

그녀는 사과한다. "어머나 세상에, 미안해요. 그렇게 오랫동안 밖에 있었어요?" 그러고는 조금 더 웃는다.

그녀가 진을 가져왔다. 그래서 나는 칵테일 잔과 올리브, 진, 베르무트vermouth*를 꺼내서는 가장 완벽한 더티 마티니Dirty Martinis를 만든다. 나는 내가 쓴 것을 그녀에게 읽어준다. 내일 식탁이나 내 책상에서 조금 더 쓸 생각이다. 헛간이니 썩어가는 폐선이니 하는 것은 이제 이것으로 충분하다. 지금은 내게 안락함이, 또 다른 모험이 필요하다.

---

*   다양한 식물성 재료로 맛을 낸 주정강화 와인의 한 종류.

마음은 독립적인 곳이어서, 제 안에서

지옥을 천국으로, 천국을 지옥으로 만들 수 있다.

존 밀턴, 《실낙원》

백과사전

모든 것을 공개하고자 어렸을 때 내가 발견했던 백과사전 원본을 오랫동안 열심히 찾았지만, 끝내 그 백과사전의 제목이나 판본은 기억나지 않았다. 오직 색상과 형태, 느낌과 무게, 냄새만 기억날 뿐이었다. 그리하여 나는 이 책을 위해 중고 책방에서 세 가지 다른 종류의 백과사전 세트를 구입했고, 내가 찾던 항목을 이들 책에서 찾을 수 있었다. 이 책의 나머지는 대체로 사실에 근거한다.

일러스트레이션

난 이제 나이도 많고, 글 쓰는 것도 힘들고, 작품을 출간하는 일도 어려운 일이므로, 어쩌면 내 마지막 책이 될 이 책의 삽화를 손수 그려야겠다는 생각이 들었다. 지난 수년간 그림을 그리지 않았지만, 다시 그림으로 돌아와 이 원을 완성해야겠다고 생각했다. 내 작고 소박한 정원에 앉아 헛간과 화초를 그렸다. 이 그림들은 소년 시절 내가 웅크린 채 입술을 오므리고 집중하며 그렸던 꼼꼼한 작품보다는 훨씬 더 분방해졌다. 이제 나는 생각을, 자아를 내려놓는다. 그러면 하나의 선이 나타나고, 그 후 다른 하나가 등장한다―재미난 작업이다. 하지만 글을 쓰고 싶다. 내 손은 요즈음 너무 떨린다.

감사의 말

이 단어들로 아름다운 무언가를 빚어냈기를, 소망한다. 내가 원한 건 오직 그것뿐이었다─경이로움에 조금더 보태는 것. 언제나 그랬지만, 내가 고심하는 건 이 잔인무도한 시대에 아름다움을 만드는 행위에 관한 것이다. 나아가 변화가 필요한 것들이 너무도 많은 이 시대에 삶의 경이로움에 관심을 집중하는 행위의 윤리에 관한 것이다. 공격성을 평화로써 극복하는 게 가능한 걸까? 그렇기를 소망한다. 그러한 경이에 이르도록 나를 도와준 이들이 있다. 나의 사랑하는 아내 페기(케이트 헤이머), 나의 에이전트로버트 캐스키, 그리고 나의 편집인 리즈 폴리가 바로 그들이다. 이들은 모두 이 책 앞부분의, 기차역 바깥의 군중 장면에 등장한다. (이들은 실제로는 거기에 없었지만, 재미로 추가했다. 우리는 이야기하기를 정말로 좋아한다!) 그리고 내 출판사인 하빌 세커와 빈티지 출판사도 있다. 이들과 함께 일하게 된 것을 진심으로 영예롭게 생각한다. 이들이 출판하는 책은 의심할 여지 없이 세계에서 가장 훌륭한 책들에 속하기 때문이다.

이 책은 나의 미술 선생님들께 바치는 책이기도하다. 내게 색채에 대해 가르쳐주신 맨체스터 메트로폴리

탄의 진 고든, 형태에 대해 가르쳐주신 노스 스태퍼드셔 폴리테크닉의 레슬리 손튼 선생님께. 슬프게도 두 분은 지금 이곳에 안 계신다. 내게는 필든 파크 고등교육 컬리지의 영어 선생님이 한 분 계셨다. 내가 스물넷의 나이에 학교로 돌아왔을 때, 내 글쓰기를 엄청나게 격려해주셨던 분이다. 선생님은 내게 계속 쓰라고 말씀하셨다. 계속 읽고, 계속 춤을 추라고. 불행히도, 나는 그 선생님의 이름이 기억나지 않는다. 그저 그녀의 나이가 내 나이의 2배였고, 체크무늬 킬트kilt를 입었으며, 미친 듯 그녀에게 매혹되었다는 것만 기억날 뿐.

나의 친구 앨런 루이스 교수와 재닛 샘슨에게도 감사 인사를 전하고 싶다. 두 분과는 펍에서 로제를 엄청 마시면서 내 백과사전의 일부에 대해 이야기를 나누었었다. 그들은 내가 과하게 꾸며낸 이야기와 부풀린 불행을 듣고는 나를 놀렸고, 이런 이야기는 책으로 써야 한다고 권유했다. (누구도 친구들과 펍에서 술 마시며 어두운 진실을 발설하지는 않는 법.)

당신을 위해
내 정원에서 가져온 것들이랍니다.

평화와 행복을 빕니다.